靈泉巧手妙當家 4 完

風文創 676

夏言 著

目錄

第八十五章　盡釋前嫌

躺在床上，童錦元想著他母親說的話，又想到房言的姊姊出嫁了，整個人腦子亂糟糟的。

他向來不是個優柔寡斷的人，但是事關喜歡的女子，他就變得沒那麼果決了。雖然之前已經確定自己的心意，也在心裡有了打算，可是真正要面對這些事的時候，他又變得反反覆覆起來。

一會兒覺得自己有能力保護心愛的人，命中注定的事也能改變；一會兒又覺得命運早已決定，他沒能力扭轉。

說到底，不過是怕傷害自己喜歡的人罷了。

他的命數、房言的將來、渡法大師說過的話……這些事全都在他腦海中跑過一遍。

也許是日有所思，夜有所夢吧，童錦元夢到房淑靜成親當天，他去找房言，結果發現新娘子竟是她。他著急地跟別人說新娘子錯了，結果大家都說沒錯，還像看傻子一樣看著他，說道：「本來就是房二小姐成親啊。」

童錦元就這樣從夢中驚醒，坐起身時，後背全是冷汗，滿室的月光灑在房間內，就像童錦元此刻的心情一樣，淒清孤寂。

下床走到桌邊倒了一杯茶，童錦元漸漸清醒過來。

他捫心自問，若是真有一日，喜歡的姑娘嫁給別人，他能否心平氣和地道一聲「恭喜」？答案是，別說心平氣和了，他大概會在她成親當日把她搶走，因為他無法忍受心儀的對象跟別人在一起。

想到這裡，童錦元的眼神變得銳利起來。既然如此，心愛的人還是由自己來守護吧。想清楚這件事之後，童錦元反而放鬆下來，漸漸睡去。

第二天早上，童錦元對招財吩咐道：「你去春明街跟安掌櫃說，若是房二小姐來了府城，就立刻告知我。」

招財趕緊點頭應下。

童錦元心想，忙完她姊姊成親的事，她也應該來府城看看店鋪的生意了吧？

果然，沒多久，房言就來了府城。

安掌櫃自從接到自家少爺的吩咐，就成天讓夥計站在門口，生怕一不注意沒看到房二小姐。上次的事他還記得很清楚，這回可不能再犯同樣的錯誤了。

夥計一瞧見房二河出現在對面店鋪裡，趕緊去跟安掌櫃彙報。

安掌櫃立刻走到米糧店門口查探，恰好此時房二河站在野味館門外，於是安掌櫃走上前道：「房老闆，好久不見啊。」

房二河笑著回道：「安掌櫃，好久不見。」

寒暄幾句之後，安掌櫃說道：「房老闆，不知房二小姐此次是否跟著來了？江記那邊說想要改良一下那張圖紙上的設計，想問問房二小姐有沒有什麼好的提議？」

房二河沒多想，直接道：「來了，人在後院呢。關於圖紙的事，我一會兒跟她說說。」

安掌櫃笑道：「多謝房老闆了。」

兩人聊完之後，房二河就去後院告訴房言這件事，安掌櫃則回米糧店，要夥計趕緊去府裡通知他們少爺。

中午休息過後，房言換上一身男裝去了水果齋。在水果齋待了一會兒，想到之前她爹說的事，她就去了江記。

按照房言的想法，既然要討論圖紙上的設計，當然要去木製品店那裡。至於為何沒去找童錦元，那是因為之前那個誤會讓她對他態度惡劣，所以她現在不好意思去找他，也想逃避這件事。

到了江記，掌櫃的一見是房言，趕緊上前招呼她。

房言表明來意後，掌櫃的就把她領到一間房間門口，說道：「房二小姐，師傅們正在裡面商議，我就不跟著您一起進去了，店裡還有些忙。」

商議？可是她並未聽到裡面有人說話啊？

雖然房言心裡覺得有些怪異，但是又不覺得掌櫃的會做什麼害她的事情，所以還是推開門進去了。

進房之後，房言發現窗邊站著一個人，那人的背影有些熟悉。她走上前幾步，就見那個人回過頭來。

他身穿一襲白色絲綢，上面繡著淡淡的金絲線鉤的元寶，這雅致與庸俗的結合絲毫不顯得怪異，反而襯得他如芝蘭玉樹一般。

此時，眼前的人目光灼灼，他勾唇一笑，輕輕吐出幾個字：「言姊兒，好久不見。」

房言沒想到會在這裡看到童錦元，更沒料到他會是這副模樣。她一直都知道童錦元長得很好看，也非常符合她的審美觀，不過他很少穿白色衣衫，更別說這衣裳別致又貴重，讓他看起來優雅迷人。

她發現自己看得有些呆了，只能迎著童錦元的笑意，略微尷尬地低下頭去。再想到之前她誤會他，對他那麼壞，更是不敢直接與他對視。

不過，此時不管離開房間還是不吭聲似乎都不太好，於是房言抿了抿唇，福了福身，簡單地道了一聲：「童少爺。」

不只房言，其實童錦元的內心也頗不平靜。聽到僕人來報，他立刻要人駕著馬車趕到春明街，後來聽說她去了江記，又搶在她前頭過來。

童錦元今日特地穿了這身新做的衣裳，看到房言眼中閃過驚豔之色，他忽然覺得應該再讓繡娘多做幾身才對。

想到這裡，童錦元牢牢地盯著房言，笑道：「言姊兒，許久不見，妳又長高了些。」……也更漂亮了。

聽到對方那令她感到熟悉的語調，房言的心情漸漸穩定下來，也不再那麼刻意避免跟他溝通。

聽到童錦元的誇讚，她笑著回道：「大概是最近吃得多，所以才長個子。」

話一說完，房言就後悔了。她這是在說什麼啊？亂七八糟的……

沒想到，這話卻讓童錦元更開心，甚至忍不住笑出聲。

「嗯，多吃點好。」

房言聽出童錦元話中的調侃之意，不禁抬起頭來瞪他一眼。

童錦元也意識到自己似乎不應該笑，不過看到房言對他的態度，似乎回復到一切都很正常時的那個樣子，他內心著實驚喜。

輕咳一聲，童錦元說道：「我想要跟妳討論一下，看看玉米脫粒機有沒有辦法改良？我研究了許久，總覺得這種機器還能更省時省力一些，妳先坐下來，我們慢慢談。」

房言聽了，就收拾好自己的心情，點點頭，走到桌邊坐下。

很快地，外面就有夥計端茶水上來，然後又悄無聲息地退出去。機器的圖紙就在童錦元手邊，他沒主動打開，房言也沒提出來說要看。

房言以為童錦元會說些什麼，結果等了一會兒他都沒講話，一度讓她覺得空氣中滿是一種說不清、道不明的氛圍。

見一杯茶水快要見底，童錦元都沒開口，房言覺得自己可以表達一下內心的感受了，於是她鼓起勇氣，說道：「童大哥……」

「言姊兒……」

沒想到，這次他們兩人又同時間開口。房言看著童錦元，童錦元看著房言，一時之間不知道該不該接著說下去？

過了一會兒，房言說道：「你先說吧。」

不知道這算不算是「劫後餘生」，房言覺得自己好像逃過一劫，但是又有一種事情懸而未決的緊張感。

「妳先說。」相較於房言神經緊繃，童錦元卻覺得輕鬆愉快，因為房言又叫他童大哥了！

「還是你先說吧。」房言覺得自己被打斷之後，有些話就沒那麼容易說出口了，她需要緩和一下情緒。

童錦元笑著點點頭，說道：「也沒什麼事，就是覺得好久沒見到妳了，想問問妳最近過得怎麼樣？」

房言順著童錦元的話道：「過得還行。前段時間，我們全家人去京城看我大哥，回來以後就招工做葡萄酒跟水果罐頭，接下來我姊姊就出嫁了。」

童錦元嘴角含笑聽房言說話，等她的話告一段落，他就說道：「看來我最近有口福，可以喝到好喝的葡萄酒了。」

聽到童錦元這麼說，房言笑著回道：「原來童大哥也喜歡啊，那我送你一些珍品，保證比別人的好喝。」

童錦元從喉嚨裡逸出一聲笑。「好。」

說完這些話，他們又不知道該聊什麼才好，氣氛漸漸變得有些尷尬。房言不敢看童錦元的眼睛，而是低頭盯著桌上的圖紙，思考怎麼轉移話題。

結果她還沒出招呢，童錦元就道：「言姊兒，妳剛剛想跟我說什麼？」

聽到童錦元問出這句話，房言咬咬唇，認錯的勇氣早已不知道跑到哪裡去，心跳加速又不知所措。

童錦元意識到自己問錯話了，於是適時說道：「這張圖紙是之前師傅們畫的，妳看看還有什麼地方需要修改一下？」

見童錦元不追問，房言鬆了一口氣，拿起圖紙仔細地看起來。

這一看，她就更佩服古代勞工的智慧了。改良過後的玉米脫粒機比她之前的想法更好，用腳踩比用手轉省力多了，況且加上一條傳輸帶，也就是滑輪裝置，可以預期整部機器的運作會更流暢。

看過圖紙之後，房言雙眼發亮地道：「設計得很好，比我之前想的要棒多了。」

得到房言的認同，童錦元也非常開心，其實這是他在家裡看著房言當初的設計時，想到要改良的。後來他跟幾個木匠聚在一起討論一下，最後成型的就是這張圖紙上的東西了。

「沒有，不及妳想的，我們最多是在原有的基礎上改良，要說厲害，當然還是妳。」童錦元說道：「妳可知，我們店裡的師傅都快要把妳奉為當代魯班了。」

魯班是春秋時代末期著名的工匠家，民間流傳著許多他對建築與木工貢獻的傳說，被世人奉為工匠祖師。

這種奉承房言可不敢攬功，她含含糊糊地道：「不全是我的功勞，我不過是在書上看到的，沒有前人的智慧，我可想不出來。」

「那也很厲害了。」童錦元笑著誇讚道。

房言抬起頭來看了童錦元一眼，在發現他眼中那隱隱約約的情意時，她不禁小聲嘀咕。「一般般吧。」

童錦元笑了笑，轉移焦點道：「既然沒什麼問題的話，我馬上讓師傅們試做，馬上就要收玉米了。」

房言眼睛回到圖紙上，點點頭。「是啊，得把握時間才行。」

童錦元應了一聲，沒再打擾房言看圖紙，而是端起桌上的茶喝起來。

這樣的氛圍，童錦元非常珍惜。他曾經以為房言再也不會搭理他，畢竟他至今都沒想通自己到底哪裡得罪她？不過如今這些都不重要了，只要她還願意像過去那樣跟他說話就好。

他之所以想問出原因，並不是出於好奇，而是害怕自己又會在同樣的地方犯錯，如果有她誤會他、不喜歡他的地方，他改掉就是。然而，即便不曉得哪裡出了差錯，現在能這樣，他已經很滿足了。

房言自然不知道童錦元心裡在想什麼，這會兒她正認真地看著圖紙。過了一會兒，她指著其中一處說道：「我覺得這個地方最好做成鐵的，木頭的可能很容易壞掉。」

童錦元站起來走到房言身邊，低頭看著她指的地方。

「嗯，有些師傅提出來過，我們打算做一個木頭的，再做一個鐵的，看看到時候哪個更好用。」

房言點頭。「那就好，傳輸帶也得做得結實一些，不然很快就會毀損。」

童錦元笑道：「好。」

「其他方面沒什麼問題了。」房言畢竟不是科班出身，之前能「設計」出東西，全憑前世的記憶。

說完，房言就要把圖紙還給童錦元，結果她才發現，他不知何時已經站在她身邊，靜靜地看著她。

察覺到房言訝異的目光，童錦元沒說什麼，只是笑了笑，接過房言遞來的圖紙，然後又回到她對面坐下。

不知為何，房言突然有些緊張。

想到該說的事也說完了，於是她說道：「童大哥，要是沒什麼事的話，我就先回去了。」

童錦元站起身來說道：「正好，我也沒什麼事了，一起走吧。」

兩個人一起走在前往春明街的路上，雖然現在是夏天，外面氣溫很高，但是童錦元卻一點也不感覺到熱。

房言卻想快一點回到店鋪裡，一方面是因為熱，另一方面是因為身邊這個人。童錦元今天給她帶來非常大的壓力，讓她的反應有些失常。

眼看快要到野味館，房言藏了很久的話這會兒終於說出來。「童大哥，之前是我誤會你了，對不起。」

童錦元聽到這句話，臉上的笑意加深，問道：「誤會解除了？」

房言羞赧地點點頭。「嗯，解除了，對不起。」

童錦元忍不住問道：「那個，言姊兒，能否問一下是什麼誤會？我怕……怕下次又不小心做了同樣的事，惹妳不快。」

想到自己誤會的事，再聽童錦元這麼說，房言瞪了他一眼。「你要是真的做了我誤會的那件事，我可就真的不理你了。」

童錦元詫異地繼續問道：「那我更要問一問是什麼事了？」他沒想到情況會這麼嚴重，到底是什麼樣的誤會？

房言臉蛋微微有些發紅。這種事怎能隨便說出口。於是她小聲道：「你放心就是了，我不會無緣無故冤枉人。以後……以後萬一真的發生那種事，我再告訴你。」

童錦元其實很想摸一摸房言的頭，但是又覺得這樣太過孟浪，只得強忍住衝動，說道：「嗯，沒關係，只要妳還願意理我就好。」

房言點點頭，匆匆跟他道別之後就走進野味館，只剩童錦元一個人站在原地，嘴角的笑意久久不散。

房二河剛想去看帳本，正好瞧見房言從外面回來。看著她一張臉紅撲撲的，他就隨口問道：「外面很熱嗎？」

這個問題讓房言心虛地咳一聲。「不熱啊。」

房二河疑惑地問道：「不熱？那妳臉怎麼這麼紅？」

一聽這話，房言更加心虛了，她立刻回道：「嗯，還是有些熱。」

房二河點點頭。「馬上就到秋收的時節，以後也就是白天熱，晚上不熱了。」

發現她爹並沒有發現自己的異常，於是房言說道：「是啊，夏天快要過去了。」

感慨了幾句天氣之後，房二河道：「二妮兒，剛剛妳去水果齋看過了嗎，最近的收益如何？」

見房二河聊起別的，房言不禁鬆了一口氣。想到生意上的事，她立刻來了興趣，心情愉悅地道：「非常不錯。」

房二河笑道：「那要不要跟爹去看看帳本？」

斂了斂心神，房言欣然應允。

第八十六章　無處不在

進了廂房，父女倆看了一會兒帳本，房言驚喜地道：「爹，沒想到這幾個月咱們家的收益竟然提高好幾成。」

聽到小女兒這麼說，房二河笑著點點頭道：「對，而且漲得最多的地方是碼頭。」

房言微微頷首。她還以為增長最多的，應該是離他們家比較近的縣城或鎮上的店鋪，畢竟那裡知道她大哥的人比較多，沒想到業績成長最多的竟然是府城的碼頭，這可真是奇怪。

房二河沒直接說明原因，而是神神秘秘地道：「妳還沒去碼頭那邊的店鋪好好看過吧？等明天爹帶妳去看就知道了。」

其實房二河知道房言今天去了江記，不過看她的反應，就知道她沒順道去那間分店瞧瞧。

房言忍不住問道：「是因為大哥考上狀元嗎？」

房二河老神在在地點點頭。「對，就是這個原因。」

「既然如此，為什麼春明街的店鋪收益增長起來不如碼頭那邊呢？按理說不應該如此啊。」

房二河忍住想告訴小女兒事實的衝動，只道：「總之，明天妳跟爹一起去看看吧，到時候妳就明白了。」

見房二河不說，房言就不再問，不過她心裡卻癢癢的，像是百爪撓心一般。

第二天，房言難得早點起來，一起床她就換好一身男裝，吃過早飯之後就跑去店裡找房二河。如今已經是辰時，來吃堂食的人不太多。

「爹，您現在忙嗎，咱們要不要去碼頭？」房言迫不及待地問道。

房二河笑著回道：「不要著急，再過一個時辰去才好。」

他這一說，房言只得作罷，她剛想轉身回去後院，正好看到童錦元出現在店門口。

童錦元要進米糧店鋪之前，習慣性地往野味館那邊一看，沒想到正好瞧見房言，他立刻停住腳步。

見童錦元看過來，房言笑著打起招呼。「童大哥。」

今日童錦元還是穿白色的絲綢衫，只不過這種白色比昨天的暗了一些，偏淡淡的米色。布料上同樣用金絲線鉤了一些形狀，這次的像是發財樹。

「言姊兒。」看到房言讚賞的眼神，童錦元覺得，自己這件衣裳就像昨天一樣挑得很適合。

果然，房言立刻問道：「這身衣裳很好看啊，是哪裡的繡娘做的？」

童錦元面帶笑意地道：「家裡的繡娘做的，妳要是喜歡……要是喜歡……」

想了一下，童錦元覺得接下來的話似乎不好說出口，因為他擔心房言會反感。他們兩個現在什麼都不是，若提議讓他家的繡娘幫她做衣服，實在有些過了。

察覺童錦元有點不好意思，房言趕緊道：「嗯嗯，你們府上的繡娘繡工不錯，剪裁也很好。」

房二河見到房言與童錦元在聊天，就朝門口道：「童少爺今天這麼早就過來了。」

童錦元一聽到房二河的話，立刻就走進來，彎腰拱手朝他行了個禮，說道：「房大叔好。」

房二河笑著回道：「不用這麼客氣，吃過飯了嗎，要不要來店裡吃點東西？」

其實童錦元已經吃過早飯，但是看到房言在店鋪裡，他還是說道：「沒有，正準備來您店裡吃。」

房言笑著招呼道：「來來來，快坐。客官要點什麼，我幫你端上來。」

聽到房言這麼說，童錦元覺得自己這趟來得值了，他坐下來，說道：「好。我要兩個包子跟一碗雞蛋野菜湯。」

房言隨口說道：「吃這麼少啊。」

她最近飯量變大，剛剛才吃過一個包子、一顆水煮蛋跟一碗湯，童錦元竟然吃得沒比她多多少，明明他長得這麼高……

房言頓時開始反思自己身為女孩子，是不是吃得太多了？吃這麼多她也沒怎麼長個子，會不會太浪費糧食？

童錦元一聽這話，臉色一僵，說道：「要不再多一個包子吧。」

「即使這樣也不是很多啊。」房言說道。

房二河搖著頭，笑著為童錦元解圍，說道：「很多人都苦夏，胃口不怎麼好，妳以為大家都像妳一樣不怕熱啊。」

聽到房二河這麼說，房言就不再說什麼，笑嘻嘻地招呼夥計去幫童錦元準備吃的了。

東西送到桌上之後，無所事事的房言就站在櫃檯前開始看帳本。

過了一會兒，找不到童錦元的招財走進野味館。看到他們家少爺在吃包子，他疑惑地說道：「少爺，您這麼快就又餓了啊？」

童錦元先是瞄了房言一眼，接著就馬上對招財使眼色，示意他不要說了。

招財跟著瞧了房言一眼，疑惑地道：「啊？」

童錦元往房言的位置看去，見她沒抬起頭來，鬆了一口氣，然後又瞪了招財一下。

招財不明所以，只好低下頭，不敢再說話。

房言本來低著頭在算帳，但是聽到招財的話，她就停止自己的動作，所以就算她沒抬起頭來，還是聽到他們之間的談話了。算完手中一條帳目，房言離開櫃檯，走到童錦元對面坐下來。

看到童錦元吃第二個包子吃得那麼艱難的樣子，她就從童錦元面前拿起一個包子吃起來。看到童錦元訝異的目光，房言一邊嚼著包子，一邊說道：「早上沒吃飽。」

說實話，她最近飯量真的大了不少，為了怕自己長胖，她還想控制食量來著。不過，娘說她這是在發育，所以雖然變重一些，她沒再克制自己。

房言在吃包子的時候，童錦元一直盯著她看。

等房言吃完，就看著童錦元說道：「看什麼看，以後吃不完就不要點這麼多，浪費。」

童錦元點點頭，笑著把最後一口湯喝掉。「我不是吃不完，只是吃得慢了一些。」

房言剛想站起身來，一聽到這話就道：「還能吃？那我再拿兩個包子給你，你現在吃掉？」

童錦元臉色一變，抿抿唇，堅定地道：「嗯，可以。」

房言「噗哧」一聲笑出來。「逗你玩的。」說完她就去櫃檯那邊繼續算帳，心情也比剛剛好多了。

看著態度跟從前一樣，甚至更加接近他的房言，童錦元的心情非常愉悅。臨走之前，他想了想，從荷包掏出一顆金豆子放在房言面前，說道：「賞妳的。」

房言拿起金豆子看了看，笑道：「多謝客官打賞。」

反正這金豆子對童家來說不是多貴重的東西，她就收下來吧——這是房言想到的理由。當然了，她內心究竟是怎麼想的，只有她自己知道了。

童錦元回到米糧店之後就上了二樓，透過窗戶往對面看了一眼，接著吩咐夥計們替他挪一下桌子。挪好桌子後，童錦元坐下來，又朝對面看去。

嗯，這樣他抬起頭來，就能看到櫃檯前那個女扮男裝的小姑娘了。

半個多時辰過去，童錦元一頁都沒往後面翻。上樓來詢問情況的安掌櫃，看到帳本仍停留在剛剛他離開時的那一頁，不禁戰戰兢兢地問道：「少爺，這一頁帳本可是有什麼問題？」

童錦元把視線從對面的店鋪移回來，看向安掌櫃，說道：「暫時沒發現有什麼問題。」

「喔，好，沒問題就好……」安掌櫃擦了擦額頭上的汗水。

童錦元意識到自己沒認真看帳本，於是拿起旁邊的算盤，算了算這一頁的帳目，然後說道：「的確沒問題。」

說完之後，他又看了對面一眼，結果才發現房言已經不在那裡。他不禁站起來，皺著眉確認一下。

安掌櫃多少能明白自家少爺的想法。每次只要房二小姐來了，少爺最晚第二天就會來這間店鋪，她一走，少爺就會離開。況且，少爺還要他彙報房二小姐的行蹤，他活了一大把年紀，要是這樣還看不明白，就真的太蠢了。

「老奴剛剛瞧見房二小姐跟房老闆出門，這不，已經走到街頭了。」安掌櫃站在窗邊，指著房言與房二河的背影說道。

童錦元看著房言遠去的身影，微微有些失望。停頓片刻之後，他說道：「我先走了。」

看見安掌櫃一臉了然的神情，童錦元抿抿唇。「早上吃太多了，我下去走走。」

安掌櫃立刻點頭。「是啊，吃多了容易積食，還是要多走走才好。」

童錦元點頭應了一聲，就下樓離開米糧店了。

房言跟著房二河抵達碼頭的店鋪後，房二河就進去店裡跟掌櫃的打了一聲招呼。

與此同時，房言見到在碼頭上幹活的工人帶領客人走進來，他一邊走，一邊說：「這家店鋪的包子是一絕啊，吃了還想吃，多少來來往往的客商們進店裡吃了之後，離開時還要帶走一些。重點是，你們可知道這家店鋪是誰家的？」

「誰家的？還能是巡撫家的不成？」一個男客人問道。

「是狀元郎家的，就是今年的新科狀元房伯玄！」工人回道。

男客人驚訝地道：「竟然是狀元郎家的店鋪？」

「可不是，不僅如此，這間店用的麵粉跟野菜，都是狀元郎親手栽種的，他就是天天吃家裡的吃食，才會考上狀元！」

「天哪，真的假的啊？」

「自然是真的，您要是不信就去打聽打聽，咱們全府城都知道。有些人甚至還在店鋪見過狀元郎，他親自端過吃食給他們呢。」

男客人說道：「那些人運氣真好，不知道我們今日有沒有這種福氣？」

「狀元郎如今在京城做官呢，來不了了。」

雖然工人這麼說，不過男客人也沒太失望，他低頭對自己的兒子說道：「生兒，你要多吃一點，以後也努力考個狀元。」

聽了這些話，房言看了房二河一眼，他笑著低聲道：「要不要去碼頭上看看？」

房言點點頭。

方才在店鋪發生的事情房言還預想得到，但是到了碼頭上，她才明白自家碼頭分店能賺那麼多錢的原因。

以前房言也來碼頭上觀察過，那些在碼頭上幹活的人是如何招攬客人的。那時送貨的人得遊說一段時間，來來往往的客人們才會進他們家的店鋪，可現在很多人只要一聽到介紹，就好奇地過去看一看。

「您要不要吃飯？」

「不了，我還不餓，小哥先把東西送去客棧吧。」

「那真是可惜了，我們碼頭附近有家賣吃食的店鋪，是今年新科狀元郎家開的，裡面的食材都是狀元郎親手栽種的。」

「哦？就在碼頭附近嗎？聽說今年的狀元出自魯東府，沒想到他家竟然是賣吃的。這樣吧，小哥，先帶我去吃東西，貨物一會兒再送，我要嚐一嚐狀元郎家的東西跟別家的有什麼不同？」

「客官要去狀元郎家開的店鋪吃飯嗎？保證你們家少爺吃了之後書讀得越來越好！」

除了有人是被推薦之後產生興趣，還有很多人是主動要去野味館的碼頭分店。

「聽說今年新科狀元郎家是賣吃食的，在哪裡啊？只聽說在碼頭附近，可是我卻不知道確切的位置，能帶我們去嗎？」

房言聽了這些對話一會兒，就明白碼頭這個地理位置帶來的好處。這裡不只客流量大，訊息傳播的速度也快，更有來自其他地方的人群，這麼一傳十、十傳百，來的人自然多。

這麼一想，房言轉過頭看著房二河道：「爹，我覺得我要是客人，肯定也會想去狀元郎家的店鋪嚐一嚐吃食，說不定真能變得跟他一樣聰明。」

房二河點點頭。「的確，大家都想討個好兆頭，妳都不知道，妳大哥小時候穿的衣服被人討去了多少件。」

說起來，房言還真不曉得這回事，她失笑道：「這樣也行？」

房二河笑著回道：「是啊，要不是妳娘特地留了幾件，早就什麼都不剩了。」

聽他這麼一說，房言道：「娘留這東西做什麼？人家想要就給他們，反正那些衣裳大哥也不穿了。」

房二河小聲地說：「妳娘見要的人多了，也覺得說不定真的有效，就決定要留給你們幾個，等你們生了孩子後給他們穿，看看以後能不能再考一個狀元出來？」

此話一出，房言只能無語地看著她爹。

原來不光是外人想沾喜氣，就連他們自己人都覺得好運能藉由這種方式延續。

看著碼頭上的情況，房言對她爹說道：「爹，我覺得咱們家的牌匾可以換一換了。抽空讓人去京城請大哥揮毫，最好在牌匾上加注『房記』。」

房二河道：「我還以為妳想讓妳大哥寫下『狀元』兩個字呢。」

淺淺笑了笑，房言說道：「爹，要是直接這麼寫的話就太出格了，還是低調一些好。」

聞言，房二河笑呵呵地點點頭。

到了吃飯時間，房二河跟房言不待在碼頭了，準備回春明街去。他們路過江記木製品店的時候，正好看到童錦元跟招財從裡面走出來。

「好巧，房大叔，您跟言姊兒去店鋪了啊。」童錦元主動上前打招呼。

剛剛在野味館裡看到童錦元時，房言還不覺得他有多亮眼，這會兒在大街上，四周光線充足，房言一看，就覺得童錦元像個模特兒，不僅又高又瘦，還穿那麼好看的衣裳，大街上好多小媳婦跟姑娘都在看他。

本來房言覺得童錦元給了她「賞心悅目」的感受，這會兒又覺得心裡有些不是滋味了。

房二河對於房言的心事毫無所覺，笑著回應道：「是啊，過來碼頭這邊看一看。」

童錦元抬頭看了碼頭一眼，笑道：「房大叔家店鋪的生意越來越好了，生意真是興隆啊。」

房二河道：「呵呵，小本生意罷了。」

說著說著，四個人就舉步同行。雖然剛才房言非常在意童錦元的吸引力造成的現象，這會兒卻回過神來了。她轉頭瞄了童錦元一下，越想越覺得奇怪——這人這兩天出現的頻率好像有點高啊，好像走到哪裡都能看到他的感覺。

到了春明街之後，童錦元跟著房二河一起走進野味館。房二河疑惑地看著童錦元，似乎想提醒他走錯地方了，童錦元頓時尷尬起來。

一旁的招財適時說道：「少爺，夫人不是說想吃野味館的包子，您不幫夫人買幾個嗎？」

童錦元咳了一聲，說道：「對，我幫我母親買幾個包子。」

房二河笑著找來夥計，替童錦元打包了一些。

盯著房言一臉玩味的表情，童錦元低聲道：「言姊兒，我先回去了。」

房言頷首微笑。

第八十七章　心悅於你

童錦元回到家，就把包子拿到正屋。

江氏看著包子，笑道：「是野味館的包子啊，看來我今天又有口福了。」

童錦元抿抿唇，沒有說話。

雖然兒子沒開口，但是江氏也能看出他的好心情，於是她問道：「聽說房二小姐也來了，你沒邀請她來這裡作客嗎？」

童錦元輕輕咳了咳，說道：「於禮不合。」

江氏說道：「也是，等哪天她母親來了府城，到時候再邀請她們過來。」

童錦元難得應了一聲。

得到兒子的回應，江氏懷疑自己是否聽錯？她只是習慣性地調侃一下這個跟木頭一樣的兒子，沒想到會得到答案。

這樣的驚喜來得太過突然，江氏一時之間沒反應過來，過了半晌，她才忍著激動問道：「錦元，你確定了？」

童錦元認真地回道：「以前是兒子不懂事，讓母親費心了。對，兒子已經確定了。」

他這般毫不遲疑，反而讓江氏疑惑地問道：「你不是說自己有剋妻之命，怕害了人家小姑娘嗎？」

童錦元堅定地道：「我會好好保護她的。」

說完之後，他抿抿唇，補充一句：「等到明年再訂親的話，大概就沒事了。」

江氏長長地吁了一口氣，眼角有些濕潤。「錦元，你這樣想就對了。再說了，你哪有什麼剋妻之命啊？那些都是長舌之人胡說的。渡法大師也開釋過，等到明年，你就能安心娶妻了。」

童錦元聽了母親的話，又應了一聲。

晚上童寅正回來之後，江氏就馬上告訴他這個好消息。

童寅正聽了也非常開心，畢竟兒子今年已經十九歲，外面又有不好的傳言，若是這件事真能辦成的話，他也不用再為這個兒子操心了。

雖然這段時間以來童寅正什麼都沒說，甚至有意無意避開這個問題，但是兒子的終身大事真的是折磨他好一段時間。

不過，欣喜之餘，童寅正也表達自己的疑慮。「咱們家錦元這邊是有意思，可是妳知道房家那邊是什麼樣的態度嗎？可別只是咱們兒子單方面看上人家房二小姐，萬一房家嫌棄他年紀太大，或是對他那個名聲避之唯恐不及怎麼辦？」

說著說著，童寅正原本高昂的情緒頓時往下墜落。

江氏也陷入深深的憂慮中，過了一會兒，她說道：「你說，如果房二小姐也喜歡咱們家錦元呢？」

童寅正看了自家夫人一眼，說道：「自古以來婚姻大事都是父母之命、媒妁之言，即使房二小姐喜歡咱們家錦元，她爹娘不同意也沒用。況且，現在的問題是，房二小姐喜歡咱們家兒子嗎？」

江氏被童寅正拋出的問題給難住了。房言喜不喜歡她兒子……她怎麼會知道？

夫妻倆你看我、我看你，方才的興奮之情已經蕩然無存，也沒什麼心情繼續聊下去了。最後，童寅正說道：「夫人，妳也別糾結了，待我過幾日去探探房老闆的口風再說吧。」

江氏嘆了一口氣。「也只能這樣了。」

童錦元倒不像他爹娘一樣憂愁，對他來說，有些事情想通之後，就能安心了。

第二天早上，童錦元又換上一件新衣裳，穿戴得整整齊齊地去了春明街。這天早上，他沒在家吃，而是直接去野味館用早飯。

房言看到今日童錦元穿著一件淡綠色的衣裳，下面摻雜著一些金絲線鉤成的錢幣花紋，眼前先是一亮，接著言不由衷地道：「童大哥，你這幾日穿得好生招搖，看你臉上的表情，是不是家裡有什麼喜事啊？」

童錦元低頭看了看今日的衣衫，小聲地問道：「這樣不好看嗎？」

「好看啊，怎麼會不好看？」房言心想，就跟一隻孔雀一樣，拚命吸引異性的目光嘛。既然好看，妳今日為何不誇讚我了？童錦元心裡雖然這麼想，卻沒敢問出來，他笑著對旁邊的夥計道：「我要四個包子、一盤涼拌菜跟一碗雞蛋野菜湯。」

跟夥計說話的時候，童錦元特別強調了「四」這個數字。

房言自然明白童錦元的意思，他是反擊昨日她說他吃得太少這件事吧。想到這裡，她笑了出來，說道：「怎麼，今日沒在家吃飯？」

童錦元搖搖頭。「沒有，今日起得晚了，沒能趕上早飯。」

等童錦元吃完早飯，房言還在櫃檯那裡算帳收錢。這次童錦元又給了房言一顆金豆子，這次的金豆子上面還有花紋，甚是好看。

房言挑了挑眉，欣賞了金豆子一會兒，然後就放進自己的荷包裡了。

看到房言開心的樣子，童錦元內心也非常歡喜，他覺得應該多打一些花樣好看的金豆子備著了。

等童錦元回到對面的米糧店，他就坐在和昨天一樣的位子上，看著招財從別處抱過來的帳本，一邊看帳，一邊往下面瞄。

沒一會兒，童錦元就發現房言已經不在櫃檯那邊，而是去了後面，過了一個時辰都沒再出來。他微微有些失望，帳本也看不進去了。

不過，童錦元突然想到一件事。房言是不是知道他會來米糧店，所以早上故意在那裡等他？一想到這種可能，童錦元就覺得自己全身上下的血液都沸騰起來，該不會真的是他想的這個樣子吧？萬一真的是呢？

童錦元抬起手，使勁地拍了幾下臉，迫使自己冷靜下來。也許……是他想太多了。

心情恢復平靜之後過沒多久，童錦元就發現房言從野味館走出來，身邊還跟著一個小廝。

童錦元站起身來，想看看房言要去哪裡？結果房言彷彿感受到他的目光，也在此時抬起頭來，雙目相對之後，兩個人都愣了一下。

人在二樓的童錦元感受著心臟的劇烈跳動，不知道該做些什麼反應？房言則是愣怔一會兒後，伸出手朝童錦元揮了揮，然後帶著房乙去了不遠處的水果齋。

到了水果齋，房言本來打算專心看帳本的，但是看著看著，眼前就浮現出方才童錦元瞧她的眼神。

經過這麼久的相處，房言心想，若是她沒猜錯的話，童錦元應該是喜歡她的吧。不過他並未明說，所以還有那麼一點點不確定。

在房言愣怔之間，一顆眼熟的金豆子出現在她面前，這顆金豆子跟她早上從童錦元那裡收到的一模一樣。

房言抬起頭來，看著這個一早就見到的人，她忍不住笑道：「客官，請問需要點什麼？」

「一碗糖煮桃子，冰鎮的。」童錦元一本正經地道。

「好，您稍等。房乙，快去準備。」房言笑道。

到了這個時候，她根本就不用再懷疑了，童錦元肯定是喜歡她的！

此時店內的人不太多，童錦元找了張空桌子坐下來，整個人的正面正對著櫃檯。房言本來就有些看不下帳本，這會兒男主角出現，更看不進去了。她索性合上帳本，要房乙也幫她來一碗糖煮桃子，然後走到童錦元對面坐下來。

過了一會兒，房乙端上兩碗糖煮桃子之後，就去忙她自己的了。至於待在童錦元身邊的招財，也很識相地走到遠一點的地方待著。

童錦元見房言拿起勺子吃起來，就跟房言做起了同樣的動作，一時之間，兩個人都沒開口。原本童錦元想說幾句話，但是看到房言一副專心吃東西的模樣，他就沒多說什麼。

吃著吃著，童錦元已經用完一碗糖煮桃子，他就坐在那裡安安靜靜地看著房言吃。只見對面的小姑娘長髮烏黑亮麗，雖然學男子在頭上梳了一個髮髻，但渾身上下還是散發出強烈的少女氣息。此外，那細長的眉毛、大大的杏眼、小巧的鼻頭、嫣紅的嘴唇，還有吃東西時那秀氣的舉止，很難讓人相信她是男兒。

由於童錦元的視線太過「熱情」，房言覺得自身的體溫都要上升了，於是她抬起頭來瞪了他一眼，然後才繼續吃東西。

童錦元笑了笑，心想，就連她抬起頭來瞪他的模樣，也特別可愛。

終於，房言吃完了碗裡的糖煮桃子，她拿出手帕擦了擦嘴，頓了一下，說道：「我有話問你。」

童錦元早就料到會有這種情形，於是笑道：「嗯，妳說。」

房言沒有一絲害羞，也毫不做作，直接問道：「你是不是心悅於我？」

其實房言也不是突然間想到要問這件事的。她不是個拖泥帶水的人，如果確定了對方的感情，她就不會讓彼此一直保持在曖昧的狀態。

之前沒問，是因為對方並未明確地表現出「喜歡她」，她總不能不顧顏面地詢問對方的心意。這會兒之所以問他，是因為她發現他最近已經表現得很明顯了。

正好，經過這段時間的沈澱與深思，房言已經意識到自己內心的感情。她並非真的是個十四歲的少女，前後兩世加起來都快四十歲，足以明白什麼是「喜歡一個人」，也有自己的判斷力。

其實剛開始房言並沒有這種想法，一是童錦元的家世太好，二是他曾經有未婚妻，第三，也是最重要的一點，就是她沒對他一見鍾情。

按照房言的想法，她覺得第一眼就要喜歡上對方才叫愛情，不過越是相處，她越能感受到童錦元的好，也漸漸對他產生好感，隨著誤會發生，反而讓她更加確定自己的真實想法。

所以這會兒，房言想要從他那邊得到明確的答案。若他的心意跟她一致，那他們倆就很有可能會走在一起；若是不一致，那也沒什麼關係，反正她才十四歲，還有很多好兒郎在等著她，況且她沒跟任何人表明過自己的心跡，所以也不怕丟人。

正因為如此，房言的內心雖然波瀾起伏，但是表面上卻非常鎮定。

可是坐在對面的童錦元就不一樣了，不管是內心還是表面上，他都無法那麼平靜。

童錦元實在沒想到房言會直接拋出這個問題，在毫無準備的情況下，他最真實的反應展現在房言面前。

先是震驚，接著是慌亂，再來就是……耳朵悄悄地紅了起來。

「我……」童錦元一顆心怦怦亂跳。要在大庭廣眾下說出自己的心思，這還是第一次。看到房言表情異常冷靜，他覺得自己反而才像個小姑娘。

童錦元覺得再這樣下去不是辦法，他要勇敢一些，不能被喜歡的人瞧不上。他確實心儀房言，也表現得夠清楚，她要是因此察覺了，並不稀奇。若是自己做了這麼多，而她依然毫無所覺，那才是最悲哀的吧。

他在各方面都力求表現，不就是想讓她感受到他的心意嗎？

即使房言拒絕他，他也會繼續對她好，努力讓她喜歡上他。他相信，只要付出真心，她遲早會被感動的。

想通這些，童錦元就答道：「對，言姊兒，我心悅於妳。」

話說出口之後，童錦元心中彷彿有一塊大石落了地。

不過，由於他實在無法從房言的神情猜出她的想法，所以總覺得會被她拒絕。想到這裡，他的心又忐忑起來。

只是說都說了，他也只能等待結果。

房言自然不知道童錦元心中有多糾結，聽到他說的話，又看到他充滿決心的眼神，她笑道：「嗯，我知道了。」

知道了？這是什麼意思？童錦元微微皺了皺眉，似乎不太理解房言這個答案的意思。

看著不想多說什麼的房言，童錦元抿抿唇，問道：「言姊兒，妳這句話是什麼意思？」

房言愉悅地道：「你說我是什麼意思？」

她這麼一說，童錦元更是緊張地問道：「總歸不是討厭我吧？」這是他最關心的問題。

在童錦元的追問之下，房言的臉色也漸漸變紅了，她說道：「我要是討厭你，哪裡還會跟你講這麼多廢話啊？」

聽到房言這有點像是撒嬌的話，又看見她臉龐微紅，再想到稍早時自己的猜想，童錦元的心情一下子從谷底躍到雲端。

「……那妳是不是也心悅於我？」

房言臉上的紅暈更明顯了，就像喝醉酒一般，她支支吾吾地道：「哪有……哪有姑娘家說這種話的？」

童錦元能感受到房言的臉紅不是因為氣憤，聽到她說的話，他也覺得這個問題太令人為難。他看著房言，輕輕笑道：「嗯，是我孟浪了。」

房言瞪了他一眼，說道：「的確是你的錯。」

看著房言水汪汪的大眼睛，童錦元無意識地跟著說：「嗯，是我的錯。」

說完這些話，他們兩人陷入了沈默。童錦元一直盯著房言，房言則時不時看他一眼，然後再把目光轉向別處。

見店裡三三兩兩的客人越來越多，房言就低聲對童錦元說道：「你跟我去後院，我有話要告訴你。」

童錦元聽了，立刻站起身來跟著房言離開。

在一棵樹下站定後，房言抿抿唇道：「有些話我想提前跟你說說。」她終究待在二十一世紀長大成人過，嚴格說起來，並不是這個時代的人，所以很多事無法忍受。別人要怎麼做，她管不了，但是她喜歡的、將來要嫁的人，肯定不能做出違背她理念的事。雖然現在說這些有點早，但還是要防患未然比較好，萬一對方不同意的話，他們就沒必要繼續發展下去了。

童錦元見房言的表情變得凝重，就說道：「嗯，妳說。」

房言看著地面，小聲道：「你既然心悅於我，可不能再去招惹別的姑娘。不許逛紅樓楚館，也不准跟家裡的丫鬟調笑，要是有通房或小妾，也最好別再搭理她們。要是做不到的話，你就別再喜歡我了。」

童錦元沒想到房言會說這些話，他焦急地解釋道：「我沒招惹過別的姑娘，家裡更是沒有通房或小妾。」

房言抿抿唇，強忍著羞意說道：「無論如何，那都是過去的事情，我管不著，也不會管，但是往後可不行。我要嫁的人，一定要對我忠貞不二，因為我不會跟別人分享自己的丈夫。你若不願意的話，那就算了。」

童錦元急得整張臉泛紅，他抓住房言的手。「我真的沒有通房或小妾，也沒有喜歡的人……不對，我有喜歡的人，那就是妳。」

房言沒想到會被童錦元抓住手，她使勁地想脫困，卻沒能把手抽出來，而他後面說的話，更讓她想逃離現場。

童錦元覺得自己孟浪了一些，但是他急於跟房言解釋，所以沒鬆開手，繼續說道：「是真的！我祖母被祖父的小妾傷害過，所以她最厭惡這種事，早早就讓妾室所生的叔叔分家，也不讓我伯父跟爹納妾或收通房，這點到我這一輩都一樣。」

房言沒想到童家竟有這種規定，這可真是太難得了。這一刻，她覺得童錦元的祖母簡直是世界上最可愛的人！

第八十八章 兩情相悅

見房言的表情不再那麼緊繃，童錦元才緩緩說道：「雖然我今年已經十九歲，卻從來沒納過小妾或通房。只不過，想必妳也知道，我之前跟兩個姑娘訂過親。」

聽到童錦元提及他之前那兩個未婚妻，房言抿抿唇。

「那些事情都過去了，我也不想多問。」

童錦元本來想跟房言說一下劉小姐與潘小姐死於非命的事，見她不想聽，他就說起其他事。

「好。還有，言姊兒，妳剛剛說的那種地方，我從前確實去過，但那只是去跟人談生意，我並沒在那裡做過什麼惹妳不快的事。因為不太喜歡那種地方的氛圍，我後來就沒再去過，跟人談生意的地點也改成了酒樓或客棧。」

見遠處有個夥計走過來，房言趕緊低聲說道：「快放開手，有人來了。」

童錦元一聽，雖然很不捨，但還是放開房言的手。

看到夥計拿了東西就離開，房言轉頭對童錦元說道：「我說過了，從前的事情我不管，但你若是真心喜歡我的話，可不能再去了。」

童錦元點點頭，保證道：「嗯，我向妳保證，不會再去那種地方。」

房言頷首。「那就好。」

說完這些話，兩人默默地互看了許久，房言先撐不住了，不好意思地低下頭去。

雖然天氣還挺熱的，但是他們站在樹蔭底下，溫度自然比站在大太陽底下好得多。一陣微風吹過，撩動了房言的髮絲，也吹動了童錦元的心。

童錦元看到頭髮黏到房言的臉上，有些手癢地想幫她撥掉，但終究還是忍住了。

此時，房言抬起頭來，自己把礙事的髮絲塞到耳後，這個動作讓童錦元只能呆呆地道：「言姊兒，妳真好看。」

聽到這句話，房言整張臉一下子脹紅，嘴裡忍不住嘟囔道：「呆子。」

又待了一會兒之後，房言就說道：「我該回去了，一會兒就要吃午飯，我爹看不到我，會派人找過來的。」

童錦元點點頭，笑道：「好，我跟妳一起回去。」

雖然返回野味館的路上身邊有房乙跟招財，還有無數的行人，可是童錦元卻覺得整條街上彷彿只有他和房言兩個，別人長什麼樣子、正在做什麼事，他完全沒注意到。

進入野味館，房言小聲地對童錦元說道：「我去後面了。」

說完，房言就低頭匆匆地往後面廂房走去，而童錦元則是找了個地方坐下來。

看到自家少爺的舉動，招財問道：「少爺，咱們不回去吃飯了嗎？夫人說不定還在家裡等著呢。」

童錦元笑道：「就算我不回去，母親也會理解的，你去讓米糧店的夥計回家幫我說一聲。」

招財見童錦元一副心情很好的樣子，就走去對面的米糧店找夥計了。

自從跟房言好好談過之後，童錦元的心境就不一樣了。

吃完午飯回到米糧店，童錦元坐在二樓窗邊的桌子前，嘴角的笑意一直沒消失。即便到了午休時間，他也毫無睡意，眼睛一直盯著對面店鋪的一樓。

招財跟著童錦元很多年了，很少看到他這種笑法，他不禁好奇地問道：「少爺，今天是有什麼喜事嗎？您說出來，讓小的也跟著高興高興吧。」

童錦元笑著看了招財一眼，難得解釋道：「自然有一件天大的喜事，只是你還小，說出來你也不懂。」

招財聽了，只覺得自家少爺太敷衍他了。他不過比少爺小個三歲，而且今年也訂親了，只怕比少爺更早成親。

再說了，他這個奴才算是挺機靈的，哪裡看不出自家少爺所謂的天大喜事跟房二小姐有關？光看他一直盯著對面的店鋪瞧，就知道事情的關鍵在那邊。

招財低頭往窗外看了好幾眼，都沒瞧見房二小姐的蹤影，也不知道他家少爺怎麼會笑得這麼幸福？

「嗯，少爺您開心就好。」招財回道。

這一個下午，童錦元幾乎維持同樣的動作，即使低頭看帳本，速度也非常慢，一盞茶的工夫只能翻上一頁。

等到快要酉時的時候還沒看到房言，童錦元就有些坐不住了。還未表明心跡的時候，見不到人還能忍著，如今表白了心意，卻反而無法按捺相思之情。

童錦元無心看帳了，他藉故要回府，走去野味館打了聲招呼。

正好，房二河在店鋪裡，他看到童錦元，就笑道：「童少爺要回去了是嗎？」

童錦元點點頭。「是的。」

見童錦元似乎有話要說，房二河就等了一會兒，結果遲遲沒聽到他開口，於是他主動問道：「童少爺還有其他事嗎？」

童錦元張了張嘴，還是沒敢問出來，只道：「也沒什麼事，剛才我在想算過的帳目，一時走神了，真的很抱歉。」

房二河笑道：「沒關係，我看你在店裡一坐就是一天，肯定很辛苦。如今像你這麼能幹又這麼坐得住的少年郎，實在太少了。」

聽到房二河的誇讚，童錦元想到自己這一整天根本沒做什麼「正事」，不禁有些羞愧地說道：「房大叔謬讚了。」

本想再探聽幾句關於房言的事，童錦元這會兒也不好意思問了，跟房二河聊幾句之後，他就離開了野味館。

返家的路上，童錦元從來沒覺得府城的街景這麼賞心悅目過。他不斷回想今天跟房言之間的談話，想著想著，他突然靈機一動，聯想到一件事。

童錦元記得，之前房言對他生氣的時候，好像問過他有沒有去過「那種地方」？再結合這個上午的對話內容，他總算明白房言誤會他什麼了。

想到這裡，童錦元心念一動。

難道那時候房言就已經對他有感覺了嗎？要不然怎麼會關心這種事？……不對，其實到現在，她並未明確地表示過心儀他，他這麼想似乎有些過頭了。然而，透過今日的相處情形，他至少能知道房言不討厭他，甚至應該是對他有好感的。

如今兩人之間的誤會已經解除，他跟房言之間的感情也更進一步，童錦元只覺得人生美好得不可思議。回到家裡以後，他臉上都還帶著笑意。

看到兒子這個樣子，江氏不禁問道：「錦元，是談成什麼大生意了嗎？」她記得兒子上回這樣笑，還是在他第一次單獨爭取到一筆大生意的時候。

被她這麼一問，童錦元的嘴角立刻恢復到平常的位置，他輕咳一聲，說道：「不是。」江氏懷疑地看著自家兒子。既然不是在商場上有大收穫，那她這個一向沒什麼表情的兒子在高興些什麼呢？

在母親充滿疑問的目光中，童錦元默默回到自己的院子裡，打算繼續獨自品嘗這份喜悅。

至於房言這邊，儘管外表算是平靜，但是她內心非常激動，畢竟自己極有好感的人也喜歡她，兩情相悅最是讓人歡喜了。

不過到了下午，房言就沒多少心神來思考這件事了，因為過兩日她就要回家去秋收，而水果齋的帳卻還沒看完。雖說她可以讓人把帳本送到房家村，但是她人在這裡的話，很多事就能當面講清楚。

水果齋的收益雖然不像野味館提升得那麼多，不過也增長了不少。

府城的水果齋今年五月分剛剛開張，收益的高低變化還得長期觀察；縣城那家水果齋，每年營業期間生意都很好，若是碰上節日，業績就更不得了了。因為之前拓展了水果的種類，所以他們現在能夠開店的時間拉長一些。

淡季的時候，在沒有節日的月分，一個月收益也就二百兩銀子左右；在有節日的月分，每個月的收益大約有四百兩銀子。

到了旺季，沒有節日的月分，收益大概四百兩左右，畢竟天氣比較熱，果汁跟水果罐頭都很好賣；在有節日的月分，收益則大約有七百兩。

算下來，一個月的收益平均能達到四百多兩，這還只是縣城那家店鋪販賣商品得來的業績。除了店裡的東西，房言還供應新鮮水果給縣城跟一些外地的水果商，過去她已經實施這個計劃，如今跟她簽約的人更多了。

由於房言供貨的對象不止一家，所以一年光靠這些交易就能賺進幾千兩銀子，差不多跟賣東西賺來的錢一樣。

至於府城這邊，房言不打算供貨給別人，因為家裡的果樹沒這麼多，目前這樣已經是極限了。

拜房言的大哥房伯玄考上狀元所賜，縣城的水果齋收益比以往提高不少，五月的銷售額一路往上攀升，六月分更是達到高峰。七、八月回落，但成績還是很好。

府城這邊，五月分開張時並未做滿一個月，但是收益從一開始就頗為出色，這全多虧了那些縣城的貴客送來賀儀，讓他們水果齋一下子就打響名號。之後房伯玄帶來的狀元效應就不用說了，業績短期內就往上竄，雖然還不夠穩定，但是這裡的發展前景卻比縣城更好。畢竟這裡是府城，地理位置優越，不僅在地的人口多，從四面八方來的流動客戶也不少，這些人帶來的業績著實不可小覷。

算完帳，房言又思考了一下葡萄酒的問題，想著想著，差不多到了吃晚飯的時間。

站起來活動一下身子，房言這才發現，她一個下午沒看見童錦元，不得不說，她還真有點思念他呢。

想到如今身處古代，房言就覺得心情有些悶。就算他們這個朝代不怎麼封閉落後，對女子也算寬容，卻不能自由地跟自己的心上人見面。

如果在現代，互相喜歡的兩個人還能一道逛逛街、看看電影什麼的，就算手牽著手走在路上，也沒人會側目。但是現在，他們沒太多機會獨處，若是私下偷偷待在同一個房間時被人發現，可是會讓家人因此蒙羞，解決之道也只有成親，否則就完蛋了。

思及此，房言嘆了口氣，看了看時間，童錦元應該早就回家去了，明天他們才能再見面。

走出廂房之後，房言心想，不對，明天似乎也見不著，因為她要去姊姊家，後天就要回房家村去。

看來她只能等到下次來府城的時候，再找時間好好跟童錦元相處了。

第二日一大早，房言就坐上馬車，從後門前往房淑靜家，房二河也跟著去了，因為他想看看自己的大女兒過得怎麼樣？不過房二河並未久留，他把房言留在那裡之後就返回野味館。只要大女兒過得好，他就放心了。

待房二河離開，房言看著面如桃花、美貌更勝婚前的房淑靜，嘖嘖讚嘆。這就是愛情的魔力，新婚的力量啊！

「姊姊，看來姊夫對妳很好。」房言打趣道。

房淑靜臉色微紅，輕輕地拍了房言的手臂一下，說道：「妳姊夫自然對我極好。」

「他沒有欺負妳吧？」房言多嘴問了一句，問完之後她才覺得，自己這句話似乎有些曖昧，因為房淑靜的臉蛋更紅了。

「沒有。」房淑靜羞赧地回道。

看到房淑靜幸福的樣子，房言說道：「姊姊，我知道如今姊夫對妳很好，但是如果姊夫哪天對妳不好，妳千萬不要自己憋著，要跟爹娘說。就算不跟他們說，也得告訴我。」

房淑靜點點頭。「嗯，妳放心。」

閒聊幾句之後，房言就想起自己來這裡除了探望姊姊，還有另一個目的。

「姊姊，爹買給妳的店鋪，妳打算用來做什麼？」

房淑靜答道：「前幾日我跟妳姊夫商量過，我們還沒確定要做什麼。」

說到這裡，房淑靜握著房言的手說道：「二妮兒，妳可是有什麼好主意？快跟姊姊說。」

房言回道：「主意倒是有一個。」

「是什麼？快告訴我吧。」

房言看著房淑靜說道：「姊姊，妳不是喜歡繡東西嗎？何不開一間這樣的店鋪？」

雖然房言認為這種手工藝實在賺不了大錢，但是她之所以這麼建議房淑靜，是有理由的。

「開一間繡品店？」房淑靜喃喃說道。

因為家裡是賣吃食的，所以房淑靜思考這個問題的時候，想的都是要開跟料理有關的店鋪。這幾天她和袁大山討論許久，話題總繞不開要賣什麼吃的，結果這會兒自家小妹卻突然跟她說可以開一間繡品店……

「對啊，就是開一間賣繡品的店鋪，姊姊喜歡做什麼，就開什麼樣的店鋪。」房言看著房淑靜說道。

房言認為，賣吃的東西很耗費精神，現在房淑靜已經出嫁，她身邊沒有開過吃食店的人，也沒什麼人能幫她，倒不如朝自己的興趣發展。

房淑靜覺得自己的想法受到挑戰，她說道：「我原本想要開一間吃食店的。」

聽到房淑靜的回答，房言一點都不訝異，畢竟他們是做吃食起家的，她姊姊這麼想很正常。

「姊姊，我想問妳，妳喜歡賣吃食嗎？想開這種店鋪嗎？」房言循循善誘道：「為何不憑自己既擅長又喜歡的手藝開一間鋪子呢？」

房淑靜聽到自家小妹這麼說，心中一動。她的確對經營吃食店沒有太大的興趣，也不怎麼過問家裡的生意，這麼一想，還是開一間繡品店更好。

不過，她對開繡品店有興趣是不假，但是她完全不會經營啊！

想到這裡，房淑靜有些焦慮地說道：「二妮兒，妳的提議很好，只是姊姊實在不懂如何開一間繡品店，萬一賠了本錢怎麼辦？」

得知房淑靜的顧慮，房言回道：「姊姊，如今你們家沒什麼需要用錢的地方，妳每個月還能收咱們家店鋪的分成，所以就不用考慮賺錢的問題了。只要妳喜歡，開店鋪的事就當作打發時間吧，而且一開始不賺錢，不代表以後不賺錢啊。就算姊姊不懂，咱們也可以找懂的人來當掌櫃的跟帳房先生。」

房淑靜緊張又興奮地問道：「這樣真的可行嗎？」

「當然可行。」房言點點頭。

「可是……全部交給外人掌管是不是不太好，萬一他們欺下瞞上呢？」房淑靜又提出自己的擔憂之處。

房言笑著安慰道：「怎麼可能，姊姊儘管放心，咱們找些可靠的人就是了。況且，就憑大哥跟姊夫的官職，還有爹在府城商家當中的地位，哪裡有人敢欺騙咱們？」

聽了房言這番話，房淑靜才真正放下心來，說道：「那就好，看來姊姊擔心得太多了。」

第八十九章　深深信賴

看到房淑靜不是很有自信的樣子，房言決定激勵她一番，於是她說道：「不過，我覺得姊姊的想法非常好，考慮得也很周到。如果不想被底下的人欺騙，我覺得姊姊還需要採取一些方法，像是……去學學這方面的事怎麼樣？這樣就不怕被他們欺瞞了，妳說是不是啊，姊姊？」

「要我去學習怎麼管理店鋪嗎？」房淑靜眼睛睜得大大地說道：「可是我什麼都不懂啊。」

房言點點頭道：「是啊，這件事說起來並不困難，而且姊姊還讀了那麼多年的書，肯定沒問題。」

「可是，我……」房淑靜顯然還是非常沒信心。

房言見狀，握著房淑靜的手。「姊姊，別可是了，這是一定要學的。妳看我，一開始什麼也不懂，現在不是學會了嗎？況且妳不用樣樣都學，只需要知道一些門道就行了，這也是防止妳被人欺騙啊。」

看著房言鼓勵自己的眼神，房淑靜內心一股衝勁油然而生。

「還有，姊姊，既然妳喜歡繡東西，肯定不希望自己因為興趣而開的店被人搞砸吧？所以妳就按照自己的想法來，多看顧著點，這樣一來就不會有問題了。」

此時房淑靜終於下定決心。「好。」

聽到房淑靜同意，房言終於放下心來，她笑道：「嗯，那我們就來研究怎麼開這間店鋪吧。」

房淑靜興奮地說道：「是啊，妳說店裡面賣什麼東西好呢，手帕、香包、屏風？還有，要繡什麼樣的花樣才好？再來，顏色搭配方面……」聊到自己擅長的領域，她的話就多了起來。

看到房淑靜的樣子，房言笑道：「姊姊，等吃過午飯，咱們一起去那間店鋪看看，然後再去別家繡品店瞧瞧，這樣心裡自然就有數了。」

一聽到房言的話，房淑靜就站起身來道：「要不然咱們現在就去吧，何必等吃過午飯。」

房言一把按住房淑靜，說道：「姊姊，已經快到午時，姊夫也快回來了，還是吃完午飯再去吧。」

剛才房淑靜一時激動忘記了時間，這會兒一聽房言提醒，便說：「我真是的，的確快到午時了，那咱們吃過飯再去。」

房言點點頭，又說道：「對了，姊姊應該跟姊夫商量一下這件事吧？」

提及這一點，房淑靜臉色微紅。「不用了，妳姊夫什麼都聽我的。」

房言微微頷首。「嗯，那就好。」

一直站在一旁沒講話的曹嬤嬤，此時突然開口。「其實……夫人，老奴以前在繡莊做過事，所以對這方面的事多少有些了解。」

聽到她說的話，房言跟房淑靜對視一下，都看到了彼此眼中的驚喜。

房淑靜笑著回道：「這可真是瞌睡遇到了枕頭，至少不會兩眼一抹黑了，曹嬤嬤可要多幫幫我。」

曹嬤嬤恭敬地道：「這都是老奴應該做的。」

當初曹嬤嬤在京城的主家遭難時，她因為年紀不小，已經對未來不抱任何希望，沒想到她還能進入房二河家，再隨著房淑靜來到百戶家，所以她非常感念他們一家人伸出援手。

她都這把年紀了，只想平靜地度過剩餘的人生，能幫上主家的忙自然是最好的，因為只有他們一切順遂，她才能安穩度日。

等到吃午飯的時候，袁大山從衛所回來了。房二河當初買宅院時，刻意選在魯東府衛所附近，好方便他們小夫妻照顧彼此。

用飯時，房淑靜還是向袁大山提起了開店的事。

果然，袁大山一聽就說道：「淑靜，這件事妳自己作主就好，想做什麼就做什麼，咱們家由妳當家。」

看向袁大山灼灼的眼神，房淑靜紅著臉。「嗯，你答應就好。」

房言見房淑靜與袁大山這麼親密，也為自家姊姊感到開心，同時也覺得自己這顆電燈泡似乎太亮了。

吃完午飯，休息一會兒之後，房淑靜就跟房言還有曹嬤嬤去看店鋪了。

房二河買來讓房淑靜當嫁妝的店鋪地理位置很好，跟春明街離得也不遠，就在隔壁街上。不過這間店鋪是一層的，面積也不如野味館來得大。

看到左右分別是賣書跟賣首飾的店鋪，房言覺得這裡還挺適合開一間繡品店的。

這間店鋪前頭是店面，後方則是一個小院子，挺適合安排繡娘在廂房裡做繡活。查看完基本的格局之後，幾個人就開始商量該怎樣佈置店鋪。討論一會兒，她們又去逛別家繡品店，做完這一系列的事，已經是一個時辰以後了。

接下來，就是要請掌櫃、帳房先生以及幾個繡娘來了。

她們沒有浪費時間，直接去春明街的野味館找房二河。房二河聽到房淑靜的來意，非常欣慰，答應幫她找勤懇誠實的掌櫃跟帳房先生。

房言一直都在聽房二河與房淑靜說話，聽著聽著，她忽然想到童錦元近幾日穿的衣裳。或許童錦元知道哪裡的繡娘比較好，畢竟他們家在府城待很多年了。

「二妮兒，妳今日要不要去姊姊家住一晚？」

聽到這句話，房言收起自己的思緒，回道：「不啦，我還是在這邊睡吧，明天還要跟爹一道回家去呢。」

房淑靜笑道：「嗯，那姊姊就先回去了。」

送走房淑靜之後，房二河就去找人了，而房言則是去了對面的米糧店。

安掌櫃一見到房言，立刻上前熱情地招呼道：「房二小姐好。」

不知是不是錯覺，房言覺得安掌櫃對她似乎比從前更殷勤。難道是童錦元跟他說了什麼？應該不會吧……

「安叔好。」

「房二小姐客氣了，叫我老安就行。」安掌櫃笑道。如今他可不太敢在房言面前稱大，說不定她以後會成為自家的少夫人呢，他可得恭敬點。

房言微微皺了皺眉，越想越覺得怪異，不過她沒再多說什麼，而是問道：「童大哥今日在不在？」

安掌櫃回道：「少爺一會兒就會過來，您可以先去樓上等他。」

雖然安掌櫃這麼說，但其實目前童錦元並不在米糧店裡。早上他人是來了，卻從胡平順那邊聽說房言去了房淑靜家，所以吃過午飯他就離開了。

童錦元的心思，安掌櫃自然明瞭，他已經犯過一次錯，這次肯定要把握機會彌補，絕對不會說自家少爺不在這裡。

不料房言一聽就說道：「這樣啊，那我就不上去了，我先回野味館，一會兒再過來。」

安掌櫃趕緊挽留道：「還是在我們店裡等吧，少爺說不定馬上就到了。」

房言婉拒道：「不用了，反正離得也近，童大哥一來我就能看到，就這樣吧。」

見留不住人，安掌櫃就不再說什麼。房言一出門，他立刻對一個跑得快的夥計小聲道：「快去找少爺，就說房二小姐來了，有事找他。」

夥計一聽這話，立刻迅速地跑出去，結果到了門口時竟然不小心摔一跤。

由於碰撞聲太大，房言雖然已經到了自家的店鋪，但還是聽到了動靜，反射性地回頭看了一眼。

夥計瞧見房言在看他，趕緊從地上爬起來，一溜煙地跑掉了。

房言眨了眨眼，不禁替那個夥計感到肉疼。他摔的那一下可不輕，卻像個沒事的人一樣爬起來就跑，看來童家夥計的水準真不是普通的高啊。

安掌櫃自然發覺了這個插曲，而且他的目光正好跟房言的眼神交會。

因為怕被房言察覺不對勁，安掌櫃只能尷尬地解釋道：「這夥計毛毛躁躁的，等他回來，我會好好說說他。」

房言覺得這夥計著實可憐，摔倒了還要被訓，馬上說道：「我倒覺得他還挺機靈的。」

「哈哈……對，他很機靈。」安掌櫃乾笑道。

幸好房二小姐沒發現，不然他麻煩就大了……

房言轉身回到店鋪裡，此時還不到飯點，吃飯的人不是很多，她索性不在前面待著，而是去了後面的廂房。拿出紙跟筆，房言把房淑靜那間店鋪的結構還有目前的裝潢，大致畫下來，然後總結一下各處的優缺點。房淑靜從來沒處理過這種事，她也沒開過繡品店，但是總要盡一下自己的棉薄之力。

這一寫，房言就忙了一炷香的時間，至於據說「馬上就會來店鋪」的童錦元，早已被她拋在腦後。

直到野味館的夥計過來找房言，說童錦元在外面等著，她才想起自己剛剛去找過他。房言收拾好自己寫過的紙張，放在桌上一角。剛要走出房門的時候，她想了想，又回頭把那張紙帶上。

走到店鋪裡，房言發現童錦元正站在門口，抬頭看著她要人在牆上畫的春耕圖。

「童大哥。」房言脆生生地叫道。

童錦元其實早就進了米糧店，那個夥計一通知他之後，他就趕了過來。在米糧店裡坐了一會兒，還是沒看到房言來找他，童錦元有些心急，就主動過來了。

他正在欣賞野味館店鋪牆上的春耕圖，一聽到房言的叫聲，就迅速地轉過頭去。只見她今日未著男裝，而是穿了一件湖綠色的裙裾，看起來既清爽又明媚動人。想到自己今日也穿著湖綠色的衣衫，他頓時覺得兩人非常有默契。

「言姊兒。」

房言自然也注意到童錦元的衣衫，她瞄了他的衣裳一眼，又看了看自己的衣裙，笑道：「童大哥，你有沒有發現我們倆今日穿了同色的衣衫？」

童錦元立刻說道：「發現了。妳穿這身衣裳真漂亮。」他學房言之前稱讚他的話，也誇讚她一番。

雖然房言知道自己長得挺不錯的，也有不少人誇獎她，但是那跟被自己喜歡的人誇讚的感覺截然不同。

她微紅著臉說道：「嗯，你這件衣服也很好看。」

童錦元見店鋪來來往往的客人中，有些人時不時地盯著房言瞧，就不著痕跡地側過身子擋在她面前，說道：「言姊兒，妳不是說找我有事嗎？」

房言回道：「對，我的確有事找你，那咱們就去……」

她本來想留在自家店鋪談這件事，但又不好帶他去廂房，四處看了看之後，發現人實在太多，頓時覺得還是米糧店那邊比較適合。

「算了，還是去你們家米糧店說吧。」

童錦元笑著回道：「好。」

說罷，兩人一同去了對面米糧店的二樓，他們還沒坐下，就有夥計上來倒茶了。

房言定睛一看，這夥計不是別人，正是剛剛摔倒的那個，於是她淺笑道：「童大哥，你們店鋪這個夥計甚是機靈啊！」

那夥計聽到房言誇讚，趕緊說道：「多謝房二小姐誇獎。」

童錦元難得把眼神從房言身上移開，朝這個夥計看了一眼。

房言笑著說出方才她看到的事情，童錦元見房言開心，就拿出一錢銀子遞給那個夥計，說道：「以後好好做事。」

夥計激動地道：「多謝房二小姐，謝謝少爺賞！」

待那個夥計下去之後，房言開始跟童錦元說起正事。「童大哥，我今日來找你，是有件事想請你幫忙。」

童錦元道：「但說無妨。」

「事情是這樣的，我姊姊想開一間繡品店，我爹去幫她找掌櫃的跟帳房先生了，只是我們不知道去哪裡找比較好的繡娘？」

說到這裡，房言停頓一下，接著道：「我見你之前穿的衣衫上繡的花樣甚是好看，所以想向你打聽一下，知不知道哪裡有好的繡娘？」

童錦元一聽到是這件事，就想了想。「這些事都是我母親在打理的，我等會兒回去問問她。」

房言聽了，趕緊說：「還要麻煩童夫人啊，這太不好意思了，還是算了吧。」

童錦元笑著回道：「一點都不麻煩，讓我母親問問就是了。」

說著，童錦元心想，如果他母親知道房言有事求她，肯定非常欣喜。她早就想讓房言當她的兒媳了，正愁著不知道如何跟她搭上線呢。

房言點點頭道：「好，那就謝謝童大哥了。」

「言姊兒，不用跟我客氣。」童錦元看著房言的眼睛說道：「有什麼麻煩，儘管找我。」

房言抿抿唇，嘴角不自覺地翹起來，心跳也有些紊亂。喝了一口茶之後，她想起了其他事。「對了，童大哥，我還有事要請教你。」

說著，房言打開手上的圖紙。

童錦元把圖紙接過去看，房言則站起身來向他解釋道：「這是我姊姊打算開繡品店的地方，我剛剛畫了這張圖，還寫下一些想法。童大哥，你幫我看看還有什麼需要補充的地方？」

房言心想，童錦元管理童家的產業已經有幾年了，她雖然也做了一段時間的生意，但是他們家這點資產跟童家完全不能相比，這個商場上的前輩應該能協助她發現盲點。

童錦元見房言跟他商量這種事，看來是非常信任他，於是看圖紙時更加認真了。

「門是朝哪邊開的？最好在對著門的地方放一幅精緻的繡品，讓人一眼就能瞧見，好吸引人進店裡去。」

房言點點頭。「有道理。門在這裡。」她指給童錦元看。

隨後童錦元又說出一些細節上的問題，然後放下圖紙問道：「你們鎖定的對象是富貴人家，還是普通百姓？這點最好先考慮清楚。」

聽了童錦元說的話，房言若有所思，最後說道：「嗯，我找機會跟姊姊說一說。」

本來房二河打算隔天就回房家村，但是因為房淑靜要開店的事，他準備推遲一天回去。當天稍晚，童家那邊派人來告訴房言，說他們已經找好了幾個繡娘，待房淑靜決定好風格跟方向，她們就能著手做一些東西了。

第二日，正逢袁大山休沐，他帶著房淑靜來到春明街，於是房二河領著他們夫妻倆跟房言，一行幾人去查看那間店鋪。確定該怎麼做之後，房淑靜就訂下裝修的時間，準備開店了。

隔天一早，房二河就要帶著房言回家去，秋收可是件大事，他們不會缺席。

快上馬車的時候，房言看著僕人們收拾東西，忽然想到有件事情還沒做，於是匆匆地跑去對面的米糧店。

安掌櫃一見到房言，立刻笑道：「房二小姐好。」

房言朝安掌櫃笑了笑，問道：「你們家少爺在上面嗎？」

「在。」

聽到這個字，房言立刻跑上樓去，自然沒聽到安掌櫃後面的「可是」兩個字。

直到房言上了二樓，才明白安掌櫃剛才為何好像還有話要跟她說。

江氏聽到腳步聲，就跟童錦元一起轉頭朝樓梯口看過去。

第九十章　相思難耐

童錦元昨日一整天都沒見到房言，心中甚是想念，這會兒雖然自己的母親就在旁邊，他還是忍不住多看了房言幾眼。今日她穿的是一件淡粉色的裙裾，裙襬處還繡著桃花，襯得她嬌美無比。

房言先是迅速地瞄了童錦元一下，接著就把重點就放在他旁邊的人身上。

到了二樓看到江氏的那一瞬間，房言的心情就有些忐忑。她剛剛似乎不像個姑娘家，跑上樓實在不怎麼優雅。

房言低頭看了看自己的衣裳，偷偷地整理一下，然後緩緩走到江氏面前，福了福身說道：「夫人好。」

江氏許久沒見到房言了，現在碰到面，只覺得她比從前又亮眼幾分，於是笑著要她靠過來一些。她親密地握著房言的手，說道：「房二小姐真是越長越漂亮了，也不知道以後會便宜了誰家的臭小子。」

房言因為心裡有鬼，所以聽到江氏的話時有些不安，忍不住悄悄地瞥向坐在一旁的童錦元。

童錦元立刻接收到房言的求救訊號。他母親心裡在想些什麼再明確不過，但是就這樣說出口，似乎不太妥當。萬一逼得房言喘不過氣，因此疏遠他，那可真是得不償失了。

想到這裡，童錦元站起來，說道：「母親，我陪您去江記看一看吧，您不是說很久沒去了嗎？」

江氏瞪了她兒子一眼，然後笑道：「不急不急，我許久沒見過房二小姐了，很想跟她多說一些話。」

她不知道自家兒子已經跟房言訴過衷情，所以還在想辦法幫他多留房言一下。

房言只好說道：「嗯，我也好久沒見過夫人了，夫人的氣質還是這麼好，而且看起來年輕了許多。」

沒有女人不愛聽別人說她看起來年紀輕的，江氏也不能免俗，她聽了之後笑著回道：「是嗎？我照鏡子的時候也覺得自己變年輕了，這全多虧了妳送的葡萄酒，喝了之後不僅心情舒暢，連身體跟精神都變好了呢。」

房言接過話道：「我們家釀了很多，夫人要是喜歡的話，我再送一些給您。」

江氏一聽到這話，就淺笑著說：「這樣啊，那你們打不打算開酒肆？」

搖搖頭，房言說道：「我們家今年是打算認真經營葡萄酒的生意沒錯，但不是特地開一家酒肆，而是會放在水果齋裡賣。」

「這主意好，裡面的東西都是水果做的，倒是跟店名非常契合。這樣一來，我以後可真有口福，再也不用省著喝了。」

「娘……」聽到自家母親說的話，童錦元不贊同地低聲叫道。

房言也聽出了江氏的弦外之意，笑道：「夫人無須這般客氣，等我返家之後，明日一早就讓夥計送一些來給您。」

說實話，童家很幫他們家的忙，她姊姊繡品店那幾個繡娘也是童夫人幫忙找的，送些酒真的不算什麼。況且，她釀造的酒即將要拿出來賣，若是童夫人喜歡，那可真是免費的活廣告，只要她說上幾句好話，上流社會人家的路子就能打通。再說了，按照她的認知，童夫人並不是個會占人便宜的人。

果然，房言馬上就聽到江氏說道：「那我就不客氣地收下了。不知道多少人打聽我最近氣色越來越好的事，他們還以為我是用了什麼香脂、香膏。我說是喝葡萄酒喝出來的，他們還不信，這下子可好，我能指路你們家的店鋪了。葡萄酒上架時記得跟我說一聲，到時候我好買一些送給熟識的夫人們。」

聽了江氏的話，房言福了福身，道：「多謝夫人，我們家的葡萄酒下個月初一就上架，還請您多關照了。」

想到昨日的事情，房言又道：「對了，還沒來得及謝謝夫人，多謝您昨日為我姊姊的繡品店介紹了幾個繡娘。」

江氏道：「客氣什麼，這又不是什麼大事。」

幾個人正說著話，房言看到她爹在下面找她，趕緊向江氏說道：「夫人，今日我跟爹要回家，我爹正在下面找我，我就先告辭了。」

江氏順著房言的目光看了一眼，回道：「這可真是可惜了，我還想著中午要跟妳一起吃飯呢。這樣吧，我改天再請妳到我們家作客，家裡的廚娘做的料理可好吃了，妳可別推辭啊。」

房言點頭道：「多謝夫人厚愛。」

「我這次出門比較匆忙，沒帶什麼見面禮，就送妳一些小物件把玩吧。」說著，江氏就從桌上拿起一個雕花小木盒遞給房言。

房言心想，這叫沒有準備？她怎麼覺得童夫人說的是反話呢，這明明就是「早有預謀」。她悄悄地瞥向童錦元，見他也像是沒料到這齣一般，於是她趕緊出言婉拒。

「給妳妳就拿著吧，也不是什麼值錢的玩意兒，給小姑娘正好。這都是別人送我的，我一把年紀了，哪裡用得著這些東西。快別推辭了，妳爹還在等妳呢，快去吧。」

房言實在是不想再收江氏的禮物，可是她有些推不掉，於是又看向童錦元，結果這次他竟然點頭了，她只好收下那個小盒子。

當房言要離開的時候，童錦元藉口說要送送她，主動跟著房言下樓。到了野味館的門口後，兩個人又說了幾句話，房言就搭上馬車回去了。童錦元站在原地看了一會兒，才回到米糧店。

這一幕自然被江氏瞧見了，看著兒子上樓來，她立刻問道：「我看房二小姐也不像對你沒感情的樣子，跟娘說實話，你跟房二小姐是不是……」

童錦元聽了這話，看了他母親一眼，遮遮掩掩地道：「沒有，娘，您別多想。」在房言正式確定要嫁給他之前，他不想讓她為難。

此話一出，江氏不禁有些失望地輕輕嘆了口氣。

回到房家村，房言先去見王氏，然後再去族學視察。如今她很忙碌，房淑靜與房蓮花也已經出嫁，所以女子族學這邊能教書的人越來越少。房言見這裡只有房荷花跟房青還在，來讀書的姑娘家卻越來越多，加上底下的學生還沒有人能擔負起女夫子的責任，所以她認真考慮要如何解決這個問題了。

返回自己的廂房，房言想到剛才王氏一副無所事事的樣子，突然心中一動，接著她就去正屋找王氏去了。

房言仔細地盯著王氏瞧了一會兒。她娘看起來真是越來越年輕了，明明已經三十五歲，卻像二十多歲，頭髮烏黑、皮膚白皙、臉色紅潤，比她見過的那些商家或官家夫人保養得還要好。

其實房言知道，她娘之所以顯得這麼年輕，一是因為她的靈泉，二是因為她沒有煩心事，心情常保輕鬆愉快，自然老化得慢。

「盯著娘做什麼？」王氏見小女兒盯著自己不說話，點了點她的額頭說道。

房言回道：「沒有，就是覺得娘越來越好看，所以看傻了。」

「妳啊，真是年紀越大嘴越甜嘍。」王氏笑道。

「娘，咱們族學裡面缺女夫子，您要不要去啊？」房言沒拐彎抹角，直接提出意見，說完之後，她就觀察起王氏的臉色。

王氏微微有些詫異，第一個反應就是拒絕。「娘怎麼能當教書的女夫子，妳這不是在開玩笑嗎？」

房言微微挑了挑眉，說道：「娘，我沒開玩笑。娘怎麼就不能當女夫子了？您一直在家裡看書，比那些不識字的人不知道強上多少倍。我們這種讀了沒幾年書的人都能當女夫子，娘有什麼不能的？」

王氏雖然有些動搖，但還是說道：「教書是多麼重要的事啊，娘可擔待不起。」

「娘，我說您能當就是能當，至少我覺得沒問題，您不妨再考慮一下。」房言鼓勵道：「而且，娘，您不是說姊姊出嫁，我又常不在家，大哥跟二哥也不在身邊，您心裡覺得空落落的嗎？既然這樣，倒不如找些事來做。」

王氏越聽越心動，她看著房言張了張嘴，卻一句話也沒說，手中的手帕更是攥得緊緊的，不知道在想些什麼？

房言見王氏聽進自己的話了，也不再逼迫她，起身道：「娘，您再好好想想看吧，我先回房去了。」

回到房間之後，房言看著雕花小木盒，才想到她還不知道童夫人送了她什麼？打開之後，看到一套玉製的耳墜與手鐲，房言愣了一下。

別說是臨時準備好禮物要送給她了，這根本是不知道多久以前精心挑選出來的，比上次送她的東西更值錢。

看著貴重的首飾，房言的心情有些複雜。要是當時就知道是這些東西的話，她肯定不會收下來的。

拿出首飾看了一下，房言就把它們放回盒子裡收起來。

隔天，房氏族學就放麥假了。

房二河忙著處理秋收的事，房言則是確認葡萄酒的情況。馬上就要在店鋪裡賣葡萄酒，各方面一定要到位。

看著滿地窖的葡萄酒罈，房言覺得心中甚是滿足，因為這些酒罈將會變成真金白銀，進到自己的口袋。

過了兩天，房言開始指揮僕人們，陸陸續續往縣城與府城的水果齋運送葡萄酒，等運了一些量之後，房言就去店鋪展開下一步工作。

在府城做好的白色瓷瓶已經送到縣城，房言把所有的酒都做好分類，然後分裝在一斤裝的白色瓷瓶裡。不過瓷瓶的品質有高有低，普通的葡萄用的是一般品，自家種的葡萄則是用好東西。

此外，為了區分年分與濃度，房言還準備好不同顏色的紙貼在瓷瓶上。處理完所有的葡萄酒之後，就等著擺在貨架上販售了。

打理好縣城這邊的事，房言就前往府城的水果齋進行相同的作業。

要賣葡萄酒的事情，房言早就讓夥計跟來買東西的客人說過，再來就是在水果齋門外立牌子，時不時要夥計對著路人喊一喊，宣傳力道自然無法跟從前相比。

房言之所以會這麼做，原因在於葡萄酒的特殊性。一樣是水果製品，葡萄酒的販售價格比果汁、水果罐頭高出一大截，一般人消費不起，就連縣城也一樣，不過她能預期府城這邊的情況會好一些。

一斤裝的葡萄酒，今年剛做好的，用外面葡萄釀的是一瓶四百文錢，自家葡萄釀的則是一瓶一兩銀子；至於兩年、三年分的酒，價格自然更高。

雖然這些葡萄酒的售價不低，但是房言不怕賣不出去，即使真的賣不完也無所謂，反正酒越陳越香，明年還能拿出來賣，到時候能賺更多錢。

在這種想法影響下，房言只會幫葡萄酒抬價，而不會降價。

正式販售葡萄酒這一天，房言一大早就換上一身男裝去了府城。到了店裡之後，她才發現童錦元已經在那邊。

「童大哥。」房言嘴角露出一絲笑容。

「妳來了啊。」看到自己朝思暮想的人，童錦元整個人一下子變得有精神起來。幾日沒見，心儀的姑娘似乎更有魅力了。

不過，雖然好幾天沒見面，但是他們之間並不是毫無聯繫，回到房家村第三天，房言就收到童錦元的來信。

收到信的時候，房言非常緊張。這可是她從小到大收到的第一封情書啊！

儘管她沒向童錦元表明自己的心意，但是他們倆已經算是處於談戀愛的階段，心愛的男子寄來的書信，自然就是情書。

拿到信之後，房言一直等回到自己的廂房中才顫抖著手打開。

果然，童錦元沒讓她失望，這的確是一封情書——

言姊兒：見字如面。一日沒見，甚是想念，不知妳此時在做些什麼？

雖然是寥寥數語，可是房言卻彷彿聽了一耳朵的情話，看了一遍不夠，又細細品嘗了一回。想到這個時代的風氣，房言實在沒想到童錦元竟然也會寫情書。按照他的性格，默默做些讓她開心的事就很不錯了，沒想到他也肉麻起來。

房言既興奮又害羞，看了這封信幾遍之後，就拿出筆跟紙開始回信。

童大哥：回到家之後，我就開始……

房言不像童錦元一樣惜字如金，她絮絮叨叨地寫了很多東西，幾乎報告完她這幾天從早到晚做的事，整整寫了兩頁信紙才停下來。寫完之後，房言看著自己的字，又看向童錦元的字，頓時覺得彼此的水準差很多。

不知為何，房言練了再多字，也不如童錦元這種土生土長的古代人寫得有韻味。不過至少她的字很端正，反正她又不是要當女狀元，這樣已經夠了。

寫完信，房言把信紙摺好放入信封，交給第二天要去府城送東西的夥計。

童錦元收到厚厚一封信的時候，心情非常激動，他攤開信紙讀起來，一邊看一邊笑，看完一遍又看了一遍，笑了一回又一回。

想到自己之前那封短短的書信，似乎給人有些不夠熱情的感覺。反省過後，童錦元開始試著像房言一樣，敘述日常生活的點點滴滴，不過他再囉嗦也寫不了多少字，一頁信紙就沒了。

回完信之後，童錦元沒等到第二天，而是立刻找了個僕人送去房家村。

房言送出第一封信，正在後悔自己太不矜持，不應該寫那麼多內容，不料很快就收到童錦元的回信。她心想，如果童錦元這次還是那麼「不浪費墨水」的話，她肯定不會回那麼多字了。

打開信封一看，她沒想到童錦元這次也寫了有一頁信紙之多。

信裡不僅提到他自己，還提到他的家人，一看就是硬湊字數。在信的最後，他說道——

言姊兒，妳何時再來府城？只可惜我不能去房家村見妳，畢竟名不正、言不順。一日不見，如隔三秋，我雖身在春明街的店鋪，心卻早已飛去了妳那裡。

看到童錦元這般露骨的話，房言身為一個從現代穿越過來的人，都不禁臉紅了……

再次回到府城的房言，此時回想起書信的內容，再看到近在咫尺的人，房言覺得自己的臉蛋像火在燒一樣。她不敢看童錦元，只能咬著嘴唇，頭也不自覺地往下低。

童錦元卻像是毫無所覺，還是跟從前一樣，笑盈盈地看著房言開口道：「我怕妳店鋪裡太忙，所以過來看看有什麼需要幫忙的？」

聽到他說這些話，房言雖然覺得非常受用，但嘴裡還是回道：「哪裡需要用到你了？那麼多僕人在呢。」

即使被拒絕了，童錦元的表情也完全沒變，點點頭道：「嗯，我知道。」

第九十一章　蕭家如玉

跟童錦元說了幾句話之後，房言就又去交代夥計們看到客人來的時候，多宣傳一下葡萄酒，接著她就站在一旁看著大夥兒工作。

沒多久，有人來買葡萄酒了，正是童家的僕人，那人看到自家少爺在店鋪裡，驚喜地上前打招呼道：「少爺。」

童錦元先是對他點點頭，然後就疑惑地問道：「母親差你來找我嗎？」

僕人搖搖頭，回道：「不是，小的是奉夫人之命，來這裡買一些葡萄酒。」

聽到這句話，童錦元臉上浮現笑意，說道：「嗯，那你找夥計去買吧。」

房言在一旁聽到了，驚訝地道：「前幾天我不是送了一些給夫人嗎？她這麼快就送完了？」

上次見面的時候，房言就說要送給江氏一些葡萄酒。考慮到那些首飾的價值，她就多送了幾瓶給江氏，好讓她不需要買，直接送給相識的人。

不過，說起這件事，房言還是有些不好意思。她送給童夫人幾瓶葡萄酒之後，童夫人又還了不少回禮，那些布疋跟首飾加起來都要值一百兩銀子了吧。

王氏得知事情的緣由後，深深地看了自己的小女兒幾眼，然後替她回了價值差不多的東西。

那次與江氏見過面後，王氏算是明白了她的心思，但是越是這樣，越是不能隨意收下這麼多貴重的東西。他們家如今最不缺錢，絕不能讓這些禮物成為一種壓力。

不管小女兒喜不喜歡童少爺、他們倆最後能不能走到一起，王氏都希望雙方的地位是平等的。她不能讓人瞧不起自家的女兒，也不希望傳出什麼不好聽的流言。

況且，王氏才剛聽到自家丈夫提及童老爺打聽起他們家二妮兒的事，她就更加謹慎了。小女兒如今已經十四歲，想娶她的人多如過江之鯽，這麼關鍵的時刻，可不能讓人產生誤會。

今天來水果齋的童家僕人非常機靈，一聽到房言這麼問，就答道：「是這樣的，房二小姐，夫人知道您的店鋪今日開張，說什麼都要給您捧捧場，所以才特地命令小的過來。」

對於江氏的用心，房言覺得相當感動。她問夥計童夫人需要多少？一聽到要十瓶，她就點點頭。

房言吩咐店裡的夥計去拿十瓶較好的葡萄酒過來，直接遞給童家的僕人。本來她不打算收錢，但是那個僕人非常堅持，而且童錦元甚至替房言接過僕人手中的錢，最後她只好收下了。

等到僕人離開，房言看向童錦元，忍不住偷偷扯了扯他的衣袖。

童錦元順勢靠向房言那邊，他低下頭，把耳朵湊到她嘴邊。

看到童錦元這麼靠近，房言微微有些不自在，但還是小聲問道：「你是不是把咱們倆的事情跟你娘說了？」

童錦元只覺得耳朵熱熱、癢癢的，房言的輕聲細語可說是把他一顆心吹得酥酥麻麻、無法自已。

「咱們倆」的事情……

這個字眼讓童錦元感到非常愉悅，他停頓一下，確定房言沒要再說些什麼，就戀戀不捨地站直身子。

看到房言緊張的樣子，童錦元學起她，小聲問道：「妳覺得我說了嗎？」

見童錦元的表情有些戲謔，房言就覺得他像是變了一個人似的。自從他們書信往來之後，童錦元就從一個翩翩如玉的少年，變成了風流倜儻的公子哥兒，過去的他內斂許多，如今卻有些外放了。

不過這樣的童錦元卻讓房言有些招架不住。看著來來往往的客人，她不著痕跡地往後退了一小步，結結巴巴地道：「有……有話要說就……就好好說，幹麼離我這麼近？」

說著，她瞪了滿臉笑意的童錦元一眼。

看到房言這可愛的模樣，童錦元將右手握成拳放在手邊，輕輕咳了一聲，好掩飾自己的笑意。

「嗯，我下次會注意。」

見到童錦元的樣子，房言不放心地又問了一遍。「所以，你到底有沒有說？」

童錦元斂起笑意，搖搖頭，認真地道：「沒有，我從未跟我娘提起過這件事。」

話雖如此，他母親到底會不會猜出來，他就不知道了。

房言似是不信，她認真地盯著童錦元看了一下之後，就皺了皺眉，喃喃自語道：「既然沒說，那你娘為什麼對我好成這樣？這不太合常理了，過去她就算對我很熱情，也不到這個程度啊。」

童錦元瞧房言一臉疑惑，很想為她撫平皺起的眉頭，可是四周全是人，他終究壓下了那蠢蠢欲動的手。

他想了想，說道：「我娘她大概非常喜歡妳吧，所以才會送妳那麼多東西。一直以來，她對自己中意的姑娘都是這麼好。」

聽了童錦元的話，房言望著他問道：「你說的是真的？」

童錦元點點頭。「千真萬確。再說了，我外祖父家也是做生意的，所以我娘她家底非常豐厚，妳不用因此感到煩惱。」

其實江氏對別人的態度並非如童錦元所言，在非親非故的狀況下，房言是唯一一個讓她這麼費心討好的人。不過童錦元覺得他沒必要告訴房言事情真相，萬一她想太多，導致壓力太大，那就不好了。

見童錦元一臉認真，房言終於相信他說的話，誰教童錦元過去一向非常可靠呢？

「那就好。」房言鬆了口氣說道。

隨後，兩個人就坐在櫃檯前方的桌子邊聊起來。

因為葡萄酒的價格比較高，也沒怎麼宣傳，所以銷量並不突出，他們待在這裡一個時辰，也就賣出二十瓶出頭，其中有十瓶還是江氏差人買走的。

房言淡定得很，她早就預料到這個情形，所以沒怎麼把這件事放在心上，一旁的童錦元卻有些緊張。

他見過幾次房家店鋪開張的盛況，每回都人來人往的，非常熱鬧，可是今日房言擺出了新品，卻沒多少人購買。

不曉得她心裡有多難過啊，他要不要找個人買一些回去呢？

房言似是看穿了童錦元的心事，等到又賣出兩瓶普通的葡萄酒之後，她就笑道：「不錯不錯，賣出了二十五瓶，這銷量比我想像中好多了。」

童錦元不解地看著房言，問出了自己的疑惑。「可是來買的人並不多，比起果汁跟水果罐頭，葡萄酒的銷售情況並不好。」

房言笑著解釋道：「這三者不能相提並論。葡萄酒的價格本來就比較高，又能長時間儲存，即使今日賣不出去，明日一樣可以賣。要是今年賣不出去，到了明年，我還能拿出來把價格翻一倍再賣。」

童錦元心領神會地道：「所以妳並未加派人手去宣傳。」

房言點點頭道：「對，因為我知道，即使宣傳了也沒用。一斤普通的酒才二、三十文錢，葡萄酒一斤卻要幾百文錢，甚至幾兩銀子，也就只有手裡有閒錢的富貴人家才買得起。至於這些富貴人家，有不少已經養成買水果罐頭的習慣，雖然他們還不懂這些葡萄酒的好，但是只要再過一段時間，他們就會明白其中的奧妙，之後就能在圈子裡傳播開來，等於是幫我宣傳了。」

想到剛才夥計每賣出一份水果罐頭就要說一下葡萄酒的功效，童錦元默默地點點頭。房言做生意時總是有自己的想法，果汁、水果罐頭與葡萄酒鎖定的客群不一樣，每種東西都有不同的宣傳手法。

他正想著呢，房言突然說道：「其實，我不想做宣傳還有一個原因。那就是開這個價格不過是試試水溫罷了，等在府城賣上幾個月，我明年就要把店鋪開到京城去，到時候才能真正展現出我們家葡萄酒的價值。」

看著房言那神采飛揚的樣子，童錦元內心不禁產生一股想要滿足她所有需求的衝動……

水果齋歇業之後，房言算了算，這一天一共賣出四十瓶葡萄酒，收到了三十兩左右的銀子，盈利二十多兩。

對於這個結果，房言還算滿意。相信很多人喝了他們家的葡萄酒之後，就會發現這東西的好處，不僅活絡氣血，還能養顏美容。

家裡的葡萄前一陣子就用完了，房言每天都派人去外面收購市面上剩餘的新鮮葡萄。等釀造葡萄酒的工作告一個段落，房言就會把謝氏調去水果罐頭那邊幫忙，其他人則先回去休息，等明年要做葡萄酒，或水果罐頭這邊需要人時，再讓她們來。

正如房言所預料的，葡萄酒的銷售情況越來越好，口碑也漸漸打響。房言早就設定好了，家裡種的葡萄釀造出來的酒，一間店每天最多只能賣二十瓶，其他葡萄釀造的，一天能賣八十瓶。

雖然如今還沒達到這個數量，但這是房言經過計算得出來的資料，不然家裡的葡萄酒只怕撐不到下次葡萄成熟的時候。看來到了明年，葡萄還是要多種一些才行。

等忙碌的情況暫時減緩，房二河與王氏就想再去京城看看房伯玄跟房仲齊。一陣子沒見面了，他們還挺想念兩個兒子的，反正如今家裡也沒什麼事要忙，去探望兒子們也好。

另一個讓房二河想去京城的原因，就是房伯玄之前來了一封書信。

房二河看著那封信，覺得自己的大兒子雖然沒明說，但是看起來想讓他們去一趟京城，所以房二河自然要帶著媳婦去一探究竟。

因為擔心他們夫妻出門後，房言一個人在家裡不太好，所以房二河與王氏決定帶著她一起去。

得到這個消息，房言寫了一封信給童錦元，告訴他她近日要去京城，雙方必須先停止書信往來。

童錦元想到又有一段時間見不著房言，也不能跟她聯絡，一顆心糾結得很。他想去見房言，可是終究沒想到任何適合的理由。

幾天之後，房言隨著房二河和王氏抵達京城。

王氏一心想著自己的兒子，房二河卻懷著其他心思。除了見見自己的兒子，他還想找時間去京郊的莊子查看情況，再去視察京郊外圍那一大塊土地。

第二天正巧是房伯玄的休沐日，但是他還有些事要處理，所以仍舊早早就出了門，只說會回家吃午飯；房仲齊則是去學堂唸書，不會回家吃飯。

既然兒子們不在家，房二河就跟王氏出發前往京郊的莊子，房言則待在宅院裡。

此刻房言正在書房裡聽高勝講述他最近在京城的見聞，就聽到有僕人前來彙報。

「二小姐，將軍府的小姐來了。我跟她說大少爺不在家，可是她不聽，非說小的騙她。」說到這裡，門房露出無奈的神色，問道：「您說這該怎麼辦啊？」

聽到這番話，房言挑了挑眉，看了高勝一眼。

「上次小的跟二小姐彙報過，將軍府的小姐看上咱們家大少爺，經常趁大少爺休沐的時候過來找他。」

房言點點頭。她還記得這件事，過了這麼久，不知道事情有沒有變化？她問道：「你看我大哥是什麼意思？」

高勝摸了摸鼻子，小心地觀察房言的臉色後，說道：「這個小的就不知道了。」

房言忍不住瞪了高勝一眼，說道：「讓你說你就說，扭扭捏捏做什麼？」

高勝想了想，小心翼翼地道：「我看大少爺未必對將軍府的小姐沒意思。」

聽了高勝的話，房言覺得很有趣，於是她說道：「我看也是，大哥要是對人家沒意思，也不可能縱容她一直來府裡。不如讓我去見見她吧，你去把將軍府的小姐請進來。」

蕭如玉在花廳看到房言的時候，一下子愣在當場。

她聽說房伯玄的妹妹都是在鄉下長大的，雖然有些人說房伯玄的妹妹們都長得極美，但是她畢竟沒見過本人，加上根本沒聽過房家村這個地方，所以蕭如玉對旁人口中的「美貌」有點存疑。

這倒不是說蕭如玉瞧不起鄉下人，正是因為她見過鄉下人，對他們已經有了刻板印象，所以當眼前出現一個顛覆她想像的人時，她就有些驚訝了。

房伯玄的妹妹氣質非常好，又生得很美，那不是經過刻意打扮呈現出來的美麗，而是既純粹又靈動的光芒，讓她一個女子都忍不住讚嘆。

待房言走近，蕭如玉才發現，她的皮膚白得近乎發亮，儘管沒塗脂抹粉，臉上卻幾乎找不到任何瑕疵。她的眼睛很大，笑起來時微彎，讓人一看就心生好感；鼻頭小巧、嘴唇嫣紅，身段也非常修長。如今她看起來不過十四歲左右，等到長開之後，不知會是何等模樣？看到房言笑意清淺、舉止有度的樣子，蕭如玉覺得她就像個大家閨秀。反觀自己，穿著褲裝、腳踏馬靴，頭髮還束起來，一點都不像個姑娘家。

這一刻，蕭如玉有些自慚形穢，也有點明白房伯玄為何看不上她了。

「蕭小姐好，我是房侍講的妹妹，叫房言。」房言見蕭如玉呆呆地看著自己，不知道在想些什麼的樣子，就主動打起招呼。

聽到房言說話，蕭如玉立刻站起身來，察覺自己的動作有些大剌剌，她趕緊併攏雙腳，可是這麼一做，她頓時不知道手該往哪裡放？

「妳……妳好。」蕭如玉說道。

房言覺得有些意外。光聽高勝跟僕人的形容，她會認為蕭如玉是個刁蠻又任性的千金小姐，不過這一看，她倒像個既規矩又單純的姑娘家。

只見蕭如玉有一雙杏眼，略粗的眉毛，給人一種英氣勃勃的感覺，非常有朝氣。還有，她那身衣服也極好看，房言早就想要試試那種衣裳了，只是自家娘親不幫她做，她也沒去找繡娘，所以想打扮成男孩子時，只能穿她二哥不要的衣服。

有一段時間，她們兩人就這樣互相打量對方。

忽然間，蕭如玉一句話打破了現場的沈默。「妳訂親了嗎？」

房言愣住了，似乎不太明白蕭如玉為何會問這個問題？不過，她覺得蕭如玉這麼問很是直爽，只能說不愧是大將軍家的女兒嗎？

笑著搖搖頭，房言說道：「未曾訂親。」

「妳長得這麼漂亮，要不要嫁給我哥哥啊？他可厲害了，上陣殺過敵呢。」蕭如玉驕傲地道。

房言聽了以後差點昏倒。嫁給她哥哥？這種話能這麼直接說出來嗎？在這個時代待久了，她已經習慣古人們的含蓄，突然來了一個這麼有「現代感」的，說實話，她一時之間有些不習慣。

況且，今日兩個人初次相見，不是應該由她「拷問」對方嗎，怎麼反而讓對方掌握了主動權？

想到這裡，房言對蕭如玉眨了眨眼睛，說道：「蕭小姐，我年紀還小，而且婚姻大事全憑父母之命、媒妁之言，我自己不能作主。」

蕭如玉看到房言眨眼睛的樣子，愣愣地道：「好美啊……」

房言見蕭如玉一直傻傻地看著自己，這樣的表現讓她快以為自己是什麼傾國傾城的大美人了！

「蕭小姐也很美。」

聽房言這麼說，蕭如玉低下頭看了看自己，沮喪地道：「我哪裡美了？我娘天天都說我不像個姑娘家……不過，妳果然是房侍講的妹妹，連拒絕我的話都一樣。」

房言頓時有些尷尬，不過她還是非常欣賞蕭如玉這種個性。

跟這般爽朗的人說起話來不會累，她乾脆也直接一點，要不然就顯得太小家子氣了。

第九十二章　一念之間

「聽說妳喜歡我大哥？」

聽到房言的話，蕭如玉眼前一亮，忍不住道：「是啊，我喜歡妳大哥。全京城的人大概都知道這件事，沒想到妳才剛來也曉得了，是房侍講告訴妳的嗎？」

房言失笑地搖搖頭。「不是我大哥告訴我的，妳表現得這麼明顯，很容易就猜到了。」

蕭如玉有些失望地道：「也對，他怎麼可能跟妳提起我，說不定他覺得我很煩呢。不過說起來也奇怪，我明明表現得這麼明顯，可是房侍講怎麼像是不知道似的。」

聽到蕭如玉的話，房言沒回答她的問題，而是說起別的。「妳喜歡我大哥什麼地方呢？」

提起這個話題，蕭如玉原本帶著憂愁之色的臉龐，忽然像是散發出光芒一樣，她有些興奮地道：「當然是喜歡他長得好看，書讀得又好啊！妳都不知道，他考上狀元後騎馬遊街的樣子有多帥氣，我第一眼就喜歡上他了。當時我就想，這個人是我未來的丈夫，我以後一定要嫁給他！」

看到蕭如玉對她大哥一副標準的迷妹模樣，加上高勝當初的描述，房言不禁有些後悔沒來京城看她大哥騎馬遊街了。

「打從我小時候開始，不知道看過多少狀元在大街上騎馬，可是那些人一個個都比房侍講老不說，還不如他相貌出色。像房侍講模樣這般好看的狀元郎，真是百年難得一見啊！」蕭如玉一點都不感到害羞，繼續誇獎房伯玄。

房言一聽，就笑道：「原來蕭小姐是看上我大哥的外貌啊。」

蕭如玉立刻反駁道：「怎麼可能，我若真是此等膚淺之人，肯定會養一群面首，把全天下所有的美貌少年郎全都收進自己的閨房中，這樣豈不是更加快活？」

聽到蕭如玉這麼說，房言覺得真的是大開眼界了。沒想到當朝也有像山陰公主一樣的人，真是我等弱勢女子之楷模。光是幻想身邊圍繞著那麼多小鮮肉，房言就覺得一顆心都快要飄起來了，不過一想到童錦元，她趕緊晃了晃頭，驅逐自己腦中奇怪的想法，然後默默地唸了幾句佛經。

此刻遠在魯東府的童錦元，只覺得後背一涼，像是遭遇到什麼危險一般，可是他如今正坐在家中看帳本，哪會有什麼事？想著想著，童錦元轉過頭，凝視著桌上那些看了不知多少遍、房言寫來的信，他默默放下帳本，又將那些信一一看了一回。

蕭如玉看到房言搖著頭，一副被嚇到的模樣，想到她如今才十四歲左右，大概不懂男女之間的事，頓時覺得自己剛剛說的話有些過頭了。

想到這裡，蕭如玉趕緊道：「妹妹別怕，都怪姊姊不該說這些話。」

房言點點頭，立刻把話題拉回來。「嗯，沒事。不過蕭小姐別誤會，我並不覺得妳膚淺。愛美之心人皆有之，妳看上我大哥的外貌，沒什麼好丟人的。」

蕭如玉忽然覺得自己遇見了知音，她說道：「叫什麼蕭小姐，我今年十六歲了，妹妹看起來年紀比我小，妳叫我姊姊便是。」

房言笑了笑，從善如流地道：「好，我今年十四歲，合該叫妳一聲姊姊。」

兩人聊了一會兒之後，話題就轉移到衣裳與首飾上。房言平時不喜歡戴首飾，蕭如玉恰巧也是，於是她們一起調侃了一下戴首飾時不知道收斂的人；接著說到衣裳，房言明確地表示對蕭如玉那身褲裝的喜愛。

「蕭姊姊，妳這身衣裳是在哪裡做的？真好看。」

蕭如玉驚喜地道：「妳覺得好看嗎？其實我很愛這身衣裳，可惜我娘不喜歡，說我像個野小子似的，只肯做這一身給我。」

房言點點頭，說道：「對啊，很好看，這樣出門活動多方便啊。」

難得有人這麼同意蕭如玉的觀點，於是她親切地對房言道：「妹妹說得極是，可不就是方便嗎？這樣步子邁得大不說，還不怕摔倒。若是妹妹喜歡，我差人幫妳做一身。」

房言趕緊拒絕道：「不用麻煩了，我自己去鋪子找人做就行。」

蕭如玉有些生氣。「妹妹跟我客氣什麼，我回去就找人幫妳做，妳等著。」

房言婉拒了幾次，結果都被蕭如玉給擋回來，她只好順勢接受。

過了一陣子，將軍府的人找過來了。蕭如玉今日還沒見到房伯玄，原本不想離開的，但是僕人說她娘找她有急事，無奈之下，她只好跟房言告別。

臨走的時候，房言送了蕭如玉兩瓶使用自家葡萄釀造的葡萄酒，還有四罈水果罐頭。帶著這些東西，蕭如玉依依不捨地離開了。

回到將軍府，蕭如玉就帶著禮物去見她娘鄒氏。見鄒氏在跟僕人們說話，蕭如玉就知道自己的猜測沒錯，她娘根本就沒什麼急事要找她，她不過是不好意思當著房言的面戳破這個謊言罷了。

等鄒氏忙完，看著坐在旁邊喝茶的女兒，皺了皺眉說道：「妳今日是不是又去房侍講家，甚至進去屋子裡了？我還以為房侍講是個正人君子呢，沒想到竟然這麼不顧及姑娘家的名聲。」

聽到這番話，蕭如玉把茶杯往桌上一放，說道：「娘，您這些話我不愛聽，況且並不是房侍講見我，而是他妹妹。」

鄒氏聽到是房伯玄的妹妹見了自家女兒，頓時鬆了口氣，但是見到女兒說話的態度，她的火氣就上來了。

看到女兒這副樣子，鄒氏又是生氣又是心疼。這孩子有多麼喜歡房侍講，不只是她，全京城的人都知道。只是房侍講連公主都敢拒絕，宰相的女兒也沒放在眼裡，難道會喜歡上他們家這個一點都不像大家閨秀的姑娘嗎？

「不愛聽？那妳愛聽什麼？妳也不去打聽打聽，看看外面的人是怎麼說妳的！」

鄒氏指著自己的女兒，繼續說道：「妳看看，天底下有哪個姑娘家像妳這樣沒臉皮？房侍講要是心悅於妳也就算了，若是有朝一日他娶了親，對象還不是妳，妳就等著成為全京城最大的笑柄吧！」

蕭如玉被她娘一說，再也壓抑不住火爆的脾氣，她怒氣沖沖地道：「娘，我就是喜歡他，若他真看不上我，娶了別的姑娘，我也會祝福他。外祖父當年不是也看不上爹嗎？要不是爹努力，肯定娶不到您。我爹努力了整整一年才成功讓外祖父點頭，我這才追了房侍講多久，您說這種話還太早了。」

聽到女兒說的話，鄒氏又氣又笑地道：「妳這孩子胡說什麼呢？妳爹是男子，奮力追求一個女子，世人不會非議他什麼，但妳可是姑娘家，怎能做出同樣的事？」

此時蕭將軍恰好進了房間，剛才她們娘兒倆講話那麼大聲，他在外頭早就聽到了。

蕭將軍先是瞪了女兒一眼，然後就走到鄒氏身邊坐下，笑道：「妳娘說得對，妳是姑娘家，怎麼能做那種事？」

一聽她爹也這麼說，蕭如玉氣得跺了跺腳，喊道：「爹，您怎麼也這樣?!」

鄒氏見丈夫跟她一條心，就頷首說道：「妳爹說得一點都沒錯，別再做這種事了。妳也老大不小了，等房侍講成了親，大家把妳喜歡他的這件事給忘了之後，娘再為妳說一門好親事。」

蕭將軍點點頭，喝了一口茶後說道：「沒錯，到時候一堆好男兒還不是隨便妳挑？」

聽到他們這麼說，蕭如玉有些生氣地回道：「我看你們是看不上房侍講吧，是不是嫌棄他家沒什麼背景？」

此話一出，蕭將軍的手就重重地往桌上一敲，整個房間內的氛圍為之一變。蕭如玉也覺得她方才那些話說得有些重了，但此時此刻她也不知道該說些什麼來緩和氣氛。

「如玉，妳這說的是什麼話，爹豈是那樣的人？房侍講年紀輕輕就成為當朝狀元，不僅有才華，又非常得皇上喜愛，可謂前途不可限量，爹哪裡敢小瞧他？」

說到這裡，蕭將軍端起杯子喝了一口茶，接著道：「爹跟房侍講接觸過，他既沒有讀書人的迂腐，也沒有少年得志的傲氣。若是他真能成為爹的女婿，爹作夢都會笑醒。」

蕭如玉年紀不小了，又怎麼會不知道她爹娘反對的原因，說來說去，就是她行徑太過大膽，又配不上人家罷了。正是因為明白這些，所以她心裡難受，說出來的話才會有些衝。

看著手中的茶杯，蕭將軍不知道在想些什麼？過了一會兒，他淡淡又不失威嚴地道：「爹再給妳一個月的時間，妳要是能追到房侍講，那是妳的本事；若是追不到，妳就老老實實地在家繡花，等著出嫁吧。」

蕭如玉聽了這些話之後，瞪大眼睛看著她爹，喃喃道：「爹……」

一旁的鄒氏對於丈夫的決定也頗有微詞，想開口說些什麼。

然而蕭將軍不給她們機會，斬釘截鐵地道：「這件事到此為止，都不要再說了。」

另一邊，有一對兄妹正在談論與此相關的話題。

房伯玄忙完公事之後就回家了，幾乎是蕭如玉前腳離開，他就進屋，不過兩人卻沒遇上。

看到自家大哥，房言上上下下打量了他一番。

房伯玄見房言看著他的眼神很怪異，還以為自己是哪裡穿得不得體，忍不住低頭瞧了瞧，卻什麼也沒瞧出來。於是他乾脆坐下來喝茶，靜靜等她開口。

「大哥，你是不是有喜歡的人了？」房言終於問道。

房伯玄眉頭微微一皺，然後又恢復正常，繼續喝茶。等茶水嚥入喉中之後，他把茶杯放在桌上，說道：「妳可是聽說了什麼？」

觀察她大哥的表情，房言心裡有些摸不著底了。如果說之前她還能多少猜出她大哥的想法，如今卻是一點頭緒也無。

「今日有位姑娘上門來找你。」房言索性直接說出來，接著就盯著房伯玄的臉色看。見房伯玄的神情沒什麼特殊變化，她又接著說道：「我還把她請了進來。」

這次房伯玄總算有了反應，他看著自家小妹，淡淡地道：「這樣對姑娘家的名聲不好，小妹，以後切不可如此。」

聽他這麼說，房言就問道：「大哥，你果然喜歡將軍府的蕭小姐嗎？」

她以為自己抓到了重點，不過房伯玄卻說道：「並非如此，不管大哥喜不喜歡，妳這麼做終究於禮不合。京城的人只曉得我們家就我一個人住在這裡，並不知道妳跟爹娘來了，這樣會讓人誤會。」

此時房言意識到自己的不妥之處，於是她說道：「那我與爹娘改日隨大哥出去一趟？到時候大家自然就都明白了。」

房伯玄沒點頭也沒搖頭，只是沈默不語，不知道在想些什麼？過了一會兒，他說道：「暫時不用。」

「所以，大哥，你到底喜不喜歡蕭小姐啊？我偷偷告訴你，咱們娘可是天天在家裡念叨著呢，你要是再不成親，她就要親自來幫你挑媳婦了。」房言說道。

其實王氏頗為無奈，明知道自己沒辦法管到兒子頭上，卻還是操碎了心。

房言本以為房伯玄對這些話會一語帶過，沒想到他卻說道：「讓娘這麼擔心，著實是大哥的不是。不過，我這次讓爹娘前來，就是要談這件事的，所以娘大概沒機會替我挑媳婦了。」

說這些話的時候，房伯玄難得露出笑容。

房言一聽，立刻坐到房伯玄身旁，激動地道：「原來大哥讓爹娘來是為了這個！你怎麼不在信裡說清楚啊，爹還以為你遇到了什麼不好解決的事，把咱們家的錢都帶來了。」

搖了搖頭，房伯玄笑道：「怪我沒說清楚。」

不過對房言來說，這不是重點，她問道：「大哥，你喜歡的姑娘是誰？不對，應該說我未來的大嫂是誰？」

房伯玄斂起笑意，說道：「自古以來，婚姻大事全憑父母之命、媒妁之言，我當然是聽爹娘的。」

聽到這句話，房言忽然想到方才跟蕭如玉的聊天內容。怪不得她會說他們兄妹倆拒絕人的話都是一樣的，事情真有這麼湊巧嗎？難道，她大哥想娶的人是……

「大哥就跟我說實話吧。」房言假裝生氣地說道。

房伯玄答道：「小妹如此聰慧，想必早就猜到了，我又何必直言？萬一不成，豈不是害了人家姑娘的名聲？況且喜不喜歡根本沒那麼重要，不過是一起過日子罷了。」

聽著聽著，房言覺得她大哥的話有那麼點玄機。按照她對他的了解，他大概是真的中意蕭小姐吧？她一定有什麼特殊之處，否則他犯不著娶她，前世她大哥就孤身一人啊。

想到夢中那個活下來只為了報仇、年紀輕輕就去世的房伯玄，房言覺得胸口一痛，忍不住說道：「無論如何，我還是希望大哥能娶一個自己喜歡的人。」

房伯玄聽到這話，看了房言一眼，點頭道：「好。」

沒多久，房二河與王氏就從京郊回來了。吃了午飯，休息一陣子後，房二河就把房伯玄叫到正屋，房言也跟著過去。

直到現在，兒子還是沒提起找他們過來的原因。房二河相信，其中肯定有什麼他不知道的事，既然兒子不好開口，他還是叫他來問一問吧。

「大郎，你遇到什麼困難了嗎，需要我們幫什麼忙？爹娘沒什麼本事，只是家中還有一些錢，你若是需要，爹全都給你。」說著，房二河就要去拿銀票。

不管怎麼說，房伯玄終究只是個十八歲的少年郎，雖然在朝堂上已嶄露頭角，但是提及自己的婚事，仍是有些不自在。

見到房二河的舉動，房伯玄只得說道：「不用了，爹，兒子並沒遇到什麼困難。」

說完之後，房伯玄站起來，朝房二河與王氏鞠了個躬，說道：「爹、娘，兒子不孝，如今別說還沒成家，連個訂親對象都沒有。兒子知道這件事讓你們很為難，所以想找爹娘來商議此事。」

橫豎都要成親，那至少得娶一個自己不討厭的姑娘，那些表裡不一的人，不在房伯玄的考慮範圍。他以後的重心要放在朝堂上，不希望家裡有什麼事情讓自己煩憂。雖然蕭將軍已經解甲歸田，但是他為人處事風評極好，既不會遭到皇上的報復，也不會有不長眼的人去欺負他們家。

所以，他們家的姑娘最適合。

第九十三章　登門赴宴

王氏聽了之後，眼淚都要流下來了，她似是不相信自己兒子說的話，又問了一遍。「大郎，你剛剛說想要成親了？娘沒有聽錯吧？」

房伯玄搖搖頭，說道：「娘沒有聽錯，兒子的確覺得自己該成親了。」

「好好好！」房二河激動地站起身，連說了三個「好」字。

像他這個年紀的人，早就當上祖父或外祖父，身邊的人都陸陸續續升格了，只有他還沒有。雖說大家都羨慕他有兩個好兒子，但是看到別人含飴弄孫的時候，說不心動是假的。

說完之後，房二河走到自己的兒子身邊，拍著他的肩說道：「大郎，你這樣想就對了。」

房伯玄拱著手說道：「爹，過去是兒子任性了。」

搖了搖頭，房二河說道：「沒有，你一直都是爹的驕傲，如今你已經事業有成，成親正適合。」

房言坐在王氏旁邊，笑道：「娘，大哥想成親可是天大的喜事，您哭什麼呢？」

王氏拿著手帕擦了擦眼角的淚，說道：「娘哪裡哭了，這是流汗。」

擦完眼淚之後，王氏說道：「大郎，你可有中意的姑娘？」

房伯玄回道：「我心中確實有個人選，但是適合與否，還要爹娘作主。」

王氏驚喜地問道：「大郎，你說的是哪家的姑娘啊？」

「將軍府的蕭小姐。」房伯玄答道。

王氏又道：「大郎，你是否已經確定要娶那位姑娘了？」

房伯玄回道：「婚姻大事全憑父母之命、媒妁之言，此事還需爹娘作主，若爹娘覺得不適合，那就罷了。」

說起房伯玄的個性，他們一家人非常清楚，雖然他嘴上這麼說，但是心裡已經作出了決定，徵求父母的意見不過是走個過場。

儘管如此，聽到他的話，王氏與房二河卻覺得很受用。不管兒子的官位多高、在外面多受人尊敬，還是會考慮、尊重他們的想法。

房二河點點頭，笑道：「那就找個機會跟蕭小姐見上一面吧。」

王氏卻道：「咱們跟將軍府非親非故的，更沒有往來，突然上門求見會不會不太好啊？」

房伯玄說道：「爹、娘，其實蕭將軍當年正是被大山搭救，才得以免去一劫。大妮兒成親的時候，將軍府曾派人隨過禮。」

得知這件事，房二河臉上的表情有些激動。「竟然是那位打了勝仗的將軍！」

他們離京城有些遠，不太了解這些大人物，只知道袁大山救了一位將軍，而那位將軍後來打了勝仗，收復寧國的失地，是一位大英雄。由於朝中稱號是將軍的人不少，所以一知道事情這麼湊巧，房二河相當訝異。

想到對方是救國英雄的女兒，房二河的心情又不同了，他說道：「大郎，這件事是不是你一廂情願，人家將軍可曾看上你？」

房言正喝著茶呢，聽到她爹這話，一口水差點噴出來。她趕緊拿手帕擦了擦，同時又用同情的眼光看了京城中最炙手可熱的乘龍快婿一眼。

面對房二河的質疑，房伯玄有些哭笑不得，但是經歷了朝堂上的明爭暗鬥，他的定力越來越好，一下子就恢復正常。

房伯玄說道：「或許事情真如爹所說，所以還需要爹娘為兒子掌掌眼。若是將軍府沒看上兒子，咱們也不強求，換一家便是。」

聽到這些話之後，房二河點點頭。「你能這樣想就好了，大丈夫何患無妻？你才華如此出眾，不愁找不到適合的。」

看著眼前這齣戲，房言差點笑出聲來。明明她大哥才是那個被人瘋狂追求的人，怎麼到了她爹娘這裡，卻變成他死皮賴臉。她還是頭一次知道，原來在她爹娘心中，她大哥沒那麼有魅力。

瞥見自家小妹偷笑的表情，房伯玄不著痕跡地瞄了她一下。

房言從房伯玄的眼神中讀出了求救的意味。沒想到她大哥也會求她，她忍不住在心裡得意起來。

還沒等房言開口，王氏就說道：「若是不方便去將軍府，那咱們上哪兒去找蕭小姐啊？」

房伯玄回道：「三日之後是蕭將軍的生辰宴，爹娘可以在那個時候前往將軍府。」

聽到這話，房二河與王氏都放下心來了。

想到馬上就要去參加蕭將軍的生辰宴，房二河跟王氏著實有些緊張。他們從未出席過這種冠蓋雲集的宴席，也不知道有沒有什麼忌諱的地方？於是趕緊把之前在京城買的幾個大家僕人叫過來，要他們說一說自己知道的注意事項。

不僅如此，王氏還特地出門去買一些時興的首飾與衣裳。這是她第一次以狀元郎母親的身分亮相，可不能讓人小瞧。其實她本人倒無所謂，就是怕害兒子丟臉。還有，雖然小女兒不喜歡戴首飾，但是這種場合不打扮一下肯定會被人瞧不起，所以除了新衣，她也幫小女兒添購了一些飾品。

只不過，王氏發現，平時非常喜歡往外跑的小女兒，這次來到京城卻一反常態地天天窩在家裡，著實有些怪異。

房言之所以不出門，自然是因為三皇子的事。她可不想亂出門被人瞧見，到時候可能會惹禍上身，還是等三皇子失勢之後再說。

當初房言派高勝留在京城，不僅是為了日後做生意打算，其中也有三皇子的緣故。她一直以來都會跟高勝通信，自然知道京城目前的局勢，三皇子失勢是遲早的事。

蕭將軍生辰宴當天，房伯玄照常去翰林院，房仲齊去學堂；房二河、王氏與房言則拿著請帖去了將軍府。

房二河去外院拜訪蕭將軍，房言跟王氏隨著丫鬟的指引去了內院。走在半路上時，房言突然聽到前方有爭吵聲。

只聽一個姑娘說道：「蕭如玉，妳追房侍講都追到他家去了，只可惜他還是看不上妳，妳丟不丟人啊！」

蕭如玉的聲音也傳了過來。「丟什麼人了？我就是喜歡房侍講。再說了，事情可不像妳們說的那樣，我們什麼都沒發生。」

「我看妳倒是想發生點什麼，大概是房侍講根本沒那個意思吧。」

聽到這句話，有幾個人毫不掩飾地笑起來。

前面帶路的丫鬟聽到這些話，頓時有些焦急。

她近日不知道聽了多少這種話，不過夫人明令禁止大夥兒在家裡談論，如今客人主動提起，按照自家小姐的脾氣，不曉得接下來會發生什麼事？

王氏聽到這些小姑娘的爭吵，不禁皺了皺眉。房言卻停下腳步，一副若有所思的樣子。

那個丫鬟見客人不走了，急得不得了。想到這兩人正是房侍講的家眷，她一時之間不知道該怎麼做才好？

當笑聲漸漸消下去時，房言隨即提步走過去，假裝驚喜地看著蕭如玉，脆生生地道：「蕭姊姊，妳在這裡啊。那天我請妳來家裡作客時，不是送了兩瓶葡萄酒給妳嗎？我怕妳家人喝不夠，所以今日又幫妳帶了幾瓶來呢！」

此話一出，在場所有人都看向她。眾人看到房言的長相時非常訝異，她們似乎沒在京城見過這麼漂亮的姑娘，也不知道是哪家的人？

蕭如玉看到房言，也頗為驚訝。這幾天她母親嚴禁她出門，她還以為她跟房伯玄之間再也沒有可能了，沒想到今日卻能見到他的家人。

她快步走上前去，說道：「妹妹，妳來了啊！」

房言笑道：「是啊，我跟爹娘一起來的，這位便是我娘。」說著，房言看向緩步朝她們走來的王氏。

聽到小女兒說的話，王氏多少能猜出眼前這位少女的身分。不得不說，除了蕭如玉本身的條件，「救國英雄的女兒」這個稱號也很加分，王氏對蕭如玉頗有好感。

蕭如玉看到王氏，一顆心怦怦怦地亂跳起來。光是「房侍講母親」這個稱謂就夠讓她緊張的了，再加上王氏看起來實在年輕貌美，她不禁有些自慚形穢。

其實蕭如玉一點都不差，但是在鄒氏的觀念影響下，她對自己的外型與舉止不是很有自信。

這會兒蕭如玉的手腳都有些發抖，她扯了扯衣裳、整理整理頭髮，結結巴巴地道：「夫……夫人，您……您好，我是……是蕭如玉。」

王氏看到蕭如玉有些不自在，忍不住笑道：「蕭小姐好。我一直聽我們家小女兒說蕭小姐人長得美，又開朗，很想見見妳，不過那日妳太早回家，沒能碰面，甚是可惜。」

蕭如玉臉色飛紅，扭扭捏捏地道：「夫人客氣了，您才長得美呢。」

那幾位小姐聽到她們之間的對話，不禁面面相覷。

房言長得這麼漂亮、王氏氣質如此好，理當出身自大戶人家，可又從未在京城的重要場合中見過她們，這些閨閣小姐心中頓時都有些疑惑。有些人覺得她們可能是將軍的遠親，有些人則認定她們是哪家的小妾跟庶女。

因為產生了疑慮，所以有人就問道：「蕭如玉，這是哪家的夫人跟小姐啊？」

蕭如玉用得意的表情與恭敬的口吻介紹道：「這兩位是房侍講的母親跟妹妹。」

「房侍講的家眷？妳是在開玩笑吧，房侍講的家人不是在農村老家嗎？」

「就是啊，蕭如玉，妳亂編的吧？」

聽到這些小姑娘嘰嘰喳喳地講了起來，王氏著實有些頭疼。她怎麼樣都是長輩，被這樣當眾談論自己家，多少有些尷尬，可這些人又是權貴家的小姐們，萬一她說錯話，不知道會不會得罪人……

就在王氏糾結不已的時候，房言笑道：「對，我與父親跟母親前幾日剛從魯東府過來，原來各位小姐都很了解我們家的事啊！」

房言長得漂亮，說起話來又笑咪咪的，很難不讓人放下戒心。重點是，她證實自己就是那個京官第一美男子房侍講的妹妹，在場的人頓時全都安靜下來。

說起來，房伯玄的妹妹長成這個樣子再正常不過，畢竟房伯玄本人就生得非常俊秀，再看他母親的模樣，的確像是一家人。

不過想到剛才蕭如玉跟房伯玄的母親及妹妹說的話，有人心裡不是滋味了。

方才跟蕭如玉吵架的一個姑娘說道：「房夫人，您可知道，這位蕭小姐因為喜歡房侍講，天天去叨擾他呢。房侍講討厭她，她還不識趣！」

要是平時，蕭如玉聽到這種話就上去揍人了，可是今天王氏與房言都在場，她不敢展現出自己剽悍的一面，只能強忍著怒氣，紅著臉說道：「哪有？我什麼時候打擾房侍講了，沒這種事。」

此時另一個姑娘也反應過來了，她說道：「明明就有，咱們都知情，妳可別看房夫人跟房二小姐剛到京城，欺負她們不知道啊！」

身為房伯玄的仰慕者，這些人很清楚他家有幾個人，自然明白房言是那個未出嫁的小女兒。

當然了，如今京城的人或多或少都聽過房伯玄家的背景，這算不上什麼私密的事。

「妳……」

蕭如玉再也忍不了，正準備反駁時，就聽到一個聲音喊道：「玉兒！」

大夥兒看了過去，只見幾位德高望重的夫人朝她們走過來。

房言眼尖地發現，有個低著頭的丫鬟正是帶領她們來內院的人，不過她卻完全沒注意到，這個丫鬟離開這裡去通風報信了。

這些大戶人家的丫鬟果然都是人精，個個不簡單。

「玉兒，今日賓客如此眾多，妳可要好好招待這些小姐們。」

說著，鄒氏轉頭向一旁的夫人們說道：「妳們看，這孩子被我們家將軍給寵上了天，不知道分寸，真是讓各位見笑了。」

那些夫人們趕緊說「哪裡」，更有夫人說道：「蕭小姐這是性子單純，真性情。」說幾句客套話解決了蕭如玉差點出醜的事情之後，鄒氏看著王氏說道：「這位夫人想必是房侍講的母親吧？也只有您這樣的氣質，才能生養出房侍講那般才華洋溢之人。」

眾夫人們一聽，全都驚訝地看著王氏。

她們沒有人不知道房伯玄的名號——百年一遇的奇才、史上最英俊的狀元郎、無數京城大家小姐想要嫁的對象，沒想到眼前的人就是他的母親！可是這位夫人看起來一點都不像有房伯玄那麼大的兒子，看起來不過二十五、六歲而已，可要說不是的話，房伯玄的樣貌又跟她甚為相似，這可真是奇了。

王氏頂著大家的目光，笑著見禮道：「正是。蕭夫人好、各位夫人好。」

房言見狀，也上前說道：「蕭夫人好、各位夫人好。」

鄒氏看著房言，眼中閃過驚豔之色，她說道：「想必這位就是夫人家的女兒吧，長得可真是漂亮。」

王氏點點頭道：「是，不過小女當不得夫人的誇讚。」

只見鄒氏格外熱情地抓著房言的手，說道：「怎麼當不得？前幾日我們家玉兒去府上找房二小姐的時候，她還送了我們幾樣東西呢，那葡萄酒連將軍都說好喝。」

這幾句話，鄒氏刻意抬高了音量。

房言馬上就明白鄒氏的意思，她想了想，說道：「是啊，前幾日我隨父親與母親來到京城，隔日他們兩人前往京郊的莊子視察，大哥又去了翰林院，我一人在家孤單，就特地約蕭姊姊來我家作客。」

鄒氏聽到這番話，臉上的笑意加深，立刻把自己手腕上一只昂貴的玉鐲子拔下來戴在房言手上。

周圍的夫人與小姐們聽到這些話，又看到鄒氏的舉動，心中想法各異。

自從家裡有錢之後，房言見過不少好東西，她一看就知道這玉鐲子很名貴，隨即出言拒絕，王氏也不例外。

不過鄒氏的態度非常堅決，房言見推辭不過，就說起了其他事。

「夫人覺得我們家的葡萄酒好喝，我再送給您幾瓶就是了。這種酒喝了不僅心曠神怡，還能美容養顏，我母親每日晚上都會喝一些，皮膚也越來越好了。」

聽到房言的話，眾人的焦點果然被轉移了。

在場的夫人都有些年紀，對這種話題特別感興趣，尤其是看到王氏這個模樣，不禁猜測起是不是那葡萄酒的功效，否則她看起來怎麼會這麼年輕？

有人快人快語，直接開口問道：「房夫人，我著實有些好奇，想要冒昧請問您今年多大了？」

王氏先是愣了一下，接著就答道：「今年三十五歲了。」

人群中傳來一陣抽氣聲，有人不敢置信地問道：「您是怎麼保養的？真的是因為喝了家裡釀造的葡萄酒嗎？」

這個問題讓王氏有些不好回答。說實話，她沒怎麼保養，可是不知道從什麼時候開始，她就覺得自己比從前看起來更年輕了。

至於葡萄酒……她是有在喝，只不過不像小女兒說的那樣頻繁罷了。

想到這裡，王氏看了小女兒一眼。

第九十四章 親事底定

房言感受到王氏的視線，於是偷偷朝她眨了眨眼。看到小女兒這個樣子，王氏心中也有數了，於是她笑道：「對，我的確是因為喝了家裡的葡萄酒，才覺得自己越來越年輕，就連膚色也比從前要白皙紅潤。」

「您看起來真不像是從小地方來的，這容貌、氣質，真的是……」說話的人想了半天，終於憋出一句：「真的是跟房侍講一樣，不愧是一家人。」

另一位夫人說道：「是啊，的確如此。只不過，房夫人，我想請問一下，你們家的葡萄酒還有嗎，能不能賣給我幾瓶？」

這位夫人搶在其他人之前把大家想問的話給問出來，還沒來得及問的人後悔得不得了。要是知道別人也這麼感興趣，自己就該拋開矜持早點問的，要是就差這麼一點時間，葡萄酒沒了怎麼辦？

有人趕緊說道：「是啊，要是有的話也賣給我幾瓶吧。」

王氏瞥向自家小女兒，房言接過話題，笑道：「各位夫人們不用著急，想必大家也知道我們家是做生意的吧。這種酒在我們店鋪裡就有賣，不過夫人們既然想要，我自然不會收費。正好，我們上京城時帶了一些過來，本來是要留給我大哥喝的，這回就送給妳們吧，想必大哥不會怪罪我的。」

雖然房言這麼說，但是表面上的禮數還是不能少。

有人馬上說道：「唉呀，我們怎麼好意思跟房侍講搶呢？這也太讓人過意不去了。」

「是啊，那多不好意思，你們家的店鋪在哪裡？我們去買也行。」

房言見有人問起自家的店鋪，淺笑著說：「我們家的店鋪如今都在魯東府，明年才會到京城來開業。從京城去魯東府買東西比較麻煩，不如我直接送給夫人們。夫人們要是覺得好喝，等明年京城的店鋪開張之後，多多支持跟關照我們就是了。」

有人一聽到房言的話，就安心地接受了。「這是自然的。若是那酒真能養顏美容，讓我像房夫人一樣年輕美麗，不用你們開口，我們家就能把你們店鋪裡的葡萄酒都承包下來。」

其中一位夫人想了想，問道：「這種葡萄酒小姑娘可是能喝上一些？」

房言點點頭道：「自然可以，我時不時也會喝。」

家裡有女兒的夫人，看到房言的皮膚，再想想自家的孩子，感覺差距頗為明顯。看樣子，她們也該為孩子的將來打算了。

「怪不得房二小姐皮膚那麼好。」有人讚嘆道。

房言見大家對她的葡萄酒相當感興趣，趁勢向她們多推薦了一下，因為這些人都是她未來的顧客，可得把握機會。

眾人又聊了一會兒之後，就去參加宴席了。

吃完午飯，各家夫人小姐都一一告辭，鄒氏卻獨獨要王氏與房言留下來。

房言跟蕭如玉去庭院聊天，鄒氏則要身邊的丫鬟都出去，此時房內只剩下她與王氏。

看到王氏出席之後，鄒氏就抽了個空去見蕭將軍，夫妻兩人聚在一起，針對自家女兒的親事商議了一番。

此時，鄒氏看著王氏，開門見山地問道：「房夫人，想必您耳聞過京城中的傳言。我們家玉兒甚是喜歡房侍講，可能也做了一些出格的事情，不過她如今已經十六歲，再也不能這樣任性下去。對於這件事，不知道您心中有什麼想法？若是你們家有那個意思，那咱們就結為親家，要是沒有的話，就當我沒問。」

經過討論，鄒氏與丈夫的想法很明確。既然人都來這裡了，不如當面問個清楚，若是房伯玄的父母拒絕，他們就把自己的女兒關起來，讓她收收心，免得再做出一些不利於名聲的事。再來，這也能向房家施加壓力，若是他們無意讓自家女兒進門，就趕緊為房伯玄找個媳婦，好讓自己的女兒徹底死心。

得知將軍夫人贊同這門婚事，王氏甚是驚喜。看來蕭小姐的確很喜歡自家兒子，而且將軍府也看中了他。

今天王氏是第一次跟一屋子的權貴夫人打交道，剛剛在用餐的時候，聽到那些夫人們繞來繞去地打機鋒，她著實覺得有些累，像鄒氏這般直來直往的，還真是沒幾個。

憶起兒子前幾日說過的話，又想到剛見過面的蕭如玉，王氏笑道：「蕭小姐端莊賢淑，待人接物大方有禮，我自然非常喜歡。」

鄒氏心中一動，說道：「房夫人不必客氣，這門親事若不成，您放心，我們不會為難房侍講。您不知道，房侍講深得皇上賞識，卻還是拒絕了公主，若是真沒這個緣分，我們絕不強求，您不用擔心。」

聽到兒子深得皇上讚賞，王氏很是驕傲。不過，不管兒子再怎麼得皇上喜歡、再如何挑剔，總歸要成親。雖然他們家如今地位不同了，但是並沒有門戶之見，挑選媳婦的標準只有一個，就是自家兒子喜歡。

想到這裡，王氏笑道：「我跟我們家老爺很滿意這門親事，本來應該由我向夫人提起的，卻讓夫人搶了先。其實啊，我們這幾日就在想，要挑個黃道吉日託媒人上門呢。」

聽到王氏的話，鄒氏既意外又欣喜。說實話，她與丈夫都不看好女兒能成功，那麼多名門閨秀爭破了頭想嫁給房伯玄，卻沒見到哪個人能獲得他的青睞。他們早就做好了被拒絕的心理準備，沒想到事情竟出現轉機。

雖然他們對自家女兒這般苦追房侍講頗有微詞，然而若是他成為他們的女婿，看法自然又不同了。他年紀輕輕就成為當朝狀元，有才有貌，又深得皇上賞識，前途一片光明。能有這樣出色的女婿，著實令他們自豪，也不會再計較女兒過去的行為了。

看王氏這個樣子，不像是那種會為難人的婆婆，況且房二河夫妻並不住在京城，這樣就能省去一些婆媳相處上的麻煩了。

驚喜過後，鄒氏就冷靜下來了。

透過剛才的對話，她明白王氏肯定早就知道這件事，也做好了打算，要不然不會毫不猶豫地同意。那麼，他們是何時確定下來的？怎麼就這樣答應了？

鄒氏覺得既然雙方馬上就要成為親家，聊聊這些也不算什麼。

這麼一想，鄒氏就問道：「房夫人，我想請教您一個問題，能否請您告知我呢？」

「夫人請問。」

鄒氏說道：「光是京城，就有無數名門閨秀想嫁給房侍講，您為何會答應這門親事？」

王氏聽到這話，拿起手帕掩了掩嘴，笑道：「自然是因為我們家大郎。說出來也不怕您笑話，雖然世人都講究父母之命、媒妁之言，但是我們家更看重孩子們的想法。成親之後，若不出意外，夫妻兩人要相守過一輩子，若是娶個不喜歡的人回來，日子也不會好過的。」

鄒氏原本以為，這是王氏與房二河決定的，沒想到竟然是房伯玄的意思。看來這不算是女兒的單相思，是實打實的喜事。

想到這裡，鄒氏笑了起來，而蕭將軍那邊，也得到了他想要的答案。

直到他們一行人從將軍府返家，王氏與房二河的臉上還帶著笑容。接下來就是要找媒人提親了，可是找誰卻是個大問題。房二河與王氏在京城沒認識什麼人，既然要向將軍府提親，怎麼樣都要找個德高望重的人出馬，才能顯示出他們對這門親事的重視。

等房伯玄從翰林院回來，房二河與王氏就告訴他這件事，房伯玄一聽就說道：「爹娘不用操心，我去請我們翰林院的大學士辜大人為我作媒。」

這話讓王氏與房二河放下心來，開始忙其他事。雖說房伯玄不需要他們用錢來「解決事情」，但是這筆錢如今就派上了用場，他們可以直接在京城置辦聘禮了。

自從知道自己即將嫁給房伯玄，蕭如玉晚上樂得都要睡不著覺了，天天盼著媒人上門來提親，恨不得婚期馬上就訂下來，省得夜長夢多，出現什麼變故。

在蕭如玉的萬般期待中，辜大人夫妻在休沐日來到將軍府。提親一事進展得非常順利，雙方約定好明年十月讓兩個孩子完婚。

至此，京城中無人敢再嘲笑蕭如玉，甚至掀起一股女子狂熱追求自己心愛男子的風潮。畢竟蕭如玉這個成功的案例擺在眼前，不勇敢試一試，怎麼會知道結果如何呢？

這一日，房伯玄剛見完皇上要出宮去，秦墨就走過來，笑著對他說道：「聽說你與將軍府的蕭小姐訂親了，恭喜。」

「多謝六皇子殿下。」房伯玄恭敬地應道。

秦墨點點頭道：「嗯，我聽說京城一群夫人都到府上去要葡萄酒，也不知道那酒到底有多特別？」

房伯玄謙虛地回道：「稟六皇子殿下，傳言大概有誤，那葡萄酒並沒有什麼特殊之處。」

秦墨說道：「哦，是嗎？親自品嚐過就知道了。房侍講這是要回家去吧？正好，我就跟著去府上要幾瓶葡萄酒，只是不知道房侍講捨不捨得了？」

聽到秦墨的話，房伯玄有些意外，但是對方話都說成這樣了，他實在不好拒絕，只好道：「六皇子殿下能光臨寒舍，是卑職的榮幸，那葡萄酒不過是一種飲品，卑職怎麼會不捨。」

到了房家之後，秦墨提出逛庭院的要求，繞了一圈回到正廳後，他疑惑地問道：「房侍講，聽說你妹妹也來了京城，今日怎麼沒見著她的人影啊？」

房伯玄一聽，微微皺了皺眉，但是眉心很快就舒展開來，他恭敬地道：「小妹大概是隨母親出門逛街了。」

秦墨有些遺憾地道：「那可真是可惜了。房侍講家的酒拿兩瓶來吧，出宮這麼久，我也該回去了。」

房伯玄低頭稱是，接著就差僕人去拿了兩瓶葡萄酒過來。

看著這兩瓶酒，秦墨向隨從使了個眼色，隨從就立刻把箱子搬過來，放到桌上。

秦墨指著箱子對房伯玄說道：「這是買酒的錢。」

房伯玄趕緊拒絕道：「六皇子殿下，還請您收回，卑職萬萬不能要。」

秦墨說道：「這是給房二小姐的報酬。」說完，他就帶著隨從回宮去了。

送走秦墨，房伯玄回來看著桌上的小箱子，一副若有所思的樣子。思考了一會兒之後，他對僕人說道：「去把二小姐請過來。」

房言進了正廳之後，聽到房伯玄語氣平靜地敘述方才發生的事，她就知道，她大哥已經知曉當年她跟秦墨進行交易的事了。

不過，房言本來就沒打算瞞著房伯玄，他知道了也沒什麼。她淡定地上前打開箱子，看到裡面放著黃金，她就默默數了起來，數完之後便道：「六皇子殿下還是一如既往的大方。」

「小妹，六皇子殿下並非良配，不管之前你們之間有何交往，以後還是謹慎些好。」房伯玄說道。

誠如房言所想，房伯玄的確早已知情。想做人上人，需要探查清楚很多事，他自然明白六皇子過去待在他們縣城，還跟自家小妹接觸過。

房言把黃金放回原位、蓋上箱子後，就說道：「大哥這話是何意？我若是真有其他想法，早就出來見六皇子殿下了，不用躲在自己的房間不出來。」

聽到房言說的話，再看她的表情，房伯玄笑著回道：「大哥自然沒有其他意思。」

「大哥，這個箱子裡的黃金你要不要留一些，不要的話我可就都搬走嘍？」

搖了搖頭，房伯玄道：「既然六皇子殿下說是給妳的，妳就拿去吧。」

「好，那我待會兒就收起來。」

兩人說了一會兒話之後，房言見屋內沒有僕人在，就好奇地問道：「大哥，今日六皇子殿下為何會來咱們府上？可是你跟他之間有什麼聯繫不成？」

房伯玄走到窗邊推開窗戶，看著遠處說道：「怎麼會？大哥始終忠於皇上，絕不會做結黨營私這種事。」

瞧房伯玄一副正義凜然的樣子，房言著實覺得人生跟命運非常有趣。只要在關鍵點上做一些改變，每個人的未來都會被改寫，性格也會發展成另一種模樣。

「大哥說得有道理，按照咱們家如今的發展，還有皇上現在的身體狀況，完全沒必要這麼做。」

房伯玄聽了房言的話，點點頭道：「沒錯。」

談完這個有些嚴肅的問題，房言提及另外一件事。「大哥，你都訂親了，怎麼好像沒特別開心啊？」

看了走到自己身邊的小妹一眼，房伯玄說道：「開心什麼？這不是人生必經之路嗎？到了該成親的年紀就娶妻，該發展事業的時候就全力以赴。」

房言心想，這兩件事怎麼會一樣？愛情是多麼美好的一種體驗啊，怎麼會被她大哥說得這麼無趣呢？

「那你為何要娶蕭姊姊？」房言問道。

房伯玄答道：「因為她比較適合，所以我決定娶她。」

「難道你心中對她就沒有一絲一毫的喜歡？」房言覺得不太對，她大哥向來不是個會過度在乎世俗眼光的人，既然前世能選擇不成親，今生也可以。

房伯玄用一種看傻子似的眼神盯著房言，說道：「若是沒有好感，娶她回來做什麼？只是我對她的好感不像爹與娘之間的感情，也跟大山和二妮兒他們不一樣。」

說到這裡，房伯玄頓了頓，又道：「也跟妳還有童錦元兩個不同。」

房言聽到最後一句話，眨了眨眼睛看著她大哥。她大哥會知道這件事，說實話，她一點都不覺得奇怪。

看到房言波瀾不驚的樣子，房伯玄忍不住笑起來。

待在京城這幾天，房二河把明年要開野味館跟水果齋的店鋪找好了，地點就在京城最繁華的街道上。這兩間店鋪雖不像縣城那邊一樣緊緊挨著，但是也離得不遠，甚至比府城那邊再近一些。

其中野味館那間店鋪是房二河花大把銀子買下來的，這還是看在將軍府以及房伯玄的面子上，才能便宜一些。在京城這個地方，並不是有錢就能得到一樣昂貴的東西，權比錢更好用；至於水果齋，則是以一年一千五百兩的租金租下來。

接下來，房二河與房言又決定了裝修店鋪的事。因為有房伯玄在，再加上將軍府的勢力，當然沒人敢怠慢他們，一切都以最高的規格與速度進行。

又過了幾日，房二河一行人就回房家村去了。京城畢竟不是他們習慣的地方，而且對於周圍的人也不太熟悉，還是回到自己家比較舒服。

這次去京城解決了房伯玄的終身大事，王氏與房二河的心情放鬆許多，日後再有人在他們面前提及孩子的親事時，他們也不會難以回答或想逃避問題了。

「我們家大郎已經訂親了，對象是將軍家的女兒，就是那個收復了塞北失地的蕭將軍。」

說出這些話之後，看到別人羨慕的樣子，房二河與王氏都獲得莫大的滿足。

在家待了一陣子，房言就跟著房二河前往府城。

第九十五章 展店大計

安掌櫃從胡平順那邊得知房二河跟房言要來府城，立刻差人通知童錦元。

童錦元知道房言要來了，一大早沒吃飯就來到春明街的野味館，可是等他吃完了飯，也沒見到房言來。他只好回對面的米糧店，上了二樓打開窗戶，盯著下面。

安掌櫃看自家少爺活脫脫像個苦苦守候丈夫歸來的妻子，不禁拉緊身上的衣服，找了個不怕冷的夥計上去伺候著。半個時辰之後，童錦元終於看到出現在對面店鋪的房二河，然而這會兒還沒瞧見房言的影子。

過了一陣子，童錦元總算看到穿著一身男裝的房言緩緩走出店外。

房言出門之後，習慣性地往米糧店那邊瞥一眼，結果正好見到童錦元從上面往下面看。她笑了笑，很自動地走向米糧店。

聽到走上二樓的腳步聲，童錦元的心跳隨著房言踏在樓板上的步伐而跳躍，就像鼓點一般強烈。很快地，一個熟悉的身影出現在他眼前。

「童大哥，好久不見了。」房言笑道。

自從這次去了京城，他們倆就沒再見面了，因為房伯玄訂親的事，她與爹娘在京城多待了一些時日。

回到家之後，房言本來想休息幾日就來府城，結果今年不但提前變冷，還下起了雪，等到雪化了、又有太陽的時候，已經過了將近半個月。
這次兩人見了面，下次還不知道什麼時候才能碰頭？過完年，房言還要跟著她爹去京城開店，可以預見她到時候會非常忙碌，只怕沒空來這裡。
「言姊兒，好久不見。」說完，童錦元就盯著房言，目不轉睛地看起來。
房言被童錦元瞧得有些不自在，她雙手交疊緊握，眼睛也時不時地往旁邊瞄，待看到窗戶大開，她就說道：「這麼冷的天怎麼把窗戶打開，不怕染上風寒嗎？」
童錦元笑著回道：「不怕。」他在心裡偷偷說，為了能早一點看到妳，當然不怕冷。
房言自然明白童錦元的用意，見夥計倒好茶端上來，兩人就走到窗邊的桌子前坐下。坐好之後，童錦元從懷中拿出一個小盒子，推到房言面前。
房言挑了挑眉，問道：「這是什麼東西？」
童錦元笑著答道：「妳的分紅，賣機器的錢。」
「童大哥，你在開玩笑嗎？今年這部機器明明是你與師傅們一起改良的，跟我沒多大關係，我受之有愧。」
童錦元喝了一口茶，然後放下茶杯，笑道：「打開來看看。」
看著童錦元臉上的表情，房言想到剛才盒子被推到自己面前時，裡面好像有什麼東西滾動的聲音。難道不是銀子？在好奇心驅使下，她打開盒子。
「哇，好漂亮的金豆子啊！」房言驚喜地看著盒子裡的金豆子……不對，不只是金豆子，還有金花生、金葉子等等，每樣東西都只有一公分左右的長度，做得非常小巧可愛。

見到房言滿意的樣子，童錦元開心地道：「我找師傅訂做的。」

說實話，房言雖然很愛金子，也喜歡金製品，但是她卻沒想過用金子打造出這種小東西。

不得不說，童錦元這個做法真是深得她心。

不過，雖然房言很喜歡這些小飾品，但是她卻不好意思收下來，要退回去麼，她也捨不得。

想了想，房言說道：「童大哥，你做這些東西一共花了多少銀子，我給你錢。」

童錦元一聽，有些不高興地道：「不用，這些都是賣機器的分紅。」

「可是，機器……」房言還是想說那句話，這部新機器她沒出什麼力，實在不好拿報酬。

此時童錦元瞄到樓下外面有一位父親模樣的人給一個小男孩一些碎銀，小男孩頓時歡天喜地，於是他看向房言，笑道：「言姊兒，妳不用跟我客氣了，就當是我今年提前給妳的壓歲錢吧。」

聽到這句話之後，房言的臉一下子就紅起來，她自然也留意到下面那對父子的情況。

房言看著下面那個小男孩臉上喜悅的表情，轉過頭瞥了童錦元一下。她心想，敢情這個人把她當成小孩子看了?!

想到這裡，房言輕哼一聲，說道：「誰要你的壓歲錢了。」

童錦元淺笑道：「嗯，妳沒要，是我想給的。」

房言聽了，瞪了童錦元一眼。他說這些話，根本就是在模糊重點。至於童錦元，雖然被房言瞪了，他臉上卻依然掛著笑容，心情顯然非常愉悅。

兩人聊了一會兒之後，房言趕緊拿著盒子下樓去，因為她看到她爹在找她了。

房言回到野味館，房二河見她手中拿著一個小盒子，疑惑地問道：「二妮兒，妳這盒子是哪裡來的？」

想到童錦元剛剛說到的「壓歲錢」，房言臉上一紅，立刻解釋道：「喔，童大哥說這是賣機器的分紅，不管我怎麼推辭，他都要我收下。」

房二河知道分紅的事，也明白這是小女兒與童少爺之間的協議，所以他沒多問，只是點點頭，表示知道了。

見她爹找她沒什麼事，房言就轉頭去後院的廂房，她的目的是把盒子裡的東西全都轉移到空間裡面。

打開盒子，珍惜地摸了一下那些金製小飾品之後，房言就把它們收入空間，過一會兒才離開廂房。

走出野味館，房言前往水果齋視察。

到了水果齋，房言看著來來往往的客人，站在櫃檯前對房四說道：「看起來生意不錯。」

房四笑著回道：「是啊，今天出了太陽，不像前幾日那麼冷，所以出門的人多了些。」

聽到這話，房言點點頭。

今天房言來水果齋的主要目的不是查帳，若她沒跟著房二河來府城的話，都會有人把帳本送給她看，她來是要看看葡萄酒的銷售情況，看看有沒有什麼需要改善的地方？

由於房言限制了葡萄酒每日賣出去的瓶數，所以就算碰到節日，一間店販售的量也不會超過一百瓶，若是有人撲空，也只能請他們明日早點來。儘管如此，兩間店鋪加起來的收益也非常可觀。

雖然限制購買瓶數可以讓家裡存放的葡萄酒多撐一些時間，但是為了因應日後成長的顧客數，房言除了打算明年擴張種植葡萄的面積，今年也盡力收購外面的葡萄，在有限的時間內努力增加葡萄酒的庫存。如今他們家的地窖有一大塊區域都是葡萄酒，比剛開始的時候壯觀許多。

照目前的情況看來，兩間水果齋的葡萄酒銷售數量，跟房言預料的差不多，縣城甚至不到府城的一半，這樣一來，將來京城開了新店，就能把縣城那邊的銷售額度移一些去京城那邊。

巡視完水果齋，房言回到野味館。當天下午，趁著太陽還沒下山，房二河與房言趕回了房家村。

今年房伯玄沒能回來過年，只有房仲齊返鄉，房二河一家人過了一個不是非常團圓的年。

年底結算的時候，他們家店鋪的總收益更上一層樓了。因為房伯玄、房仲齊與房言三個人還未成親，所以野味館的收益他們無法分成；水果齋的分成房言也只給房淑靜，她跟房二河一樣，打算等房伯玄與房仲齊成親後，再按月分給他們。

房林耐著性子多唸了一段時間的書，卻仍沒考上童生，一家人商量一下，決定放手讓房林學做生意。當初跟房伯玄談過後，房南就看開了，選擇尊重房林的意願。

年後，房林被房二河送到縣城的店鋪當學徒。當然了，房林畢竟是自己的堂姪，所以房二河不會一直讓他當學徒，房伯玄也說過，他有潛力能當帳房先生，只是剛踏入社會的年輕人，還是要腳踏實地一些比較好。反正房南也在店裡當掌櫃，不用擔心房林沒人照應。

過完年，房二河開始聯繫鏢局，護送他們家的葡萄酒前往京城，這些葡萄酒陸陸續續被運往京郊的莊子，光是路費就花費了幾百兩銀子。等到葡萄酒差不多運送完畢，房二河一家人也抵達了京城。

京郊的莊子如今也有大棚，打開大棚的門之後，裡面暖烘烘的，跟外面彷彿不是一個季節。野菜長得非常好，綠油油的，很是喜人。

按照房伯玄的建議，房二河早就差人運送一些家裡的土過來，與這裡的土融合，再種上一些菜。經過幾個月的時間，一切都上了軌道，他們打算先開野味館這間店，水果齋晚一點再說。

開店之前需要準備的事情很多，房言整個人忙得團團轉。京城是天子腳下，他們行事也更加小心謹慎。

說起來，房言之所以敢出來外面晃，是因為她聽說三皇子已經自顧不暇，所以她已無所畏懼。若不是得知這個消息，只怕她還窩在家裡不敢出門，畢竟前世他們之間有姻緣，今生難保不會出事，現在三皇子要被皇上清算，這對她來說算是一件大喜事，自然要換上一身男裝，大展身手了。

蕭如玉得知這件事之後，在鄒氏的默許下來幫房言的忙。跟著房言忙進忙出的時候，蕭如玉偶爾會在房家的宅院看到房伯玄，剛開始她還有些不好意思，但是隨著見面的次數增多，她也比較習慣了。

越跟著房言做事，蕭如玉越覺得房言不是個簡單的姑娘。開店有許多瑣事，也很需要動腦筋，可是這些事到了房言手裡都變得井井有條，那些僕人們也非常聽她的話。

綜合這段時間以來的觀察，一種想法在蕭如玉心中漸漸扎根……

這天下午，蕭如玉回到將軍府，鄒氏問起房家新店開張的事，蕭如玉就說道：「不知道是不是我的錯覺，我總覺得他們家的生意好像是言姊兒在作主一樣。」

鄒氏似乎覺得自己聽錯了，於是問道：「妳剛剛說誰？」

蕭如玉抿抿嘴，看著她娘喃喃說道：「或許是女兒弄錯了吧，言姊兒才剛要十五歲，家裡的生意怎麼可能都由她定奪呢？」

鄒氏這回算是聽清楚了，她問道：「妳說是言姊兒在作主？」

想了想，蕭如玉說道：「是啊，女兒覺得是言姊兒在拿主意。我看房大叔與房大嬸都沒怎麼在管事，就連……嗯……房……房侍講都對店鋪的生意不怎麼上心。」

聽到女兒說的話，鄒氏第一個反應也是不信，但是她沒急於否定，而是回想起房言給自己的印象。

鄒氏越想越覺得房言聰慧得不像個小姑娘，不過若說她才是掌管家裡店鋪的人，會不會有些誇張了？

「妳可知道，其實房家的資產比京城傳聞中更雄厚？」鄒氏看著女兒問道。

蕭如玉聽到這話，愣了一下才說道：「不知道。不過女兒為什麼要知道這個？只要我能嫁給房侍講就好了。」

「妳都要嫁過去了，不能老是懵懵懂懂的。娘去打聽過了，他們家在京郊有好幾塊地，幾間店鋪一年下來也能賺不少錢，說不定比咱們家賺得更多。」

蕭如玉不太愛聽這種話，她有些生氣地道：「娘，您打聽這種事情做什麼？我喜歡房侍講，不在意他們家有錢沒錢。」

鄒氏一聽，拍了拍蕭如玉的手背說道：「妳問娘為什麼要這麼做是嗎？要是不打聽清楚，怎麼能隨意把妳嫁過去？況且，娘跟妳說這些話，也是想告訴妳，就算房家的生意真的是言姊兒在管，妳也不要在這方面生事。總歸房侍講前途無量，咱們家也不愁吃穿，到時候多給妳一些嫁妝，妳這輩子都能安安穩穩地過下去。」

蕭如玉很想翻白眼，但是她還是忍住了，聽話地道：「娘，您放心，女兒不是那樣的人。」

鄒氏點點頭道：「嗯，娘也知道妳不會用那種心機。不過，若言姊兒真那麼厲害的話，妳還是要跟她多學學做事的方法。」

聽到鄒氏這麼說，蕭如玉點點頭。

隔天一大早起來，蕭如玉吃過飯後又去找房言了。今日房言要去找印刷的地方，因為她很輕易地就發現，京城人的文化水準普遍比府城高，識字的人也多，所以除了派人去發放水果之外，她還打算印一些所謂的「傳單」。

雖然印刷品的價格較高，但是為了自家店鋪的生意著想，她覺得這些錢不能省。要知道，廣告打得好，對於一間剛進入當地市場的新店鋪來說，會產生事半功倍的效果。

如今這個朝代已經有了活字印刷術，印刷起東西來算是方便。

第二天，一大批傳單就印好了。房言交代高勝找人去大街小巷發傳單，一邊發還要一邊喊口號。這種事高勝很有經驗，他馬上就找到最適合的人選，以最快的速度達成房言的要求。

開張前一天，房言走到野味館門口，看到外面又像府城當初開業前一樣，排起了長長的隊伍，不禁鬆了口氣，對明天的業績也有了些信心。

皇宮內，秦墨正拿著一枝毛筆作畫，此時一個小太監匆匆忙忙地走進來，稟報道：「殿下，奴才打聽到了，房侍講家的店鋪明日開張。」

秦墨點點頭，放下手中的筆說：「你去跟巡城的人說一聲，讓他多照看著點，省得有不長眼的人去那裡鬧事。」

儘管房言一直沒去程記，但是秦墨覺得該幫的忙還是要幫一把，也算是盡盡地主之誼。當然，現在房二河家的地位已經比過去高了許多，他相信不會有人這麼不識相，不過凡事多做點準備不會有錯。

站在底下的小太監回道：「奴才馬上就去。」

房言自然不知道皇宮內曾發生過這麼一段插曲，開張當天，她與房二河一大早就起床，準備前往野味館。

如今家裡的僕人們越來越多，宅院裡也有一些事情要處理，王氏就不跟他們一道去了。至於房伯玄與房仲齊，一個照例要去翰林院，另一個則是去學堂讀書。

雖然不到卯時就起床了，房言的精神卻非常好。每次店鋪開張都是她最激動的時刻，看著客人們從無到有，從一、兩個到十幾個，再到幾百個，那種喜悅是金錢無法代替的。

如今還沒出正月，早上冷得很。看著身穿厚棉襖的小女兒，房二河心疼地道：「二妮兒，妳等太陽出來再去店鋪吧，現在太冷了。」

搖搖頭，房言堅定地道：「不冷，我要跟爹一起去。」

知道自己改變不了小女兒的心意，房二河就笑道：「好，咱們一起去。」

第九十六章 開業大吉

抵達野味館之後，在房二河的主持下，夥計燃放鞭炮，然後就正式開門迎客了。

很多人今日是來領水果的，所以早早就在一旁等著了；有些人是衝著開張前三天的優惠活動來的；當然也有一部分人是單純好奇，所以過來嚐嚐這裡的吃食。

看著來來往往的賓客，站在櫃檯的房言開心得不得了。

由於蕭如玉跟房言約定好，因此她很早就來到店鋪裡，房言一見到蕭如玉，就領著她去了後院廂房，然後要夥計們上一些吃食過來。

「言姊兒，我今天早上可是聽妳的話，沒吃飯就跑出來了。我倒要看看你們家的包子有多好吃，要是味道不好的話，我可是會生氣的。」如今蕭如玉跟房言已經很熟悉，所以開起了玩笑。

房言挑了挑眉，調侃道：「你們家？蕭姊姊過不了多久也是我們家的人了吧。」

一聽到這話，蕭如玉的臉蛋瞬間紅起來，她羞赧地道：「行了行了，我就等著吃早飯啦。」

因為蕭如玉早上沒吃飯，等到夥計們把吃食端上來，她光聞味道，口水就快流下來了。

蕭如玉想都沒想地就拿起一個包子啃起來，吃完一口之後，她頓時睜大眼睛，然後有些疑惑地又吃了幾口。一個包子下肚子之後，蕭如玉就閉上眼睛感受一下，接著站起來走了幾步。

房言第一次看到有人吃完他們家的東西後有這種表現，不禁問道：「怎麼了，蕭姊姊，可是我們家的包子有什麼問題？」

雖然房言這麼問，不過看到蕭如玉的反應，不太像是東西有問題，倒像是不敢相信什麼事情一樣。

走了幾步路之後，蕭如玉坐下來，看著對面的房言，無法掩飾驚喜的表情，有些急切地問道：「言姊兒，你們家的包子到底放了什麼東西，為什麼我吃完之後感覺自己的內力都活躍起來了？」

房言第一次在這個世界聽說「內力」這個詞，她一直以為這只存在於武俠小說中，所以一聽蕭如玉這麼說，她就愣住了。

「內力？」

蕭如玉興奮地道：「是啊，就是內力！我從小跟著師傅還有我爹習武，雖然學得不怎麼樣，但是體內還是有些內力。我的內力已經很久沒變化了，然而剛剛吃了一個包子之後，竟然覺得提升了一些，所以我才在想，這包子裡面到底放了什麼神奇的東西？這麼好的包子一顆才賣幾文錢，實在是太虧了，應該賣個幾兩……不對，十幾兩銀子還差不多！」

說實話，房言非常贊同蕭如玉的說法。他們家的吃食裡可是有靈泉，這個價格的確是便宜了些，但是想到她每天都能獲得一滴靈泉，而那麼多菜地才用掉幾滴，她又覺得沒什麼了。只不過，這些吃食有神奇效果的事，她是絕對不會承認的。

「蕭姊姊，真的是這樣嗎？」房言讓自己展現出恰到好處的驚訝。「我們家照顧野菜的方法像種其他蔬菜一樣，沒什麼不同之處，包子裡面也沒放什麼特殊的東西啊？」

蕭如玉一聽房言說裡面沒放什麼不一樣的東西，微微有些失望。要是真的摻了神奇的材料，那她多吃一些，豈不是就能變成絕世高手了？

想到這裡，蕭如玉又拿起一個包子吃起來，這次的感覺就沒有剛剛那麼驚奇了。果然，就像師傅告訴她的一樣，世上很多東西可遇而不可求，不是那麼容易就能讓她用錢換來。

不過，蕭如玉還是覺得不太對勁，她又問道：「真的沒什麼特殊之處？」

如果是尋常的東西，怎麼可能提升她的內力？自幼在將軍府生長，她吃過不少珍稀的食物，卻從來沒有類似的體驗。

房言想了想，說道：「不過……說到特殊之處，其實也算有一點。」

聽了房言的話，蕭如玉馬上追問道：「是什麼？」

房言答道：「其實我們家野菜的種子是用山泉水泡出芽的，種到地裡之後，又細心地取來山泉水澆灌，才長成了可口的野菜。至於家裡的果樹，也是用山泉水照顧的。」

反正他們剛到一個地方開店就會被問這種問題，所以他們一家早就商量好這個說詞，她最多加上「種子用山泉水泡出芽」這個理由，也特別交代夥計這麼說。至於要不要告訴蕭如玉是土質的問題，就不是她要操心的問題了，還是交給她大哥決定比較好。

蕭如玉點點頭，說道：「原來如此，怪不得我覺得味道很特別。」

此時換成房言有些不解了。如果蕭如玉對他們家的靈泉感受如此強烈的話，那麼她之前送她葡萄酒的時候早就該察覺了，不會等到今天才頭一回感受到靈泉的功效有多神奇。

想到這裡，房言心中一動，問道：「對了，我之前送妳的葡萄酒，妳覺得味道如何？」

蕭如玉一邊喝湯，一邊說道：「葡萄酒？我沒喝啊，我打小就不愛喝酒，妳送給我的酒都被我爹娘喝了。」

被房言這麼一問，蕭如玉才想起，她爹第一次喝到房言家的葡萄酒時那讚嘆不已的神情，不過她當時無法回答她爹的疑問，後來也忘了問房言，現在算是有了解答。

房言這才明白蕭如玉的反應從何而來，她說道：「嗯，葡萄酒的味道也很好，改天妳不妨嚐嚐。」

蕭如玉點點頭道：「好。不過以後我要天天來你們家野味館吃包子，我覺得自己現在充滿了力量，渾身舒暢。」

看到蕭如玉激動的模樣，房言不禁有些嫉妒。她當初為什麼沒想到去學一學武功呢？有了靈泉，她就是天下第一高手了……

兩個人又閒聊了一會兒，蕭如玉一吃完飯，就迫不及待地回家去了，原因是要藉著內力提升的時候多練一些功。

蕭如玉離開之後，房言就去店鋪裡。雖然今天天氣很冷，但是來吃堂食的人卻不少，此刻屋內點著幾個爐子，讓來用餐的人感覺到陣陣暖意。

看到坐在店鋪裡的客人神情都很滿意，房言也覺得非常開心。

只不過，相較於店內的熱鬧，賣野菜的區域卻只有少少幾個人。關於野菜的銷售策略，仍然是一個人一次最多買兩斤，只是今天才剛開張，顧客還不知道這些野菜的好。

「這不就是地裡長出來的野菜嗎，怎麼賣得這麼貴？」有一位婦人皺著眉頭問道。

夥計耐心地解釋。「這位大姊，我們家的野菜跟別家不同，您嚐嚐就知道了。沒看我們家大少爺是狀元郎，二少爺是個秀才嗎？就是因為他們從小吃這些野菜長大，才這麼會讀書的！」

那婦人睜大眼睛，訝異地問道：「真的？狀元郎真是吃這種野菜長大的？」

夥計斬釘截鐵地道：「是真的，要不然我們家少爺也不會考上狀元。雖說不是所有人吃了這種野菜都能擁有這麼出色的成績，但是吃了之後肯定會變得比過去更聰明，讀起書來更有效率。」

婦人一聽，立刻說道：「那給我來一斤，不，來兩斤，我要回家讓我兒子試一試。」

此時房言走過來，說道：「這位大姊，我們家的野菜吃了之後的確會讓人神清氣爽，您自己吃了也會有感覺，最好的料理方式是燙一燙，用調味料拌一拌。不過您不能因為這種東西好就吃太多，再好的東西吃得過量，效果不但不會加成，反而對身體有害。」

夥計很快就包好兩斤野菜，遞給那位婦人。婦人聽了房言的話，說道：「妳這麼一說，我更想回家嚐嚐了，多謝妳的提醒。」

婦人離去之後，有人聽到他們方才的對話，就走過來買了一些野菜回去。

忙完這一陣，那個剛剛表現得很機靈的夥計，有些惴惴不安地看著房言，低聲道：「二小姐……」

房言看了他一眼，鼓勵道：「做得不錯。對了，這會兒來買菜的沒多少人，你去吃堂食的人那邊吆喝幾句，就說咱們家包子之所以好吃是因為野菜好，咱們家也賣野菜之類的。你自己想想，隨便編幾句就行。」

夥計見房言沒怪罪自己，立刻答道：「好，保證完成任務。」說完他就去店裡宣傳了。賣菜這個區域本來就安排兩個人負責，走了一個，還有一個人。加上房言也在一旁，還是忙得過來。

一盞茶的時間之後，那位夥計回來了。

緊接著，不少剛吃完包子的人都跑來買野菜。夥計記得剛剛房言交代過的話，就學著她跟客人多聊幾句，內容不外乎是「野菜有助於學習，但是本人還是要認真唸書」、「吃太多會鬧肚子，切勿貪嘴」。

客人們見他們不會為了賺錢一味推銷，對這間店鋪的印象就更好了。

漸漸地，來買野菜的人越來越多，等到人潮又變少的時候，那個夥計又跑到裡面向客人們推銷了。

就這樣過了兩天，到了第三天早上，主動來買野菜的人就稍微多了一些。根據房言觀察，照例有不少回頭客，這也是他們家生意成功的主要原因。

之前來買過菜的人說道：「怪不得你們家的野菜賣得這麼貴，不但好吃，還能讓人神清氣爽。幸好我好奇之下買了一些回去，要不然豈不是錯過了這麼美味的東西？也不知道究竟是怎麼種出來的，跟那些從地裡長出來的野菜味道就是不一樣！」

夥計笑著解釋道：「咱們家的野菜種子是用山泉水泡發芽的，還在大棚裡栽種，又用山泉水澆灌，味道自然特殊，賣這個價錢一點都不奇怪。」

有人第一次來買野菜，上前就問夥計道：「這是房侍講家賣的野菜嗎？」

夥計點點頭回道：「正是。」

「那給我來兩斤。」

夥計指了指排得長長的隊伍，說道：「請您排隊。」

那小廝皺著眉說道：「你可知我們家老爺是誰？」

此話一出，人群中有人突然說道：「我們家老爺可是將軍大人，沒看到我一樣排隊嗎？趕緊滾後面去！」

除了這個人，其他人也嘰嘰喳喳地說道：「拜託，我們家老爺還是尚書大人咧，還不快去排隊？」

「說起我們家老爺，他是翰林院的大學士呢！」

那小廝聽到這些話，馬上認命地排到後面去了。他們家老爺只是個五品官，他還是不要惹是生非了。

這天下午，還沒到吃午飯的時間，野味館裡的人不太多，房言正站在櫃檯看著開業幾天以來的帳，眼前忽然有道陰影籠罩住了她。

房言心想大概又是哪個客人想要問問題，所以她抬起頭來，習慣地說了一句：「客官，請問您有什麼需要……」

結果一看到來人，房言的眼睛立刻睜大，嘴角的笑容也加深一些。

「孫大哥！」

說起來，她已經很久沒見過孫博了，上次碰面好像還是她大哥考上狀元、家裡設宴的時候。

「言姊兒。」

「好久不見了，我大哥說，你馬上就要外放了是嗎？」房言記得前幾天聽房伯玄提起過。

孫博點點頭道：「對，我幾日之後就要離開京城了。」

房言笑道：「恭喜孫大哥了，終於得償所願。」

去年殿試考中進士的人雖然不少，但是能立即授官的卻不多，除了狀元、榜眼、探花按照慣例直接進入翰林院，其他進士都要依照成績排序，看有沒有適合的地方就任？

孫博雖然考上進士，但是成績不太好，所以沒能馬上授官。孫博曾詢問過自己那個擔任戶部侍郎的堂叔的意見，有鑑於當時沒什麼較好的職缺，所以他要孫博等一等。這不，開年之後，南方富庶之地就有了空缺，孫博很快就獲得就職的機會。

其實對孫博來說，他對考科舉與做官這方面的事並不是特別熱衷，以前他不過是為了在父親面前爭一口氣，加上想給祖母一點安慰，所以才會那麼努力學習。
如今孫博終於達成願望，卻不特別感到欣喜，只覺得他的人生似乎也就是這樣了。
儘管內心感慨萬千，孫博倒沒向房言多說什麼，只是笑著回道：「嗯，多謝言姊兒。」
「孫大哥來這裡是想吃點什麼嗎？」房言淺笑著問道。
孫博回道：「是啊，我今天早上沒吃多少東西，這會兒有些餓了。」
「好，你先坐，我讓夥計幫你上一些吃食。」
等食物上桌之後，孫博就坐在位子上吃起來，他一邊吃，一邊若有所思，看著房言微微出神。
吃完東西，孫博再一次走到房言面前。
「言姊兒，我這一去最少要三年，不知咱們何時才能再見，那個，妳……」雖然已經下定決心，可是孫博說著說著，還是退縮起來，一張臉也變得微紅。
「嗯？孫大哥，你想說什麼？」房言疑惑地問道。
「我想……我想問問妳今後有什麼打算？」
雖然房伯玄已經委婉地拒絕過孫博，可是他還是覺得有些事不當面問個清楚的話，只怕自己以後會後悔。
當然了，從本人口中得到答案，很有可能代表自己得徹底死心，但是這樣總比懷抱著虛無縹緲的希望過日子來得好。
聽到孫博的話，房言嘴角的笑容僵住了。

她有什麼打算？這個問題從孫博口裡問出來，顯得很怪異。難道他……不會吧……看著孫博堅定的眼神以及微紅的臉龐，房言覺得自己的猜測大概八九不離十。

先別說有沒有童錦元在，因為「前世」的事，不管她今後有什麼打算，都不可能跟孫博有什麼關係。即使今生孫博幫了他們家很多忙，他本人也沒做錯什麼事，可是有些事就是這麼不講道理，她心中不可能毫無芥蒂，也不會對他產生那種感情。

想到這裡，房言恢復笑容道：「我打算把店鋪開到寧國各個角落，讓我們家的野味館變成全國最大的吃食店。正好，孫大哥要去南方做官，到時候少不了請你幫忙。」

房言有多麼聰明，別人或許不知道，可是孫博卻是再清楚不過，畢竟他們相識多年，生意上也有合作。房言肯定看出他內心的想法，不過她並未正面回答他，而是顧左右而言他，這已經是很明顯的拒絕了。

看著房言靈動的笑顏，孫博的心就如外面的溫度一般涼透了，他的眼神瞬間變得黯淡，臉上的紅暈也散去。

「嗯，有需要的話，到時候記得去找我。無論如何，我永遠都是妳的孫大哥。」

第九十七章　好友相別

看到孫博這個樣子，房言心裡非常難受。如果沒有前世那些事，或許他們之間不是完全沒有可能，但是這一世相識沒多久時房言就已經明瞭一切，所以她從來沒往那方面想過。

「孫大哥，我相信你一定會成為一個關心百姓疾苦的好官，等三年後你回京述職，到時候我們又可以相見了。」房言笑道：「若是你依然喜歡我們家的吃食，到時候可以帶著嫂子一起來吃。」

孫博勉強地笑了笑，回道：「嗯，我永遠不會忘記你們家的東西，真的很好吃。我先走了，希望妳以後每天都能開開心心的，也能早日把野味館開到全國各地。」

房言點點頭，說道：「謝謝孫大哥，我一定會努力的。」

當孫博轉身離開的那一刻，房言心中突然湧起一股衝動。看到孫博已經掀開簾子走出店門，房言像是想到什麼似的，從櫃檯跑出去。

「孫大哥！」房言站在店門外看著孫博的背影喊道。

孫博立刻回過頭，眼中帶著一絲驚喜。

房言笑道：「孫大哥，我知道你不喜歡科舉考試，也不喜歡做官。我知道你最愛讀各式各樣的書籍，小時候我最開心的事，就是大哥會從你那邊拿來各種有趣的書讓我看。不過，我相信孫大哥即使不喜歡，也一定會努力做個好官。你不是最嚮往到各地探訪嗎？借著外放的機會，去看看別處的風景，再好不過了。」
孫博看著房言，眼神慢慢變得激動。
房言接著說道：「孫大哥，既然你喜歡各種雜書，何不自己寫寫看？我看過你寫的文章，也聽過你講的故事，你的敘述讓我彷佛身歷其境，度過了很多快樂的時光。如今你馬上要去當地方官了，何不把你的想像融合這些經歷寫成話本呢？這樣裡面就會有孫大哥的觀點與見解，世人也能讀到更有意思的東西，等到書印成冊以後，我肯定第一個拜讀！」
孫博覺得自己的喉嚨像是被什麼堵住一樣，他努力地眨了眨眼睛，從喉嚨裡擠出聲音道：「好。」
房言就這樣站在門口，靜靜地看著孫博漸漸走遠的背影，她臉上的笑容已經消失，神情也變得有些晦暗，就連凜冽的寒風吹過，她仍舊動也不動。

過了一會兒，有個溫暖的手爐碰了碰房言的手背。
「言姊兒，外面太冷了，我們進去吧。」
房言緩緩轉過頭，看到身邊這個熟悉的人，她的眼淚一下子沒能忍住，流了出來。
童錦元看著房言臉頰上的淚水，伸出手來慢慢幫她擦了擦。
房言凝視著眼前的童錦元，沙啞著嗓子說道：「好。」
聽到房言的回應，童錦元終於笑出來。
剛才房言走出野味館的時候，童錦元就已經在現場了。他看到房言走出來，還以為她會瞧見他，沒想到她沒朝他這個方向看過來，而是看向另一處，跟另外一個男子說話。

他見過那個男人，似乎是房言大哥的好朋友。

童錦元站在原地一陣子，聽房言說了很多話，也看到她痛苦的表情，他不知道那代表什麼意思，也不敢往下想。等那名男子離開之後，童錦元注意到房言的臉凍得有些發紅，才忍不住上前找她。

掀開簾子走進店鋪，屋子裡的暖風吹得人眼睛有些發澀，房言不禁用手指抹了抹眼睛周圍。

找了張空桌子，房言一語不發地坐下來，童錦元則坐在她對面。

等到雙手開始回溫，房言深吸了口氣，說道：「剛才那人是縣城孫家的少爺，我小時候就認識他了，他跟我大哥同在霜山書院讀書，也去過我們家。他對我而言就像個大哥哥一樣，想到他即將遠行，三年之後才能再見面，我心裡實在有些不捨。」

聽到房言的解釋，童錦元頓時放下心來，他淡笑道：「言姊兒，其實妳不必擔心我，但還是很謝謝妳告訴我這些。」

房言笑了笑，沒再提孫博的事情。

「童大哥，你今日怎麼來京城了？」雖然對童錦元的出現感到意外，但是房言還是非常開心。

童錦元回道：「一來是看看京城店鋪的生意，去年營業狀況開始有些下滑，所以我來看看是哪裡出了問題？二來是我祖母想念我了，想讓我在京城多待一段時間。」

房言擔憂地問道：「生意上的問題嚴重嗎？」

童錦元笑著搖搖頭，回道：「不是很嚴重，小事情。」

其實這些不過是童錦元編出來的藉口，真正的原因當然是想念房言。他知道他們家在京城的店鋪開張了，所以過來瞧瞧。另外，他即將年滿二十歲，不論是他祖母還是母親都開始著急了，因此他想多跟房言培養感情。

房言鬆了一口氣，說道：「沒事就好。」

「聽說你們店鋪的生意非常好，就連我祖母他們都知道野味館的東西很可口呢。」童錦元笑道。

提及店鋪的生意，房言來了些興趣。「還行，總之比府城的生意更快上軌道，因為很多人都是衝著我大哥這狀元郎的名號而來，還有就是……」

說到這裡，房言停頓一下，接著說道：「還有就是你的幫忙。童大哥，你讓京城童記的掌櫃以及夥計向自家顧客宣傳我們家的店鋪，卻沒告訴我，要不是來吃飯的人提及，我還不知道你在背後默默幫助了我們那麼多。」

童錦元笑了笑，說道：「這不算什麼，真正能讓店鋪生意好起來的人還是言姊兒妳。聽說妳開張前印了許多紙發給大家？」

房言點點頭道：「是啊，京城裡識字的人比較多，所以索性印一些單子去發一發。有些是在大街上發的，有些則是直接塞到人家的門縫裡。」

這種方式在現代社會再尋常不過，不管有什麼活動或是新店開張，主辦單位或公司就會找人去附近做這類宣傳，感興趣的人自然會留意。話雖如此，基本上這種手段大家都膩了，那些傳單也常被當成垃圾處理。

然而在這個朝代，這種宣傳方式可謂獨樹一格，大夥兒都覺得很新奇，有人看不懂，還會特地去問別人，輕輕鬆鬆就達到推廣的效果。

童錦元有些遺憾地道：「第一天開張時場面肯定很壯觀，記得在府城開張那次就是如此。只可惜前幾日府城到京城的路上積雪，馬車實在不方便行走，不然我又能再讚嘆一下了。」

房言回道：「童大哥，哪裡有這麼誇張，現在天氣冷，開張當天比不上在府城的時候厲害。不過呢，說起印紙宣傳這個方法，童大哥家的店鋪也可以試試看啊。」

童錦元聽了之後若有所思地道：「嗯，有機會的話再看看。」

晚上吃完飯，想到白天發生的事，房言去了房伯玄的書房。

「大哥，你在忙嗎？」房言問道。

房伯玄回道：「不忙，大哥只是看一會兒書罷了。」

兩個人聊了幾句之後，房言就問道：「大哥，聽說孫大哥過幾日就要外放了是嗎？」

房伯玄看了自家小妹一眼，疑惑地道：「是啊，大哥不是跟妳說過了嗎？」

看著房伯玄的臉色，房言猶豫了一下，還是忍不住問道：「那個……我就是想問，孫大哥的父親還有小妾如今怎麼樣了？」

房伯玄平靜地道：「他們如今算是過得挺好的。」
聽到這個答案，房言微微皺了皺眉。這怎麼跟她聽到的消息不太一樣呢？
就在房言不明所以的時候，房伯玄又開口了。「只不過，人自然要為以前犯的錯付出代價，否則豈不是對被蒙在鼓裡的人不公平？」
「孫大哥父親的小妾真的跟他們家的管事……不對，應該是說，孫大哥那個弟弟真的不是他親弟弟嗎？」
按照房言聽到的內容，周八爺的女兒周雲兒雖然身為孫吉思的小妾，卻跟孫家一位名叫周大剛的管事有染。周雲兒當初替孫吉思生下一個兒子後，頗為受寵，不料現在縣城竟有謠言說，那個孩子的親生父親是周大剛。再往前追查，孫吉思發現，周雲兒跟周大剛在進孫家之前就認識了，這個事實讓孫家一時之間大亂。
房伯玄聽到房言說的話，淡淡地道：「這個問題大哥怎麼會知道呢？應該是孫老爺比較清楚。至於他的小妾與他們家管事之間的關係，這件事證據確鑿，很多人都瞧見了。」
聽完房伯玄的敘述，房言點點頭，不過實際上的狀況可不像她大哥口中那樣輕鬆。據說周雲兒被浸了豬籠，那個管事也被打殘，他們兩人是生是死，大家都不清楚。
孫吉思過去最寵愛他的小兒子，如今出了這種事，他大病一場，人也憔悴很多。聽說孫吉思不再管那個小兒子跟後院的小妾們了，反過來更加關照自己的嫡長子孫博。
這種下場在她大哥眼裡竟然是「挺好的」？那什麼樣的下場才算是慘？周家嗎？
「那周八爺呢？」其實房言心中已經有底了，但她還是想從房伯玄那邊得到答案。

像是一時之間沒想起這麼一個人似的，房伯玄眉頭微微皺了一下，然後又鬆開了，說道：「周八爺？大哥不是很清楚，畢竟大哥沒動手做任何事。不過聽說他們家的店鋪開不下去，早就關門了。」

房言接著說道：「是啊，畢竟他得罪了孫家以及咱們家，從前受他欺負的人怎麼可能放過這個機會，肯定要往死裡踩了。」

點點頭，房伯玄似乎很贊同房言的說法，回道：「小妹說得有理。」

如今周家非常淒慘，沒了孫吉思這個靠山，他們家就什麼都不是了，更別說現在孫家也不放過他們。

周八爺從前犯過的事，被一個苦主告上去。新上任的縣令剛正不阿，立刻命人抓住周八爺，接著挖出他許多不為人知的惡行，像是打死丫鬟、虐待家奴等，自然受到了嚴懲。

至於當初跟著周家一起欺負過他們的趙家，聽說也因為短少工人們的薪資，被人告到縣令那裡去。除此之外，他們還被揭發侵占他人良田、收取店鋪保護費等惡劣行徑，沒能逃過律法制裁。

孫博今日離去的那一刻，房言就覺得有關前世的一切似乎漸漸走遠了。孫家、周家、趙家……那些星星之火全部都被她大哥掐滅了，不，這麼說不太對，因為她大哥其實沒做什麼，正確來說，他們是被權勢給擊垮的。

從房伯玄比前一世更早在科舉得利開始，周家與趙家就漸漸威脅不到他們了，進而影響了孫家的勢力範圍，也避免房伯玄未來成為一個心狠手辣的奸臣。

隨著房伯玄考中狀元、進入翰林院、成為京官、深受皇上寵信，甚至還跟將軍府的千金訂親，這一切的一切，都幫助他們家站穩腳步，也讓其他普通百姓得到懲罰那些惡人的機會。

這樣的結果比上輩子要好得多，所以對房言來說，過去那些悲傷與痛苦的記憶都能拋開了。

「大哥，你可以放心在官場上一展抱負了，我相信你一定會成為流芳千古的好官。」房言輕聲說道。

聽到這句話，房伯玄嘴角揚起了笑容，說道：「大哥也希望自己有一天能成為那樣的人。」

「會的，大哥。」房言笑著回道。

京城的野味館開張後過了幾天，這天晚上，房二河把帳本拿出來，一家人一起聽聽營業的狀況，許久沒好好放鬆一下的房仲齊也過來了。

房言覺得她二哥瘦了不少，由於朝廷今年加恩科，為了通過這次秋闈，他真的費了不少心思，讓人有了完全不同的感受。

只見房二河看著帳本，笑道：「京城的確富庶，以同樣的階段相比，這個地方賺的錢比府城多得多。」

不過，別說是現在，他們一家早就對錢沒那麼重視了，再也沒有當初一天能賺一兩銀子的激動之情。

京城的物價比府城高，所以這邊店鋪的商品價格也比府城貴；至於麵粉的品質，府城的反而比京城的好，原因在於工資。在京城這裡聘用員工，工資比較高昂，為了不讓自家的包子比別家貴太多，所以他們才沒把麵粉的品質拉到最高。

說起來，房言不是不能讓京城的店鋪也使用優質的麵粉，畢竟現在他們在京城的地也種了小麥。不過因為之前秦墨調查他們家這件事，讓房言深深感覺到什麼叫做「臥虎藏龍」，他們設想得再周到，也可能露出破綻，這裡可是天子腳下，凡事低調一點總沒錯。野菜就沒這個顧慮了，一來這是他們主打的商品，絕不能把品質往下壓；二來是因為野菜本身經濟價值不高，不至於有人眼紅嫉妒，所以他們並不擔心。

房仲齊最近埋頭苦讀，比較少注意外界的事，一聽他爹這麼說，不禁好奇地問道：「爹，咱們京城的店鋪一天能賺多少錢啊？」

聽到這個問題，房二河笑著回道：「一天差不多賺了五十兩銀子。」

房仲齊嘴裡的茶沒能忍住，噴了出來，他一邊擦嘴，一邊忍不住又問了一遍。「多少？五十兩？」

「二哥，髒死了。」房言嫌棄地說道。她正好坐在房仲齊旁邊，被茶水稍微噴到一些。

房仲齊趕緊抓著自己的袖子要幫房言擦一擦，但是房言卻回道：「好了，二哥，我一會兒回去就睡覺，不用擦了，反正也不用見人。不過，二哥，不就是一天賺個五十兩銀子，需要這麼誇張嗎？」

聽到房言的話，房仲齊收回自己的胳膊，說道：「怎麼能不誇張，那可是一天五十兩銀子啊，都不知道夠村子裡的一家人生活多久了。」

王氏笑道：「我看二郎最近只顧著用功唸書，實在不清楚咱們家的事。」

房仲齊這才注意到，在場的人除了他，都對一天賺五十兩銀子沒什麼太大的反應，這就顯得他少見多怪了。

聽到王氏的話，房伯玄也誇讚道：「二郎最近確實非常用心鑽研學問。夫子告訴我，他進步得很明顯，晚上我考他的時候，他也應答得很好。今年的秋闈雖不至於有十成的把握，但至少應該能比上一次考得好。」

若是過去的房仲齊聽到這種話，肯定會很得意，然而如今的他，卻是立刻站起身來，拱拱手道：「大哥謬讚了，天下學識好的人如過江之鯽，我這樣算不了什麼，今年的考試也談不上有把握。」

看到房仲齊這個樣子，房伯玄滿意地道：「二郎謙虛了。」

第九十八章　穩紮穩打

房二河瞧見他們兄弟兩個的表現，欣慰地點點頭，接著繼續談起方才那個話題。

「開業沒多久每天就能賺五十兩銀子，是很好的開端，按照以往的經驗來說，店鋪的生意會越來越好。不過，這全多虧二妮兒想出新的品項。」說著，房二河轉頭看了房言一眼。

由於要進軍京城，房言認為，應該再增加菜單的豐富性，考慮到開新店對身心的考驗，她選擇了負荷程度最低的蛋餅。過去王氏就會做這道菜給他們吃，房言很喜歡。

聽到房二河的話，房言笑著回道：「爹，這不算什麼。不過，爹，我覺得咱們還是要再多養一些雞才行，外面買來的雞蛋，終究不如用咱們家野菜餵養的雞下出來的蛋好吃。」

房二河點點頭道：「這倒是，不如就在咱們京郊那處莊子的庭院裡養雞吧。」

想到京郊莊子的庭院原本雅致的模樣，如今卻要被拿來養雞，房言總覺得這樣有點可惜。

房伯玄聽了之後說道：「咱們可以把菜地旁的地再開出一些來，用柵欄圍好，這樣就能多養一些雞了。」

想了想，房二河回道：「大郎說得有道理，咱們不拆院子，還是往菜地旁邊擴充吧。」

房言建議道：「爹，我覺得乾脆整個多擴充一些。您沒發現嗎？京城裡買咱們家野菜的人越來越多，我有點擔心目前種植的範圍不夠賣。」

略微思索之後，房二河答道：「二妮兒說得沒錯，不過爹打算多觀察一陣子再動工。這才剛開張，萬一這會兒是咱們認識的人給面子，或是為了大郎的名氣才來的，那麼之後說不定不會再上門。若過了幾天人越來越多的話，咱們就開一塊新地。」

房伯玄沈思片刻，說道：「爹說的也不是沒可能，只不過最近翰林院有些忙，我還沒時間去店鋪看看，不好判斷。」

得知房二河與房伯玄的想法，房言說道：「那咱們過一陣子再決定吧，如今家裡的野菜還夠賣，等天氣暖和時再動工也好，到時候就暫時不需要搭大棚了。」

房二河笑道：「是啊，咱們家如今收益已經很好，做生意還是穩健一些為妙，反正賺那麼多，錢也花不完。」

一旁的房仲齊聽了，說道：「爹，兒子實在對您佩服得緊，咱們家做了那麼多年的生意，現在賺了這麼多錢，您卻還能保持頭腦清醒。」

房二河回道：「知足常樂嘛，再說了，咱們家也沒什麼需要用錢的地方。」

其實房言也覺得她爹很了不起，明明還能把家裡的事業推向另一個高峰，但是她爹就是沒什麼大動作。這並非是她爹眼界不高，而是因為錢賺到一個地步，反而要求穩。尤其是她大哥如今是朝廷命官，她爹大概也不想替她大哥惹禍吧。

然而房言本身就不是這麼想了，有誰會嫌自己賺的錢太多？所以她絕不滿足於現狀，還想賺更多錢。野菜館算是他們家最低限度的保障，但是水果齋這邊，她可要大顯身手。

話雖如此，房伯玄卻明白拓展新地的必要性，他笑道：「爹儘管去做就是。我聽同僚們說咱們家的吃食味道甚好，有些人早上還會特地去咱們家店鋪買早點，照這個勢頭下去，家裡種的野菜肯定不夠用。雖然不急於一時，但我覺得爹可以把這件事納入日程了。」

房二河頷首道：「好，爹會先準備起來，至於到底要擴張多少耕種面積，再看看吧。」

接下來幾日，房言家在京城的店鋪生意越來越好，某天早上，房言甚至看到一位身穿官服的人來他們店鋪裡吃飯。

房二河本來不想收那位大人的錢，畢竟自己的大兒子同樣在朝為官，這點吃食也不值什麼錢，不如做個順水人情。沒想到那位大人一句多餘的話都沒說，讓僕人留下錢就揮揮手離開了。房言看了看時辰，很快就猜到，那位大人之所以走得這麼急，是因為馬上就要到上朝的時間。

再往後，房言又在早上時見到幾個大人來店鋪裡吃堂食。過沒多久，房二河就開始忙著去京郊莊子，朝外面擴展院牆了。

這些時間以來，房二河發現，店鋪裡的野菜越來越好賣。雖說有一部分原因在於如今天氣還冷，大家很少能看見綠色蔬菜，所以他們家的野菜自然受歡迎，但是根據以往的經驗判斷，短時間內就能吸引這麼多人來買，主要還是因為需求量大。

房二河算是明白了，京城裡有權有勢的人多，有錢人也不少，他們吃東西不只是為了填飽肚子，更多是為了享受。既然有錢就能買到好吃的東西，要他們天天掏錢出來也不是什麼困難的事。

此外，京城的大戶人家多，有些門戶光是主子就有幾十個人，煮一餐需要的菜量相當可觀，所以房二河只好放寬每天一個人能購買的斤數。

房二河很清楚，等到他們家野菜的神奇之處傳開之後，來買野菜的人只會越來越多，因此擴展耕種土地這件事刻不容緩。

房二河在家裡計算了一下，又跟房言以及兩個兒子商討，最後決定在後院擴展十畝地出來。之所以決定開拓這麼多地，是因為除了要多種一些菜，還要加蓋大面積的雞舍與豬圈。照慣例，他們會把最鮮嫩的菜挑去做成料理跟賣給客人，剩下的就給雞與豬吃。

雖然左右兩側還有其他人的莊子，但是後方那一大片全都是他們家的，然光是雞與豬的味道跟聲音，就會讓他們被鄰居嫌棄到死。

為了杜絕被投訴的可能性，他們打算把雞舍與豬圈蓋在最遠那一側，這樣離前方的莊子就很遠，不用擔心會引起爭議。

此外，顧及庭院的整體性，房二河打算將後面圈的十畝地做成後院的形式，在牆上開一個小門，不僅方便大夥兒進出，整體也較美觀。

因為這些地原本種了小麥，所以不需要肥地，只要把地裡的小麥全挖出來就行。

之前房二河已經讓莊子上的管事薛大槐，帶著僕人們去挖後面的小麥，不過當時房二河還不確定到底要挖多大面積，所以一共才挖了五畝地。去掉要蓋雞舍與豬圈要用的兩、三畝，這回房二河又讓他們挖了兩畝地。

蓋雞舍與豬圈要用的地不需要挖，因為只要放任雞跟豬在這塊地上行走，這些小麥自然會被牠們啃個乾淨，要特別處理的是種野菜的地方。

房二河要薛大槐把家裡的僕人全找來，抓緊時間，把後面幾畝地整理乾淨。薛大槐知道這些野菜對主家的重要性，所以非常重視，他早就安排四個守夜的人，還多加了幾條狼狗。

由於房二河不知道這些事，所以薛大槐一聽到要讓所有人都過來整地，他趕緊向房二河解釋道：「老爺，有四個人昨天晚上在菜地裡巡邏，這會兒還在睡覺，所以不能過來幹活。」

房二河好奇地問道：「哦？如今夜裡也安排巡邏菜地的人了？」

薛大槐恭敬又謹慎地回道：「是的，老爺。咱們家這塊菜地太過寶貴，小的有些不放心，所以小的自作主張加派人手，讓他們兩兩一組巡視；再加上四面牆那邊都有守夜的人，還有狼狗在一旁，這樣就能遏阻意圖不軌的人了。」

聽了薛大槐的話，房二河覺得這個管事做得非常好。這十畝地就跟當初房家村的後大院一樣，在四面圍牆的中間各蓋了一間房子，裡面都安排僕人守夜，這樣即使有人晚上想來偷東西，他們也能在第一時間發現。

這麼做的效果非常顯著，過去真有人想去他們家的菜地偷東西，狗一叫，僕人立刻醒過來，嚇得那還沒翻過圍牆的人立刻跑掉。

房言也覺得薛大槐這做法好，不過也不能讓人太累了。

想了想，房言說道：「這樣吧，薛管事，你晚一點多買幾條狼狗，再告訴那些巡夜的人，分成兩個班巡邏，一個班是戌時正到子時正，一個班是子時正到寅時正。一個班兩個人，白天的時候讓他們多休息一會兒，兩天輪一次。值夜班的時候工錢翻倍，但若是出事，就唯他們是問。」

說完之後，房言看著她爹問道：「爹，您覺得我這個法子如何？」

房二河笑著回道：「這個主意好，等收拾好這十畝地之後，咱們再多買一些人回來，這樣輪起班來也不會那麼辛苦。」

他們家如今最不缺錢，多請幾個人就能讓自家的菜地安全許多，何樂而不為？不過，該交代的事還是要說清楚。

房二河看向薛大槐，說道：「就像二小姐說的，一定讓他們警醒一些。多給一些工錢是看他們熬夜辛勞，若是偷懶或是丟了東西，我們可是要追究責任的。」

薛大槐點點頭，保證道：「請老爺跟二小姐放心，小的一定會處理好這些事。他們得知這樣的消息，一定會感激老爺與二小姐的。」

比起整理土地，蓋院牆這件事就比較費工夫了。

不過，老話一句，有錢好辦事。除了家裡的僕人，房二河要薛大槐去附近找一些會幹這種活的人，因為時間緊迫，所以給的工錢也多。

這個莊子不遠處有個村子，村民們一聽到有這種工作，很多人都趕了過來，幾十個人一起蓋院牆，場面非常壯觀。沒幾天，不只是院牆，就連雞舍與豬圈也蓋起來了。

按照房言的建議，這個雞舍隔出了很多獨立空間，因為每隻雞不會養太久，當這一批雞將要長成的時候，下一批雞也要進駐了，所以大小不同的雞會分開來放置。況且，還有一個重點，養了這麼多雞，如果不注意隔離，一旦有雞隻生病，很可能會發生雞瘟。

房二河從別處調來十個人專門負責雞舍這邊的事，包括孵化小雞、每日收雞蛋、餵雞等等；豬圈那邊也找了五個人專門負責，主要是照顧這些豬隻的飲食與健康。這十五個人是家裡最可靠的僕人，房二河還重新與他們簽署一份契約，避免所有洩漏秘密的可能性。

他們家的雞每日下的蛋比別處的多，放在過去來看，是個天大的秘密，但是現在這件事似乎也沒那麼嚴重了。畢竟他們家的野菜有神奇功效，人吃了有用，雞吃了自然也有效果。再說了，如今以他們家的勢力，這些雞也不怕被人奪去。

然而，雖然不擔心被找碴，但是房二河還是儘量做好保密的工作，再怎麼說，外面聘來的人終究不如自家買來的僕人讓人安心。

至於野菜的作用，若是用「山泉水泡種子跟澆灌」這個理由應付不了，就歸到那個不知名的遊方道士身上就行，反正房言的確如他所言恢復了正常，甚至比一般人更聰慧。這個時代的人對未知的力量最是敬畏，說出房言是神仙身邊的童子，對店鋪的推銷效果，可能比房伯玄是狀元更好。不過目前沒人針對這點提出質疑，他們也沒必要這麼做。

除了負責雞舍與豬圈，那十五個人晚上也一併擔起後院的安全問題。加上莊子原本有的僕人，以及後來薛大槐買來的新人，剛好填滿後院那邊的房子。

負責後院事務的僕人，月例要比前頭那些人高得多，這是因為需要做的事很耗心神。當然，從家裡調過來的那些，月例等級又不同，因為他們深受房二河信賴，做的事情也更多。

房二河對新來的僕人提出要求。「咱們家的菜地、雞和豬都有獨門的照顧方法，若是被我發現誰在外面多說什麼，或者傳出什麼消息，我會讓那個人去見官，理由就是洩漏主家的秘密！」

看到下面有些人已經被嚇壞，房二河也沒心軟，而是繼續說道：「不僅如此，若是到時候真的有人洩漏秘密，卻找不到源頭的話，那麼所有人都要遭殃。

「所以，你們不僅要管好自己的嘴巴，還要看好身邊的人，若是發現誰鬼鬼祟祟，到時候就報給薛管事，要是查證屬實，會有獎金。當然，若是你們都好好做，到了年底會有一個大大的紅包。」

那些人你看我、我看你，頓時很清楚彼此都要監督對方的行為，以免損及自身的利益。

這一天，童錦元剛剛回府，就被童老夫人叫過去。

看著越長越俊俏的長孫，童老夫人心中滿是慈愛地道：「錦元，你整天在外面忙著照看生意，累不累？怎麼也不知道在家裡歇一歇呢？」

童錦元恭敬地回道：「不累，孫兒極喜愛做這些事，並不覺得辛苦。」

見寶貝長孫如此聽話懂事，童老夫人越發疼惜地道：「唉，你這才多大，你爹就把家裡的重擔全壓在你身上，他倒是過得逍遙自在，就是累著你了。」

說著說著，童老夫人對自己的兒子越發不滿。「不知道你爹是怎麼想的，你當初才多大，就開始讓你管這麼多事，也太不像個當爹的了！」

聽到祖母數落自己父親的不是，童錦元自然不敢置喙，等老人家的抱怨停歇之後，他才說道：「祖母，當年父親之所以那麼做，是孫兒自己要求的。孫兒真的很喜歡做生意，父親也是看孫兒喜歡，才把重擔放在孫兒身上的。」

童老夫人長長地嘆了一口氣，說道：「這些年難為你了，咱們童家商場上的種種都有你參與，若是你爹能力再強一點，你也不用這麼累了。」

接著，童老夫人不知想到什麼，臉上又露出笑容。「不過你爹也算是有自知之明，知道自己做生意沒你行，所以就慢慢交給你了。你看，自從你接手之後，咱們家的生意的確比以往更好，多虧你爭氣，不辜負長輩們對你的期望。」

童錦元回道：「祖母謬讚了。」他很清楚這不過是祖母疼愛孫子的表現，論起經商，他爹怎麼會輸給他。

誇完童錦元在做生意方面的才能，童老夫人又提及自己在意的一件事。「只是你不能光忙著家裡的生意，終身大事也該好好籌備起來了。今年你就要二十歲，到了渡法大師說的年紀，這次再娶親，肯定不會發生之前那種事了。」

提及自己的親事，童錦元臉龐微紅，低聲道：「嗯，孫兒知道。」

「不過，我去歲看你母親的來信，似乎已經幫你看好一戶人家？你母親神神秘秘的，也沒跟祖母說清楚，萬一像之前那樣，姑娘家的品行不好怎麼辦，豈不是又要連累你了？」童老夫人說著，也對自己的兒媳婦有了意見。

第九十九章　限量銷售

聽到自己的祖母如此評價房言，童錦元的心裡不太舒服，連忙解釋道：「請祖母放心，這次孫兒的對象真的很好，絕對不會發生之前那種事。」

「哦？真的很好？」童老夫人喃喃道。突然間，她靈機一動，問道：「難道你已經見過那位姑娘了？還是說，那位姑娘是你自己挑選的？」

說到這裡，童老夫人不禁有些興奮。如果這個孫媳婦是自家孫子親自挑選的，那肯定沒問題了。之前挑選的人他都不太喜歡，也沒怎麼關注人家，所以後來才會發生那些事。當然了，真要論起原因，那兩位姑娘自身的行為才會導致她們不幸身故，只是童錦元之前的態度實在冷淡，童老夫人看了都有些不忍。

迎著自己祖母好奇的眼神，童錦元的臉龐更紅了，他有些羞赧地道：「自然是爹娘看中的。」

童老夫人第一次看見長孫露出這般害羞的神情。自從他漸漸接管家裡的產業之後，很少會看到他情緒外露，看來他必定極喜歡那個姑娘，要是運氣好的話，說不定明年她就能抱上曾孫了呢。

不只是長孫的態度讓童老夫人滿心期待，從兒媳婦的來信中，也看出他們夫妻對那姑娘很滿意，這樣看來，她的條件一定很好。

想到這裡，童老夫人激動地道：「錦元啊，有了渡法大師的保證，不管是你爹娘看中，還是你自己喜歡的，趕緊娶回來就是了。」

提及成親的事，童錦元有些不好意思地道：「祖母，今年怕是不成。」

童老夫人一聽這話，有些著急地問道：「為何不成？難道他們家不滿意咱們家？」

說實在話，在童老夫人的觀念裡，他們童家的條件非常出色，對方應該沒有理由挑剔才對，但是既然兒子、兒媳與孫子都很中意那個姑娘，那麼除了女方有意見，她實在想不到其他原因。

「不是不滿意，是還沒到時候。」童錦元也不知道該怎麼跟自己的祖母說，他想了想，又道：「還是過一段時間再說吧。」

雖然童錦元與房言之間有了默契，但是他們兩個終究還未訂親，他不想向房言施加無謂的壓力，以免生性愛好自由的她因此逃避與他相處。

童老夫人聽了這話，有些失望地道：「這樣嗎？唉，祖母都不知道能不能活到那個時候呢……」

童錦元連忙安慰道：「祖母，快別這樣說，您一定會長命百歲的！」

眼看希望落空，童老夫人又嘆了一口氣。「不成親，至少要先定下來啊，要是不這麼做，到時候萬一那姑娘反悔了怎麼辦？」

關於這方面的事，童錦元還沒問過房言的意思，所以他不好妄下結論，只能沈默以對。

見到自己的孫子這番模樣，童老夫人又問道：「對了，她到底是哪家的姑娘？是京城的，還是咱們魯東府的？」

童錦元心想，自家祖母早就透過房言家的吃食認識他們了，他也跟他們家關係越來越好，結果他祖母卻還沒見過她本人，也是挺有意思的。

「是咱們魯東府的。」童錦元答道。

童老夫人追問道：「魯東府？哪一家的？你說說看，說不定祖母還有些印象。」

雖然童老夫人已經離開魯東府很長一段時間，但是說起當地的各家名門，她心裡還是有數。再怎麼說，她都相信兒媳他們找的對象背景不會太差。

對於這麼具體的問題，童錦元就沒回答了，而是說道：「如今萬事都還沒定下來，孫兒還是先別說出那姑娘的名字，要是壞了人家的名聲就不好了。」

童老夫人見孫子嘴巴這麼緊，知道自己再怎麼問都問不出什麼，就沒再說下去。

當天晚上，童老夫人越想越奇怪，總覺得有些什麼事她沒能想通。過了年之後，這個長孫突然來到京城，而且一住就住很久，可是她沒聽說京城的生意有什麼大問題啊？

這倒不是說她不希望自己的孫子住在這裡，相反地，她非常歡迎。只是按照以往的經驗，就算長孫來探望她，過了幾天也該回魯東府或去外地視察生意了，如今卻安安穩穩地待在京城，這其中是否有什麼她不知道的事呢？

若是那姑娘是京城人士，一切還說得通，但是既然出身魯東府，那她孫子為何會留在這裡不走？她到底遺漏了什麼細節？

第二天早上，大兒媳常氏來請安的時候，童老夫人提起了這件事。

「最近咱們家在京城的生意出了什麼問題嗎？」童老夫人問道。

常氏一下子被問得愣住了，她想了想之後說道：「沒聽說出現什麼問題啊。」雖說家裡的生意基本上都是二房那邊在管，但是京城店鋪的狀況他們夫妻也會留意，最近確實一切正常，沒什麼值得一提的。

童老夫人有些不解地皺了皺眉，說道：「既然沒出現什麼問題，那麼錦元來京城這麼久做什麼？」

關於這點，常氏跟童老夫人有同樣的疑惑，不過她嘴上還是說道：「錦元來京城最重要的事，自然就是探望您，其次就是查查帳本、視察京城各處店鋪的生意。只不過……之前他都是年中來查帳的，這次倒是年初就來了。」

童老夫人聽了這話，對常氏問道：「所以，妳知道錦元這段時間做了些什麼嗎？」

針對這個問題，常氏有些不好回答。要是說得太清楚，婆婆說不定會責怪自己監督姪子的行蹤；要是不說，又會讓婆婆覺得自己管家不力。不過說真的，她只知道個大概，再怎麼說，姪子都是大人了，她沒必要時時刻刻盯著他。

思索了一下之後，常氏回道：「母親，兒媳整日在家管理府務，再加上天氣冷，最近未曾出門，是以不知道錦元做了些什麼？不過，錦元每天倒是很早就出門去了，也見了京城店鋪的管事。」

童老夫人見大兒媳提供的訊息沒什麼用處，索性直接問道：「妳可知道錦元看中哪一家的姑娘了？」

常氏沒想到自己的婆婆會問這種問題。如果連她婆婆都不知道這種事，她就更不清楚了啊。

「兒媳不知，只在去年聽弟妹說過快要定下來了，但是具體是哪一家的姑娘，兒媳並無頭緒。」

童老夫人見得不到答案，有些著急地道：「唉，也不知道妳弟妹他們是不是在騙我，這個姑娘到底存不存在啊？要是有的話，怎麼一點口風都不露？況且都這個時候了，竟然沒有一點動靜，這實在不符合妳弟妹的個性啊。」

常氏心中一動，說道：「母親，您何不寫信親自問問弟妹，想必弟妹一定會告訴您。去年她雖然沒說，但是今年肯定會透露，畢竟渡法大師說的時間快到了啊。」

一聽到這番話，童老夫人臉上慢慢浮現笑容。「妳說得對，這麼重要的事，我應該親自寫信問一問的。」

常氏笑道：「是啊，這樣就能了卻您一樁心事。咱們家錦元生得這般好，又能幹，肯定有好人家的姑娘願意嫁給他。」

這種話對童老夫人來說非常受用，她點點頭說道：「可不是嘛，咱們家錦元模樣長得俊不說，生意也做得好，就是姻緣方面弱了一些。」

跟大兒媳聊完之後沒多久，童老夫人就提筆寫了一封信，差家裡的小廝，快馬加鞭送往魯東府。

身在問題中心的房言，對這件事毫無所覺，她正忙著水果齋開張的事，等到二月中，店鋪就要正式揭幕。這間店鋪大大小小的事都要由她親自決定，畢竟這可是開在寧國首都的新店鋪，交給別人做，她實在不放心。

店鋪內的陳設以美觀大氣為主，一樓設置了一些座位，可供來購買商品的人休息或在店內食用糖煮水果及果汁。

二樓則專門用來擺放葡萄酒，還沒走上樓，就能聞到酒香。到達二樓，觸目所及是古樸雅致的紅木櫃子，上頭擺放著用精美木盒裝的葡萄酒，光看就讓人深受吸引，更別說愛酒之人會有多喜歡了。

在價格方面，所有的東西都調漲。

首先是果汁的價格，不管是什麼水果，價位平均十文錢一碗；水果罐頭也不再分為普通裝與精裝，只有精裝的，一斤的價格在兩百五十文錢左右。

葡萄酒這邊，價格漲得更多。由於製作葡萄酒的過程比較麻煩，消耗的成本也多，加上鎖定消費能力較高的客群，所以房言心一橫，就往上調了。

一瓶葡萄酒有一斤，外面買的葡萄釀的酒一律一兩銀子一瓶，家裡種的葡萄釀的酒二兩銀子一瓶。年分與濃度高一點的酒，目前暫時存放起來，各間分店都不賣了。

房言心想，雖然她訂的價格較高，但是買賣是憑自由意志。如果客人需要這種東西，自然會買；如果不需要，不買就是了，沒有人會強迫他們。

至於這一次的傳單，所用的紙張與發放對象也不太相同。

果汁、水果罐頭與葡萄酒的價差很大，所以房言這次印刷了兩種傳單，一種宣傳的重點是果汁與水果罐頭，紙質跟野味館的一樣，發送的對象也相同。

另一種是紙質好一些的傳單，廣告重點是葡萄酒，上面說明這種東西具備美容養顏、抗衰老等功效，順帶提一下果汁與水果罐頭。傳單上還表明每日限量販售，全店最多賣一百五十瓶，每個人只能購買四瓶，也就是說，外面葡萄跟自家葡萄釀的酒，最多只能各買兩瓶。

不過，開張前三日有優惠，葡萄酒的購買價格是定價的九成，每日還特別供應兩百瓶，每人限購的數量一樣是四瓶，先到先得。

葡萄酒的傳單，要發送的對象就是權貴之家。房言差人去發傳單的時候，要他們直接告知對方，這是房家野味館另外經營的生意，或是提一提她那狀元郎大哥。

很多人覺得這傳單很新奇，就收了下來；有些僕人知道自己府裡的小姐與夫人們正熱烈盼望這家店鋪開張，所以立刻拿了傳單回去。

開店前一日，房言在京城江記訂做的木盒與竹籃都送過來了。由於當初那些機器賣得很好，江記也在京城有了據點。

關於木盒與竹籃的問題，房言其實思考很久。過去水果齋賣的葡萄酒，都是整個瓷瓶直接遞給客人，雖然她想過要另外包裝，但是一直沒決定該怎麼做。

後來房言想到，在二十一世紀的時候，好一點的葡萄酒一般都是用木盒裝著，據說是因為木盒的密封性較好，還能防腐、防潮、隔離異味，所以這次她訂製了大量木盒，上面刻著一串葡萄，下方還寫了「房記」兩個字。此外，原本瓷瓶貼的紙改貼到木盒上，方便夥計辨識。

至於竹籃，是為了方便大家提酒回去。這些訂製的手提竹籃分為兩格、三格與四格裝，也就是說，凡是購買兩瓶到四瓶，都能獲得一個竹籃。

到了開張那一天，還不到辰時，房言與房二河就從野味館去了水果齋，離店門還有些距離，他們就發現門口已經擠滿了人。

房二河忍不住說道：「二妮兒，妳果然適合做生意，看來水果齋的收益肯定會蒸蒸日上，不知道要幾間野味館才能抵得上一間水果齋？」

聽到這些話，房言笑著回道：「爹，這是水果齋東西訂價較高的緣故。咱們家的野味館走平價路線，大夥兒更容易接受，等到野味館開滿寧國各地，到時收益會更可觀。至於我的水果齋，暫時開不了那麼多分店。」

房二河頭一次聽自己的小女兒提及水果齋的分店問題，他還以為她見勢頭這麼好，會像開野味館那樣，慢慢在全國插旗。

「哦，為什麼呢？」房二河問道。

房言思索了一下，回道：「好東西貴精不貴多。葡萄酒的價格太高了，大眾的接受度比較低，沒見縣城那邊的銷量不太好嗎？再說了，我也沒精力去管理那麼多店鋪。」

房二河笑道：「嗯，總之水果齋的事都按妳自己的想法進行，妳想怎麼樣就怎麼樣，爹相信妳一定會做得很好。」

聊完以後，父女倆索性不走前門，直接由後門進了店鋪，此時距離開張還有半個時辰。

房言先去找掌櫃的，交代他找夥計管理一下門口的秩序，讓客人們排好隊，省得一會兒鬧出事來。掌櫃的聽了之後，立刻就去安排了。

結果，就在房言針對店內的陳設進行最後檢視時，外面隱約傳來爭吵聲。她皺了皺眉，走了出去。

只見有人不開心地道：「掌櫃的，明明是我先來的，怎能讓我去後面呢？我就要排在他前面！」

另一個人回道：「你別瞎說，明明你比較晚來，當然要排在我後面。」

「掌櫃的，你說，到底是誰先來的？我們家夫人可是一早就差我來買了，要是買不到，我們家夫人怪罪下來，你們可惹不起。」

因為掌櫃的沒看見實際情況，所以不好下定論，況且京城的權貴人家如此多，他不敢輕易得罪任何一個。

房言走到門口查看，數了數正在排隊的人——一共是十二個。因為他們規定一個人最多只能買四瓶回去，所以即使排在這列隊伍的最後面，仍然能買到。

想到這裡，房言走出門，笑道：「各位小哥，對不住了，新店第一天開張，沒做好這些工作，真是抱歉。想必大家都是來買葡萄酒的吧？各位也知道，一個人最多只能買四瓶酒，但是這裡一共才十二個人，不管先來後到，都能買到酒，所以不用慌張。再說了，這裡面有些小哥我見過，都是一些大戶人家的，就各自退讓一步吧，萬一不小心結仇就不好了，你們說是不是？」

剛剛在吵架的人一聽到房言這番話，就有些猶豫了。正如房言所說，京城權貴人家太多，沒必要為了這點小事招惹對方，況且大家都是來買葡萄酒的，只要能買到，第一個與最後一個也沒什麼區別。

想到這裡，這些人都不爭了，不過一會兒，隊伍就排得整整齊齊的。

房言見狀又說道：「今日外面有些冷，大家早起也不容易，所以你們十二個人，每人的購買價格是原價的八五成。對了，請大家不要告訴別人，只有你們有這個優惠。」

有人心思較為活泛，一聽房言這麼說，臉上立刻露出笑容。這樣一來，省下的錢不就都進了自己的荷包嗎？反正府裡的人只知道開業前三天賣原價的九成，並不知道人家又給了他們折扣。

所以有人立刻就回應道：「好，多謝老闆！」

房言見危機解除，就跟掌櫃的點點頭，又進去店鋪裡了。

第一〇〇章　讚譽有佳

在水果齋外面的路人，一看門口排了這麼多人，不禁好奇地上前詢問，掌櫃的立刻示意夥計過去解釋。

「這位大叔您好，這些人排隊是為了買葡萄酒。咱們家的葡萄酒香醇芬芳、有益健康，我們家狀元郎每天晚上睡覺前都會喝一些呢。不僅如此，那些王公貴族們也都喜歡咱們家的葡萄酒，喝了養顏美容，對身體又好。」

路人一聽，立刻來了精神，驚訝地問道：「你們家的葡萄酒真的有那麼好？還有，你認識狀元郎？那些貴人們真的喜歡喝嗎，怕不是你在騙我吧？」

夥計笑著回道：「我怎麼敢騙您呢，這是大家都知道的事。這家店是房家開的店鋪，去歲的狀元郎姓房，他真是我們老爺的親兒子啊！」

此時有其他路人過來解釋道：「這的確是狀元郎家開的，我剛才還看到狀元郎的爹走進去呢。」

「真的？沒想到狀元郎家竟然是商戶，我還以為他出身自什麼名門望族呢。」

有人一聽到這話就不高興了，說道：「狀元郎家怎麼就不能是商戶了？人家原本窮得很，慢慢才富裕起來，狀元郎又是勤勉的好官，你可別瞧不起他們。」

「就是，不懂就別亂說。你還是回家好好培養自己的兒子吧，房侍講家原先那般貧困，他都能考上狀元了，看老哥的穿著打扮，家境應該還不錯，要是你兒子像狀元郎一樣努力，將來肯定沒問題！」

說一說完，人群中爆發出陣陣笑聲。

不論男女老少，房伯玄在京城可是有一票粉絲，尤其是在平民百姓中，他的聲望不是普通的高。這麼多年以來，進士榜上前三名，無一不是大戶人家的子弟，好不容易有個寒門學子，眾人自然想站在房伯玄那邊為他加油。再說了，他的身家背景對一些人來說極具激勵作用，大夥兒都以他為榜樣，鼓勵出身貧困的人不要氣餒。

那人被頂了好幾句，不禁有些後悔自己方才說過的話。他實在沒想到，不過是隨口一句話，竟然被人當眾調侃起來，此時他有些不知所措，只好轉頭問起葡萄酒的事，想化解尷尬的氣氛。

「這酒既然這般好，那你們一斤賣多少錢？」

夥計回道：「咱們家的酒都是用上好的瓷瓶裝的，一瓶就是一斤，價格麼，最便宜的一兩銀子一瓶。」

那人倒抽一口涼氣，剛想要回話，夥計又道：「不過不只是葡萄酒，我們家的東西多半有些功效，吃了、喝了能讓人神清氣爽。雖然葡萄酒的價格是貴了些，但是還有很多便宜的東西，像是果汁以及水果罐頭。」

說到這裡，夥計又指了指斜對面的野味館，說道：「還有我們家野味館的吃食。」

那人聽到這些話，又看了看排隊的人，索性站在這裡等著開張。他還是挺好奇，被大家直誇厲害的狀元郎喜歡、那麼多大戶人家小廝排隊來買的葡萄酒，嚐起來是什麼味道？

等到辰正，外面燃放鞭炮之後，房言就親自扯下蓋在牌匾上的紅布，「水果齋」三個剛勁有力的字立刻顯現出來。不用說，這三個字是房伯玄親自題的，就跟「野味館」一樣，而在這三個字的右下角，還有小小的「房記」兩個字。

開幕儀式完成後，那些排在門口等待開張的人，立刻在第一時間湧入店鋪，夥計們則指引他們排好隊往二樓去。

第一個人上來就買了四瓶，品質普通的與好的各兩瓶；後面的人也基本上要了同樣的數量，問都不問，就直接買了。

剛進門的顧客上去二樓瞧瞧，就發現排著隊的眾人，一個接著一個都說要買四瓶。接下來，夥計就拿出四個木盒，小心翼翼地放在竹籃裡。

這個人忍不住問起剛好站在他身邊的夥計。「那人買的是什麼東西，怎麼放在木盒裡呢？」

夥計解釋道：「那裡面裝的就是我們家的葡萄酒，凡是購買超過兩瓶的，都會給一個竹籃。」

顧客若有所思地點點頭，然後又有些不解地問道：「我聽那個來買酒的人只說了『四瓶』，怎麼夥計就懂了？櫃子裡擺的酒可是不少啊。」

夥計答道：「自然明白，因為我們店鋪限購，每個人最多只能買四瓶，品質普通的跟好的各兩瓶，所以咱們一聽就知道了。」

這位顧客一聽，立刻表示他想買兩瓶，夥計卻道：「如果要買酒，您可就要去排隊了，那些客人在外面等了好久呢。」

瞄到有其他夥計正在讓排隊的人免費品嚐葡萄酒時，這位夥計又說道：「不過呢，在排隊的時候，您可以免費嚐嚐我們店裡的葡萄酒，然後再看看要不要買。」

顧客一聽到這話，馬上就決定過去排隊。

看到來店的客人絡繹不絕，房言與房二河心情非常好。過沒一會兒，童錦元也帶著招財來了。

「房老爺好、房『少爺』好。」招財打招呼道。

房言低頭看了看自己身上的男裝，嘴角微微上揚。她見招財這般機靈，忍不住瞄了童錦元一眼，笑著回道：「嗯，你們也好。」

招財笑嘻嘻地道：「房少爺，請問葡萄酒在哪裡賣啊？我們家老夫人特別喜歡喝，特地命我來買幾瓶。」

房二河一聽到這些話，想到自家與童錦元的關係，連忙說道：「這說的是什麼話，童少爺，老夫人若是需要的話，儘管來我們家取就是了，哪裡還需要買啊？快別這麼客氣了！」

說著，房二河就叫來一個夥計，交代他去取四瓶上好的葡萄酒過來。

童錦元見房二河這般主動，也沒推辭，只笑道：「多謝房大叔，那晚輩就恭敬不如從命了。」

房二河見童錦元接受，也滿意地笑了。

不過，童錦元轉頭就讓招財拿出一個小盒子遞給房言，說道：「雖然不付酒錢，但這是水果齋第一天開張，怎麼樣都要博個好彩頭，白拿對生意不好。」

房二河拒絕的話還沒說出口，房言就已經接過東西。她拿著小盒子在耳邊晃了晃，一聽聲音她就知道裡面放了什麼，隨即淺笑著說：「多謝童大哥賞。」

見小女兒收下禮物，房二河無奈地搖搖頭，沒再說什麼。

秦墨知道今日房言的水果齋開張，本來想親自去捧捧場的，結果他一大早就被自己的父皇叫過去，沒能抽開身，於是他只好吩咐身邊的太監去外面買幾瓶回來。

這一天，不只是早上叫秦墨這個兒子過去討論政事，寧文帝還邀他一起用午膳。這種情況在帝王之家很少見，除非是家宴，否則皇帝通常是一個人用膳，這足以窺見他對秦墨的喜愛。

到了飯點，秦墨就差太監把葡萄酒拿過來。

「父皇，這是京城剛剛開的一家水果齋裡賣的葡萄酒，您嚐嚐味道如何？」秦墨說道。

寧文帝笑道：「好啊，朕就嚐嚐皇兒推薦的葡萄酒。」

看到太監手中的瓷瓶，寧文帝疑惑地問道：「這不是跟你去年從房侍講家拿來的一樣嗎？」

秦墨回道：「父皇記性果然好，對，這就是房侍講家賣的葡萄酒。」

侍太監試過毒之後，寧文帝接過酒杯，說道：「這酒的味道的確很好，只不過後勁有些大。」

「是啊，後勁有些大，不過這對健康方面還是很有益處。」秦墨回道。

喝了一口之後，寧文帝回味了一下酒的味道，說道：「似乎比上次喝的時候味道更好。這酒是誰釀造的，房侍講嗎？」

秦墨猶豫了一下，本來不想說出房言的名字，但是想到這些事父皇一打聽就會知道，還是誠實地說出來。

「這葡萄酒，其實是房侍講的妹妹釀造出來的。」

寧文帝一聽不是房伯玄，而是他的妹妹，不禁好奇地道：「房侍講的妹妹竟然會釀酒？這可真是厲害，朕沒聽說過哪個女子會釀酒的，尤其是這酒還釀得這般好，難道她是個愛酒之人？」

想到房言的樣子，秦墨臉上的笑容不自覺地加深。這一幕正好被寧文帝瞧見，他微微眯了瞇眼睛，卻沒說什麼。

「那小姑娘並非愛酒之人，聽說她會釀酒，是偶然聞到壞掉的葡萄有酒香，所以就在家裡嘗試了一番。」說到這裡，秦墨不自覺地笑出來，又道：「結果他們家後院幾畝地的葡萄全被她浪費了。房侍講的父親寵愛女兒，就差人去把附近的葡萄全都收回來，這才使小姑娘成功釀出酒來。」

其實秦墨說的內容並非完全正確，不過傳言就是這樣，越是誇張，大家越愛散播，整件事情最後就自然而然地演變成這個版本。

寧文帝頷首道：「沒想到房侍講有這麼一位父親。」說到這裡，寧文帝又問道：「墨兒，朕記得，你當年藏身之處跟房侍講家在同一個地方吧，不過當初你與房侍講似乎並不認識？」

秦墨聽到這些話，心神一斂，說道：「對，兒臣當年藏身之處正是房侍講的家鄉，但是兒臣當時沒見過他，卻有緣見到他的妹妹。」

其實這些事寧文帝都派人調查過，當然了，他做這件事的初衷並不是懷疑秦墨，而是想找出陷害他們的人的蹤跡，也就因此發現秦墨所在之處就是房伯玄的家鄉。只是當初秦墨深居簡出，而房伯玄則忙著準備科舉，所以他們兩人並無交集。

「哦，那個小姑娘是什麼樣的人？」寧文帝感興趣地問道。

聽到這個問題，秦墨悄悄提高警覺。雖然父皇非常喜愛自己，不出意外，皇位將來也會落到他頭上，然而伴君如伴虎，即使對方是自己的父親也一樣。在外躲藏了那麼多年，他早就學會了偽裝。

因此，關於房言是個什麼樣的人，秦墨在腦海中把說詞過濾一遍，才答道：「她是個非常聰明的小姑娘，心思特別活泛，鬼點子也多。不過，她最大的特點是愛財，尤其喜歡金子。」

寧文帝一聽，問道：「喜歡金子？」

「對，她不喜歡首飾跟玉器，唯獨喜歡金子。兒臣聽說，房侍講家的生意多半都是這個小姑娘在管理的，房侍講本身對做生意不怎麼精通。」

寧文帝聽了以後大笑道：「沒想到這個姑娘還有陶朱之才，怪不得京城人家都那麼想要得到她釀的酒。朕今天還是託了皇兒的福，才有幸品嚐。」

說著，寧文帝又喝了一口，然後放下酒杯說道：「不過，味道再好也不能貪杯，還有很多摺子尚未批閱。」

秦墨回道：「父皇說得是，兒臣謹記父皇的教誨。」

寧文帝看到自己喜愛的兒子有這種反應，嘆了口氣道：「墨兒，你不必如此小心謹慎，在父皇面前，你只管做自己就好，父皇不會怪罪你。從前是父皇對不起你，讓你受苦了。」

聞言，秦墨眼中湧現一絲淚光，他低下頭，輕聲說道：「多謝父皇體諒。」

童錦元下午回到童府的時候，就把自己拿到的四瓶酒送到童老夫人那裡去，正好此時常氏也在。

一聽是房家的葡萄酒，常氏就笑道：「聽說這酒喝了能幫助氣血活絡，今日我還想差人買幾瓶給母親的，結果去得晚，賣光了。我還想著要人明日一早就去呢，沒想到錦元竟然買來了。」

童老夫人看著葡萄酒，驚訝地說道：「這就是去年京城大家都在傳的葡萄酒嗎？是狀元郎家的？」

常氏笑著點點頭。「可不是嗎？去年我就聽說房侍講家的葡萄酒釀得極好，只不過咱們家跟他們家沒什麼來往，沒好意思上門求取。」

童錦元聽了之後，表情微微變了變，說道：「以後祖母與伯母要是需要的話，儘管跟我說就是。咱們家跟房家在生意上有些往來，所以這幾瓶葡萄酒不是買的，而是房家送的，都是上等品。」

常氏驚喜地說道：「真的嗎？原來咱們兩家在生意上有往來啊，那真是太好了，看來以後咱們有口福嘍。」

雖說常氏嘴上說買葡萄酒是為了童老夫人，但是她也想要讓自己以及女兒喝。既然雙方有交集，那她正好能喝上一些，也不用擔心買不到了。

幾個人正聊著呢，童未初從外面回來了。

一進來，童未初就向童老夫人請安。請過安之後，他坐到椅子上，針對剛才在門口聽到的事情問道：「你們在說什麼好吃的東西嗎，什麼有口福了？」

常氏拿起手帕搗了搗嘴，笑道：「老爺的耳朵就是比旁人的靈，連這句話都聽到了。前些日子京城傳聞的那種葡萄酒，今日錦元拿了幾瓶回來，咱們可不是有口福了嗎？」

聽到妻子這麼說，童未初微微皺了皺眉，好奇地問道：「妳是說房侍講家的葡萄酒？」

「是啊，之前大家都說，房侍講家的葡萄酒求都求不來，但是他們很快就會在京城開店賣葡萄酒，所以我就等著了。結果下午我差人去買的時候竟然賣完了，原本還失望了一陣子，沒想到咱們錦元說，房侍講家跟咱們家有生意上的往來，直接送給咱們家四瓶好酒呢。」

說著，常氏看了童錦元一眼。

童未初一聽，就看向自己的姪子，問道：「咱們家跟房侍講家在生意上竟然有往來？可是我聽說他們家是做吃食生意的，難道是麵粉的買賣？」

聽到自家伯父如此正經的問話，童錦元趕緊斂了斂心神，恭敬地回道：「伯父，並非是麵粉上的買賣，據我所知，房侍講家的麵粉都是他們自家種的小麥磨出來的。我們兩家是在雞蛋供應與木製品的設計上有些往來，已經持續很長一段時間了。」

童未初點點頭道：「原來如此。」

見自己的伯父沒再繼續追問，童錦元悄悄鬆了一口氣。不管怎麼說，他都不想太早揭開他跟房二河家關係密切的事，否則肯定會引來不必要的「關心」。

不過，緊接著，童錦元就聽到童未初說道：「咱們跟房侍講家的交集要是能更多就好了，他年紀輕輕的，可是為官方面很多人都比不上。雖然深受皇上喜愛，為人卻不驕不躁，真是前途不可限量，能跟他們家有點關係，對咱們家也有利，切記不可得罪他們。」

聽到這些話，童錦元有些心虛。哪一天祖母、伯父與伯母他們得知他將來的妻子正是房侍講的妹妹時，不曉得會有什麼反應？

第一〇一章　開口求娶

童老夫人難得記得房伯玄這個人，她問道：「就是去年那個年紀很輕的狀元郎嗎？」

點點頭，童未初回道：「正是他。」

關於房伯玄，常氏比童老夫人知道得多一些，畢竟當初房伯玄考上狀元時可是全京城轟動，她身為當家主母，時不時聽一些身邊的人說過。

「我聽說那位狀元郎家並沒有什麼親戚在做官，沒人提攜，他還能在官場上如魚得水，真是了不起。」常氏的父親是做官的，自然知道在朝中為官有多麼不易，加上自己的丈夫也是沒有任何根基，一步一步地走到今天，她更明白其中的艱辛。

提及房伯玄，童未初繼續稱讚道：「可不是，不光沒親戚做官，聽說他家以前還窮得很，也就是這幾年開了幾間店鋪，日子才慢慢好過起來。同樣是家裡沒背景的人在朝為官，他可是比我強多了，未來或許能入內閣呢。」

聽到「內閣」一詞，在場的人都瞪大眼睛。內閣的權力有多大，在京城這個地方，即使是不出閨閣的女子，也有基本認知。皇上之下就是內閣，有些不受皇上寵愛的皇子還得看內閣的臉色行事，因此內閣的成員也是皇子們拉攏的對象。

幾個人又聊了一會兒之後，就各自回房去了。童老夫人留下兩瓶葡萄酒，另外兩瓶則給了自己的大兒子。

兩天之後，童老夫人收到來自魯東府的書信。看到書信上的內容，童老夫人有些懷疑自己的眼睛。她趕緊把常氏叫過來，又遣退身邊的丫鬟，把信遞給她。

童老夫人的舉動讓常氏的神色變得凝重，以為是出了什麼事，立刻接過信看了起來。

常氏看過信之後，露出了跟童老夫人同樣的表情。兩個人面面相覷，一時之間室內有些安靜。

過了一會兒，還是常氏先開口說話了。「母親，要是我沒看錯的話，錦元要訂親的對象似乎是房侍講的妹妹？」

童老夫人這個時候嘴角終於揚起了一絲笑容，她說道：「對，看樣子我沒看錯，就是房侍講的妹妹。沒想到我們錦元有這種福氣，之前末初還說房侍講將來很可能怎麼樣來著？」

常氏笑著回道：「老爺說，房侍講說不定能進內閣。」

自己的姪子能說一門好親事，常氏也非常開心。尤其是這種在官場上有所助益的親戚，不管是對她的夫家還是娘家，都很有利。

童老夫人越想越興奮，說話就有些不過腦子了。「唉呀，這可是比前兩個對象好多了，她們一個行為不檢、一個任性驕縱，怎麼說都比不上房侍講的妹妹。我們家錦元條件這麼好，就是該配這種人家的姑娘！」

常氏跟著說道：「可不是，咱們家錦元長得一表人才不說，做生意也是一把好手，就該找這樣的姑娘。」

童老夫人感覺整個人輕飄飄的，又說道：「房侍講家好啊，孩子們不僅有出息，生意也做得好，真的是處處都拿得出手。」

說著說著，童老夫人站起身來，在屋裡走來走去，說道：「我越想越覺得這門親事好，妳弟妹總算做對了一次，沒再把什麼亂七八糟的人家說給我這寶貝孫子。」

常氏跟著站起身來陪在童老夫人身旁，聽見自家婆婆說弟妹的不是，她心想，明明第二個對象您也掌眼了，怎麼盡說弟妹找的人不好呢？

不過常氏沒反駁童老夫人，而是笑了笑，說道：「錦元命中注定要等這麼好的姑娘長大，所以才會耗到這個時候，真是恭喜母親了。」

童老夫人笑著回道：「嗯，同喜同喜。」

等到童錦元返家時，童老夫人把他叫過去，一直盯著他瞧。嗯，她的長孫真是出色極了，要人不疼愛他都難。

童錦元被自己的祖母看得心裡發毛，不知道自己到底做錯了什麼，或是有什麼他不知道的大事發生了。

「祖母，您喚孫兒過來有何事？」童錦元恭敬地問道。

童老夫人笑道：「也沒什麼事，祖母就是想你了，想跟你聊聊天。」

聽到她這麼說，童錦元覺得很奇怪。想他了？最近他們不是天天見面嗎，而且今天早上他才剛請過安，現在不過是申時，才幾個時辰沒見啊……

雖然心裡這麼想，但是童錦元臉上絲毫沒顯露出疑惑，只道：「嗯，祖母想聊些什麼呢？」

童老夫人點點頭，裝模作樣地跟自己的孫子說了幾句閒話，接下來她就再也忍不住了，話鋒一轉，直接切入正題。

「錦元啊，你爹娘幫你看中的是不是房家的二小姐，也就是房侍講的親妹妹啊？」

童錦元驚訝地看著自家祖母一副「你不要騙我，我什麼都知道了」的表情，終於明白她把他叫過來的原因了。

他原先閉口不談，是因為事情還沒定下來，不好到處宣揚，怕壞了房言的名聲，但是她母親大概已經告知他祖母，所以他沒什麼好否認的了。

童錦元臉色微紅道：「嗯。」

見孫子承認了，童老夫人笑逐顏開地道：「是嗎？很好很好。祖母看哪，還是趕緊讓你爹娘找人去房家提親，才是正理。」

童錦元聽了這話，有些猶豫。他還是覺得這種事最好先跟房言說一聲，可是他又不能跟自家祖母這麼說，怕她因此對房言有壞印象，像是掌控慾太強之類的。其實他這麼做是尊重她的一種表現，但是祖母的觀念很傳統，只怕不好解釋。

想了想，童錦元回道：「祖母，這件事能否先容孫兒考慮幾天，之後再給您答覆。」

童老夫人聽了以後先是一愣，但是她馬上就想到自己的孫子與房二小姐似乎相識多年，他們兩個大概是要商量一下吧，小兒女總有些不想讓大人們知道的話要說。

這麼一想，童老夫人就開心地回道：「好好好，那你就再考慮幾天。到時候記得跟你爹娘說一聲，讓他們抓緊時間去提親。」

童錦元應道：「嗯。」

儘管童錦元的事情還沒定下來，但是晚上睡覺時，常氏想到之前丈夫提及房侍講時那讚賞的模樣，忍不住跟自己的丈夫提起這件事。

「老爺，您先別睡，我要跟您說一件事。」

童未初都快睡著了，又被自己的夫人搖醒，只能迷迷糊糊地問道：「什麼事啊？」

「是錦元的親事。」

童未初一聽，稍微清醒一些，問道：「怎麼，找到適合的人家了？」

「是啊，您還記得之前母親收到弟妹來信的事嗎？他們早就在魯東府看中一戶人家的姑娘。」說到這裡，常氏賣了一個關子：「您可知道是誰家的姑娘？」

童未初稍微起了點興趣。「是誰家的？」

常氏再也忍不住了，直接說道：「不是別人，正是房侍講的妹妹！」

聽到這裡，童未初徹底清醒過來了。「妳剛剛說什麼？錦元要跟房侍講的妹妹訂親？是親妹妹、堂妹或者表妹？」

不能怪童未初這麼問，親妹妹與堂妹、表妹之間可是有很大的區別，不能一概而論。

常氏欣喜地說道：「是一母同胞的妹妹，這件事雖然還沒定下來，但是看弟妹的意思，應該是八九不離十了。」

得知這個消息，童未初也有些激動。若是自家的姪子真的能與房伯玄的親妹妹訂親，那可真是天大的喜事，至少他不用擔心未來幾十年童家會沒落了。即使他離開官場，他們家的生意也會持續受到幫助，只要保住這條根，他們家隨時都能再往上爬！

思及此，童未初說道：「這樣一門絕佳的親事，可要好好把握啊。」

「母親也是這個意思。」

說完，兩個人難掩興奮地準備入睡，卻花了好一段時間才睡著……

水果齋開張過了幾天，房言正在為收益而欣喜若狂中。

雖然為了更有效地推廣葡萄酒，房言請了更多夥計來解說，間接導致成本提高，但是因為葡萄酒的售價上漲幅度，應付起夥計們的工資綽綽有餘，所以她還是大賺了一筆。

剛開張的頭三天，水果齋每天賣兩百瓶葡萄酒，但是因為去年京城很多人無法買到他們家的葡萄酒，或是雖然買到但早已喝完，所以開門沒多久，葡萄酒就被搶購一空。

對於那些人而言，他們已經品嚐過最上等的葡萄酒，其他品質一般的東西難以入他們的眼。在這些京城人飢渴了一整個冬天之後，一天兩百瓶完全不夠分。

話雖如此，由於他們家的果汁與水果罐頭也非常可口，所以一些人退而求其次選購這類產品，一樣締造了良好的業績，就連野味館都受惠，賣出去的東西變得更多。

看著眼前一堆白花花的銀子，房言深刻地感受到了一點——京城處處是黃金！

接下來，店裡的葡萄酒就只供給一百五十瓶了，結果房言沒想到這些酒不到兩個時辰就賣光，很多人都遺憾自己來得太晚，沮喪地想要離開。

此時夥計們又像前幾天一樣，開始發揮自己的三寸不爛之舌，解說起自家其他產品。很多人秉持著「來都來了，聊勝於無」的心理，乾脆坐下來吃堂食，吃完之後不少人還會買一些水果罐頭或果汁帶回家。

這一天，等店鋪裡的人沒那麼多的時候，房言就坐在二樓看看帳本，此時夥計領來一個人，說道：「二小姐，童少爺來了。」

這幾日童錦元經常順道過來水果齋看一看，所以夥計們都認識他了。

見來人是童錦元，房言笑著招呼他坐在自己對面，然後吩咐夥計去沏一壺茶上來。等夥計下樓之後，房言就轉過頭笑著問他道：「今日不忙嗎？」

童錦元顯然有些心不在焉，聽到房言的問話，他愣了一下才回道：「啊？嗯……不忙。」

「怎麼，有心事啊？」房言問道：「是不是生意上碰到了什麼狀況？要不要說出來，我來幫你排憂解難？」

看到房言對著自己眨眼睛，童錦元不禁抿抿唇。此時見茶端了過來，他立刻拿起茶杯喝一口。

夥計那聲「小心」還沒來得及說出口，童錦元就已經被熱茶燙到。一看自己犯了錯，夥計連忙道歉。

童錦元擺擺手道：「不是你的錯，是我太心急了，沒關係的。」說著，他看了房言一眼。

房言馬上對夥計說道：「沒事，你先下去吧。」

等到夥計下樓，童錦元頓時越來越緊張。雖然他打算先跟房言商量一下，再讓家裡找人去提親，可是事到臨頭，他又有些難以啟齒了。

「童大哥，到底是什麼事？」看著童錦元微紅的臉，房言心裡一動，問道：「難道這件事跟我有關嗎？」

聽到這句話，童錦元下意識地否認道：「不，不是。跟妳……嗯，跟妳無關。」

「真的跟我無關嗎？」房言不相信地問道。

童錦元皺了皺眉，抿著唇，沒再說話。等安靜了一會兒，他的心情終於冷靜下來。深吸了一口氣之後，童錦元說道：「言姊兒，我剛才騙了妳，其實這件事跟妳有關。」

「哦？是什麼事？」雖然童錦元方才否認，可是房言還是覺得事情跟她有關，她果然沒猜錯。

童錦元認真地看著房言的眼睛道：「言姊兒，我今年就要二十歲了。皇明寺的渡法大師說，我的命格從今年開始恢復正常，也就是說……」

說到這裡，童錦元停了一下，接著道：「嗯，我可以娶妻生子了。」

房言沒想到童錦元要說的竟然是這件事，她一時之間沒反應過來，瞪大眼睛，眨了幾下。渡法大師針對童錦元說的話，她是聽人講過，所以他的意思是……求婚嗎？

她的反應在童錦元意料之外，他不禁更加手足無措。對方畢竟是他活了二十年來第一次喜歡的姑娘，也是他長這麼大以來頭一回經歷這種事。

即使在商場上行事再果斷，這一刻，面對自己心儀的姑娘，童錦元還是不知道該怎麼做才對？他有些結結巴巴地道：「言姊兒，這……這件事……妳怎麼看呢？」

房言愣了一會兒之後，總算回過神來。她不是什麼都不懂的小姑娘，剛才之所以會說不出話，是因為這狀況來得有些突然。

「你是想跟我成親嗎？」

相較於童錦元的慌亂以及含蓄，房言就直接多了。

不管這個時代有多保守、節奏有多慢，基本上房言還是按照自己的步調走，一旦她認定了一個人，就代表一輩子。況且，她實在沒那麼多時間以及精力再去談一場戀愛，只要現在身邊這個人是對的就成。

正因為如此，房言很早就知道他們倆不出意外，肯定會成親。她從來沒說出口，並不代表她不理解，或是不贊同。

聽到房言說的話，剛喝了一口茶潤喉的童錦元，差點把茶全噴出來，他臉色通紅地看著房言，然後點點頭說道：「嗯。」

房言本來沒特別的感覺，整個人也算是淡定，但是看到童錦元的樣子，再聽到那個「嗯」一字，她的表情也變得有些緊繃，臉蛋不自覺地爬滿紅暈。

一時之間，兩個人都沒再說話。

半晌，房言才紅著臉小聲道：「我今年才十五歲，談這件事是不是太早了，我大哥都還沒成親呢……」

不知為何，當房言知道害羞的時候，童錦元反倒沒那麼慌亂了，尤其是看到心上人一副嬌羞的模樣，他的心頭就像有一股暖流通過。

「如果妳不想那麼早成親，咱們可以先訂親，妳覺得怎麼樣？」

這句話點醒了房言，她這才發覺自己想得太遠了。是啊，這個時代哪裡有人剛說媒就立刻成親的，肯定要先訂親啊。

「訂親之後可以晚幾年再成親嗎？」房言問道。

在這朝代，只要雙方訂親，基本上就默認彼此是一家人了，悔婚的人畢竟是少數，所以童錦元聽到房言的話，就心情愉快地答道：「當然可以。」

房言頓時鬆了一口氣，回道：「喔，那就好。」

童錦元緊接著確認道：「所以……妳是同意跟我訂親了？」

房言強忍著羞意，說道：「我沒什麼意見，但是這件事還得問問我爹娘的意思。」

聽到房言同意要嫁給他，童錦元止不住內心的喜悅，笑道：「嗯，這是自然的。」

瞧童錦元一臉春風得意的樣子，房言忍不住低聲道：「哼，你也別高興得太早了，說不定我爹娘不同意呢。」

第一〇二章　姻緣天定

童錦元正開心著呢，誰知突然被坐在對面的人潑了冷水，但是他很快就反應過來，知道房言在跟他開玩笑，於是他笑道：「沒關係，房大叔跟房大嬸不同意的話，我就多上門幾次，這樣說不定他們一個心軟，就同意了。」

房言嗔道：「我過去竟然沒發現，原來你的臉皮這麼厚啊。」

童錦元聽到這句話，只是笑了笑，沒回嘴。光看他的表情就知道他再喜悅不過，別人說什麼話都難以破壞他的好心情。

「只要能把妳娶回家，我的臉皮可以再厚一點。」

房言一聽，嘴角不自覺地翹起來。

此時氣氛正好，童錦元本來不想說些殺風景的話，但是有些事他還是想當面告知房言。

「對了，言姊兒，想必妳早就聽說過我有剋妻之命，我想跟妳解釋一下。」童錦元認真地盯著房言的眼睛說道。

房言點點頭道：「好，你說。」

「我第一次訂親的對象，是府城的劉小姐，我只見過她一次，對她的印象非常模糊。這門親事是我娘幫我決定的，那段時間我正好接手家裡的生意，沒時間顧及這些事，所以就任由長輩安排。她之所以過世……是因為跟家裡的小廝通姦，最後被她父親給打死。」

雖然對劉小姐沒什麼感情，但是她總歸曾是自己的未婚妻，因此提及此事時，童錦元的表情不太好看。

關於這件事，傳言非常多，房言是第一次聽到這個版本，而且還是從當事人口中說出來的，可信度自然無庸置疑。只是她沒想到真相原來是這個樣子，實在太讓人意外了。

緊接著，童錦元又說道：「第二次訂親，是跟京城的潘小姐。劉小姐出事之後，我更忙於生意，並未想要跟誰訂親。不過祖母與母親見我年紀大了，就在我不知情的情況下，讓我跟潘小姐訂親。我見過潘小姐兩次，並不喜歡她，至於她的長相，我記不太清楚。她的死因，是被庶妹推進家裡的湖中溺斃的。」

房言再次瞪大眼睛，這死法也太……

「潘小姐表面溫順，實際上脾氣有些驕縱，據說她以前害庶妹毀容，所以庶妹懷恨在心，在她即將成親的時候把她推進湖裡。」

這下房言懂了，怪不得童錦元兩次訂親對象死亡的原因全沒有確切的說法。這算是醜聞，不管是劉家、潘家或是童家，應該都希望真相不要被人知道。

看到童錦元的樣子、想到他必須承擔的痛苦，房言有些心疼地握著他的手說道：「童大哥，這些事情都過去了，你不必對她們的死感到自責，這些事跟你無關，你也沒有什麼剋妻之命。」

聽到房言的話，童錦元突然覺得眼眶有些濕潤，他眨了眨眼睛，不讓自己的眼淚掉下來，接著他反問道：「妳不在意嗎？」

房言笑著回道：「在意什麼啊？剋妻之命嗎？那些事都只是巧合，有什麼好在意的。」

童錦元聽了，忍不住握著房言的手說道：「嗯，謝謝妳。」

當天晚上，房言就準備向她爹娘提這件事。她之所以沒在吃飯的時候談起，是因為她大哥與二哥都在場，她實在不好意思。再怎麼說，她都是個姑娘家，這種事不好當著他們的面前說，即使是自己的親哥哥也一樣。不過，若是自己的親爹，她就沒那麼多顧慮了。

在正屋坐了一會兒之後，房言說道：「爹、娘，童大哥說想來咱們家提親，你們倆有什麼意見？」

房二河與王氏聽到小女兒「驚世駭俗」的話之後都愣住了，像是不太相信自己的耳朵。消化了一會兒，他們兩個人才面面相覷、欲言又止。

王氏憋了一下，還是忍不住說道：「這麼大的事，妳怎麼一點都不害臊呢？」

其實王氏早就懷疑童錦元跟房言兩個之間有那麼一點火花了，況且當初江氏也表達過意思，所以她並不意外。不過後來家裡有很多事要忙，王氏也接受了房言的建議，去族學當女夫子，所以她就沒繼續留意這方面的事，想不到事情已經演變到這個地步。

「啊？」房言疑惑地問道：「害臊什麼？」

「妳……唉！」面對小女兒這個態度，王氏不禁詞窮。

說實在的，這孩子的想法一向不受拘束，但是終身大事可不能跟做生意的事情相提並論，在這種時候，她至少要像個普通的姑娘家啊……

還是房二河比較鎮定，他冷靜地問道：「二妮兒，妳說童少爺要來提親，那妳自己的意思怎麼樣？」

雖然從平時的相處中，房二河早已知道這個小女兒的心思，但是他還是想確定一下。

「嗯，我覺得還行。」此時房言才有些支支吾吾地道：「就是……嗯……就是不知道爹娘你們是怎麼想的？」

王氏剛剛還覺得自己的小女兒太大膽，但是看到她今日有些反常的表現，王氏就知道她終究還是害羞了。

「妳大哥和姊姊都是選自己喜歡的人共度一生，妳當然也可以。要是爹跟娘不同意的話，也不會放任妳跟童少爺走這麼近了。」王氏說道。

房言點點頭道：「嗯。」

想了想，王氏說出自己的顧慮。「不過有一件事，據說童少爺有剋妻之命，我不太放心。孩子他爹，你覺得呢？」

雖然王氏對童錦元有剋妻之命這件事半信半疑，但是事關自家女兒，她還是放不下心。

「這個麼，應該沒事。我聽說皇明寺的渡法大師開了金口，說童少爺二十歲之後就沒事了，如今他歲數將到，想來不會再發生過去那種事了。」房二河說道。

儘管童老夫人不欲讓人知道這件事，但是當時在場的人一得知他們是童家的人，再串連一下童錦元兩個未婚妻接連身亡的事情，很快就知道渡法大師所指的人就是他，這個傳聞沒多久之後就在京城與府城散開了。不過王氏比較常待在家裡，房二河也沒告訴她，所以她到現在才知道。

王氏在京城待了一陣子，自然聽過渡法大師的名號，得知這個消息，她就安心了一些。

「既然渡法大師這麼說，大概就沒問題了吧……」王氏輕聲說道。話雖如此，她的神情還是有些擔憂。

童錦元今日剛跟房言聊過這件事，所以她知道內情。所謂的剋妻之命，只能說童錦元運氣有些點背，跟他本人沒什麼關係。

稍稍思索過後，房言說道：「娘，我跟爹的看法一樣，您不用擔心。」

王氏嘆了口氣道：「妳是我的女兒，娘怎麼可能不把這件事放在心上呢？」

房二河握了握王氏的手，說道：「不要緊，既然大家都說渡法大師靈驗，咱們就找時間去皇明寺，看看有沒有緣分能讓他卜個卦？」

一聽到房二河的話，王氏立刻來了精神。「對啊，既然渡法大師這麼厲害，咱們就去找他。要是有幸能見到渡法大師，也不算白來京城了。」

第二日，房二河確認渡法大師如今人正好在京城，想到大兒子明天休沐，就決定一家人一同前往皇明寺；不過房仲齊還是選擇去學堂唸書，不跟他們一道出門。

說實話，相較於皇明寺，房言更喜歡他們家那邊的寶相寺，原因無他，就是因為那間寺廟相當靈驗，每回所求的事情都成真了。

再來，走在皇明寺裡，房言隱隱覺得有些不舒服。這種感覺說不太清楚，但她就是難受。

看到房言皺起眉頭的樣子，房伯玄問道：「怎麼，小妹，妳累了嗎？要不然咱們休息一會兒再去？」

房言搖搖頭，對房伯玄淡淡一笑。「沒什麼，我剛剛只是在想一些事情。」

聽她這麼說，房伯玄點點頭道：「嗯，要是哪裡不舒服的話，一定要馬上告訴大哥。」

房言笑著回道：「好。」

一行人去大殿參拜了一下，然後王氏就拉著大夥兒去門外的算命先生那邊，讓他為每個人卜卦。要是沒有緣分的話，他們就見不到渡法大師了，既然這裡有人擺攤，那麼先讓他算一下也無妨。

算命先生看到房二河抽的籤，又觀察了他的面相，接著就狠狠地皺起眉頭說道：「這不對啊……真是奇哉，怪哉！」

說完這些話之後，算命先生就閉上眼睛，然後說道：「算不了、算不了。」

王氏道：「啊？算不了？那先生您剛剛說的話是什麼意思？」

誰知那算命先生並不理會王氏，緊閉著嘴不說話。

房伯玄見到這個情形，就說道：「娘，算了，咱們走吧。」

等到房言一行人走遠之後，算命先生就睜開眼睛。他凝視著他們的背影，喃喃說道：「可真是怪了，這一家人都像是被人改了命一般。天上娘娘歸於土，一把尖刀入了閣，早死之人卻長命……」

此時，房言像是有所覺般，回頭看了算命先生一眼。那算命先生盯著房言的眼睛看了不到一秒，又閉上眼睛。

房言看算命先生沒什麼反應，就轉過頭，繼續往前走了。

接著，他們一行人到了渡法大師的院子，只見房門外竟然連一個等待卜卦的人都沒有。房二河一家人面面相覷，懷疑自己走錯地方，不過房門口卻有個小沙彌正往這邊看，於是他們就有些不好意思地往他那邊走去。

等幾個人快要走到小沙彌身邊的時候，小沙彌就走上前對房言說道：「女施主，師父已經等您很久了。」

房言指了指自己，問道：「你是說我？」

小沙彌回道：「阿彌陀佛，正是女施主。」

房言看向房二河與王氏，又看了看房伯玄。房伯玄覺得今日遭遇的事情都有些怪異，於是問道：「小師父，請問你師父是誰，為何要見我們家小妹？」

小沙彌低著頭道：「師父自然就是女施主要見之人，請女施主進房。」

她想見之人？是渡法大師？房言皺了皺眉，想到一進皇明寺她就不太舒服，再回想起方才那位算命先生的眼神，看來她非得去見渡法大師一面不可了。

「好，我進去。」房言說道。

房二河阻止道：「二妮兒，爹陪妳一起去見大師吧。」

看著眼前的小沙彌，房言想到自己的秘密，就回道：「不用了，爹，想必渡法大師不會為難我的。」

能被渡法大師接見是一種榮幸，只是今日的情況著實有些詭異，所以房二河與王氏他們有些擔心。

越是靠近渡法大師所在的地方，房言的不適感越甚。到了房門口，房言只覺得彷彿有什麼東西在推動她，她略微施了點力氣，門就被她推開了。

一踏進房間，從進入皇明寺開始就產生的胸悶感瞬間消失，房言整個人變得非常輕鬆。

「女施主，您終於來了，老僧等您很久了。」鬍子、頭髮都發白的渡法大師對房言說道。

房言挑了挑眉，走到渡法大師面前，跪坐在他身前的蒲團上，問道：「哦？大師為何等我？」

渡法大師淡淡一笑，說道：「自然是因為好奇。」

聽到這個答案，房言不禁一愣。她原本以為這位傳說中的大師要跟她說幾句佛法，沒想到他卻是如此直率，絲毫不拐彎抹角。

房言笑道：「大師，您一個六根清淨之人有了好奇心，似乎不太妥當吧？」

渡法大師沒回答房言這個問題，而是說道：「家有家規、佛有佛法。本應在幾年後去世的人，身體竟然漸漸好起來；在三十年後就該滅亡的寧國，卻硬生生多出幾百年的國運，這不是很奇怪的事嗎？」

房言端起茶杯的手一頓，接著她若無其事地喝了一口茶，才說道：「好茶。不過大師說的這些事，又跟我有什麼關係呢？」

她當然聽得懂渡法大師話裡的意思，無非就是因為她救了寧文帝，所以大寧朝可以繼續延續下去。唔，但是按照他的說法，前世房言的兒子也沒能做幾年皇帝，看來三皇子的基因似乎不太好呢……

渡法大師看著房言，露出笑容道：「有沒有關係，女施主心中如明鏡一般，不須老僧多言。」

房言的表情非常輕鬆。既然這位大師知情，那她也不需要隱瞞，就坦然以對吧。

因此，房言一邊喝茶，一邊說道：「照大師這麼說，我可是做了好事呢，不僅救了皇上，還讓整個寧國大大延後了滅亡的時間。」

渡法大師盯著房言看了許久才說道：「是啊，然而妳不只救了皇上，還救了很多人。妳救了妳父親、母親、哥哥們跟姊姊，還救了將軍跟整個塞北的百姓。不過妳本身的命運也大大地改變了，因此我對妳非常好奇，想看看什麼樣的人能做出這種事。」

聽到這些話，房言覺得自己剛才的想法完全錯誤。渡法大師並非還眷戀紅塵俗世，他既不想知道自己魂來之處，也對空間與靈泉不感興趣，他只是單純對自己這個人感到好奇罷了。

想到這裡，房言只得說道：「大師，您真的是童心未泯呢。」

房言這個回應讓渡法大師哈哈大笑起來，說道：「女施主果然有意思。」

「我再有意思也不如大師您啊。」說著，想到坊間的傳言，房言忍不住問道：「對了，大師，外界對您的年齡有諸多猜測，您到底活了多少年？」

渡法大師回道：「活了多少年？這個問題老僧也曾經問過自己，只是老僧記不清了。老僧來到這裡的時候，門口這棵樹還沒種下，四周似乎還是一片殘垣斷壁……總之，老僧說不出來。」

房言看著少說也有一、兩百歲的參天古樹，吞了吞口水，轉頭看著眼前的渡法大師，說道：「您是真正的神仙，請問您到底是怎樣長生不老的？」

渡法大師皺了皺眉，接著淡淡瞄了房言一眼，說道：「長生不老？喔，不，我只能長生，妳卻可以不老。」

房言心想，渡法大師果然知道她所有的秘密，在他面前，她無處可躲。

「嗯，不老會嚇到人的，還是長生好了。」房言低聲說道。即使她有靈泉，也不會做出破壞這個世界平衡的事，她會讓自己像個普通人一樣生老病死。

渡法大師閉著眼睛沈默了一會兒，之後就睜開眼睛，站起身來說道：「妳今日所求之事定會達成，你們兩人的姻緣早已被月老緊緊地繫在一起了。」說完，他轉身就要離開。

房言趕緊站起身來，還沒等她開口，渡法大師就說道：「回去吧，見了妳一面之後，老僧也沒什麼遺憾了。」

說完，渡法大師的身影很快就消失在房言面前。

沒多久，小沙彌就走進來，引導房言出去。

房言皺著眉，看著渡法大師消失的方向，問道：「小師父，請問渡法大師去了何處？」

小沙彌回道：「阿彌陀佛，師父自然是去了該去的地方。」

跨過門檻的時候，房言回頭看了一眼，卻還是沒瞧見渡法大師。雖然覺得奇怪，但她也沒再多想。

出了房門，房言看到房二河、王氏與房伯玄擔憂的眼神，笑道：「爹、娘、大哥，你們不用擔心，我這不是安然無恙地出來了嗎？大師人很好，我沒事。」

王氏上上下下地觀察了房言好一陣子，才說道：「嗯，沒事就好。」

第一〇三章　推波助瀾

回到家裡，房言才對房二河他們說道：「大師告訴我，我和童大哥之間的姻緣已經被月老牽在一起了，沒問題的。」

在家等著他們的房仲齊，一聽到這話就問道：「童大哥？妳是說咱們家府城店鋪對面米糧店的童少爺？小妹，妳要跟他訂親了嗎？」

房言點點頭道：「正是他。」

既然渡法大師那個活神仙都這麼說了，她與童錦元兩個就不會有什麼變數，可以大大方方說出來了。

房仲齊回想了一下童錦元的模樣，頷首道：「嗯，童少爺是個好人，不但長得一表人才，生意也做得挺不錯的，跟小妹頗為適合。」

得到房仲齊的認可，房言笑著回道：「多謝二哥。」

至於房二河與王氏，他們聽到渡法大師說，自家小女兒與童少爺的姻緣是上天注定，也就放下心來了。

房伯玄早就知道自家小妹與童錦元的事，但他還是說道：「爹、娘，話雖如此，你們真的不需要再打聽打聽嗎？」

其實房伯玄不是不相信房言的眼光，只是他無法像對待袁大山那樣考驗童錦元，所以他心裡還有些不確定。

房二河跟王氏對視一眼之後，就說道：「我還算了解童少爺這個人，他們家的事我們也多多少少知道一些，看起來沒什麼問題。只是童少爺年紀不小了，所以他們家可能有點著急。」

一聽到這件事，房伯玄皺了皺眉道：「我認為此事還需從長計議，畢竟小妹今年才十五歲，如果對方很急，只怕等不了多久。小妹，妳想這麼早就出嫁嗎？」

雖然房伯玄看似站在對立面，但他並非反對這門親事，而是出於對童錦元的不了解，加上捨不得房言太快出嫁才會這樣，否則一般姑娘家這個年紀成親並不稀奇。

房言堅定地搖搖頭。她一點都不想這麼早就成親，若是能熬到十七、八歲就好了。雖然這樣有些不現實，但是她心中的確是這麼想的。

見狀，房二河有些猶豫，思考一下之後，他說道：「嗯，那就到時候再看吧。」

皇明寺內，寧文帝站在渡法大師喜歡坐的地方一旁，看著空蕩蕩的房間問道：「渡法大師呢？」

小沙彌回道：「師父雲遊四海去了。」

寧文帝皺了皺眉道：「雲遊四海？可是看這樣子，他剛剛似乎還在啊。」

小沙彌解釋道：「是的，師父在一炷香之前還在這個地方，才離開沒多久。」

寧文帝看著現場遺留下來的、明顯是兩個人用來飲茶的茶盤，問道：「大師走之前是不是見了什麼人？」

小沙彌如實相告。「是的，見了一位有緣人。」

接下來寧文帝沒再多說什麼，在他轉身要走出去的時候，才又問道：「大師可有說他什麼時候回來？」

小沙彌搖搖頭道：「師父說，到了該回來的時候，他自然就會回來了。」

聽到這個回答，寧文帝皺了皺眉，就要踏出門檻，不料此時小沙彌開口道：「施主，師父臨走之前說了四個字，『國運昌盛』。」

寧文帝一聽，喜不自勝地問道：「大師真的這樣說過？」

小沙彌回道：「阿彌陀佛，出家人不打誑語。」

寧文帝激動地說道：「好好好！」

雖然沒能親自跟渡法大師見面，但是得到了他的金言，寧文帝終究滿意地離開了。不過，一出了渡法大師的院子，寧文帝就吩咐身邊的人道：「去查一查大師最後見了什麼人？」

回到皇宮之後，寧文帝就收到了訊息，得知那個「有緣人」的身分，他不禁皺了皺眉。渡法大師竟然見了房家那個小姑娘就離開了，這可真是讓人琢磨不透啊……

她究竟有什麼特別之處，能讓渡法大師特地見她一面呢？想到自己最寵愛的兒子對她的評價，寧文帝對房言越來越好奇了。

此刻，房言開開心心地打理水果齋的事，不知道自己又被人惦記上了。

年分久一些與濃度較高的葡萄酒，如今被運送了一些到京城來，房言正小心翼翼地分裝到瓷瓶裡。她打算每個月選一天出來，在京城的水果齋販售這些好酒，至於價格麼，當然比一年分的貴上許多。

原本房言想在京城買一塊地來種植葡萄，好釀造葡萄酒，因為每次請人運送葡萄酒實在有些麻煩，況且路途中也可能發生難以預料的事。

只不過，釀葡萄酒的核心方法就那麼幾個人知道，難不成要把他們全帶到京城來嗎？況且關於葡萄酒的銷售策略，房言還是想以質取勝，而不是大量生產。

經過深思，房言覺得自己更喜歡房家村那邊的生活，最後在京城買地種葡萄的想法終究還是沒能落實。

正當房言忙著處理自己的酒時，有人卻因為她，後背直冒冷汗。

這一天，房伯玄被皇上召進宮裡。這件事再尋常不過，因為寧文帝經常召見翰林院的人，房伯玄也不是第一次來。

等奏摺都批閱完之後，寧文帝跟房伯玄話起了家常，他似是不經意地問道：「修竹家有些什麼人？」

房伯玄恭敬地回道：「父母尚在，還有一個弟弟及兩個妹妹。」

寧文帝感興趣地問道：「他們都多大了？是隨你一同待在京城，還是在魯東府？」

房伯玄答道：「弟弟隨微臣在京城讀書，大妹已經出嫁，跟父母與小妹一樣住在魯東府。不過，因為新店鋪開張的緣故，父母跟小妹都來到了京城。」

寧文帝笑道：「哦？這麼說來，修竹的親人如今都在京城了啊，你可曾帶他們去京城周遭遊玩？」

面對寧文帝的時候，房伯玄無時無刻不提高警覺，應該說，對上位者，他一直都抱持這種態度。即使對方表現得再怎麼喜愛你，你也不能得意忘形，一定要明白自己的身分、懂得分際。

由於房伯玄向來跟寧文帝保持適當距離，所以今天寧文帝忽然把他們的關係拉得這麼近，讓他覺得有些不對勁。

把最近爹娘以及小妹做的事都過濾一遍之後，房伯玄笑著回道：「微臣公務繁忙，沒什麼時間陪伴父母及小妹。不過，倒是去京郊的莊子遊玩了幾次，最近還去了皇明寺。」

「哦？修竹也去了皇明寺嗎，可曾見過渡法大師？」寧文帝問道。

房伯玄一下子就明白皇上今日叫他過來的目的了，整段談話的重點，就是「皇明寺的渡法大師」。他其實也聽說了，自從渡法大師那天見過自家小妹之後，就又雲遊四海去了。那日母親還在家中感嘆自家小妹的好運氣，要是晚去一天的話，說不定渡法大師已經離開京城。

不過房伯玄卻覺得，渡法大師之所以見他小妹，背後的原因肯定不單純，如今聽皇上提起來，他的猜測似乎要被印證了。就算他們都不清楚真正的理由，但是房言因此變成了一個

「特別的人」，這個事實是不會改變的。

然而，不管內心如何波濤洶湧，房伯玄表面上的態度還是很淡定，他平靜地道：「說來也是慚愧，微臣沒那個榮幸能見到渡法大師。」

「修竹沒見到他嗎？這渡法大師還真是有性格啊。」寧文帝笑道。

房伯玄淡淡笑了一下，說道：「佛家萬事講求一個『緣』字，大概是因為微臣跟渡法大師沒那個緣分吧。」

寧文帝聽到這種解釋，哈哈大笑起來，說道：「你倒是會為他開脫。」

「只是，雖然微臣與渡法大師沒什麼緣分，但是微臣的小妹倒是跟他有些交集。」

房伯玄心想，既然皇上已經提起來，那麼他肯定非常清楚那天發生的事，若是刻意隱瞞，反而會遭到懷疑，不如坦誠把當初的情形說出來。

寧文帝的笑容微微一變，想到兒子的表現，再想到渡法大師的舉動，他便問道：「修竹的小妹嗎？如今她多大年紀了，可曾訂親？」

房伯玄感覺到自己後背滲出了汗水，不過他臉上依然帶著笑容，說道：「正在議親當中，還未定下來。微臣希望小妹能在家裡多留幾年，只是對方年紀有點大了，想早些成親。」

聽到房言已經要訂親，寧文帝有些失望地問道：「不知修竹的妹妹訂親的對象是哪一家？」

房伯玄恭敬地回道：「是鴻臚寺少卿童大人的姪子。」

寧文帝思索了一下，說道：「鴻臚寺少卿？從五品……他家的姪子有什麼特別之處嗎？」

說實在的，寧文帝有些想不透，房伯玄為何會讓親妹妹定下這樣一門親事？考量到房伯玄的前途，以及他們家跟將軍府聯姻這件事來看，他怎麼也該為自己的妹妹找個更有權勢的人家才對。

難道是他這個妹妹有什麼問題？也不對，若是她有什麼狀況，自己的皇兒也不會有那種表現了。想到這裡，寧文帝默默地嘆了口氣。

只聽房伯玄答道：「要說特別之處，倒是沒有。不過童大人的老家在魯東府，微臣的小妹與童少爺自小就相識，當初微臣家在府城開店鋪的時候，也承蒙童家多加看顧。不瞞皇上，微臣家結親，向來只看兒女喜不喜歡，不在乎家世門第。」

寧文帝一聽房伯玄的話，即便心情鬱悶，也笑起來，說道：「對，我聽說你另一個妹妹還許給在隔壁村打獵的窮小子，只是沒想到這個窮小子後來竟然成了百戶，還救了你岳父。對了，這個童家兒郎往後可要做官？」

房伯玄搖搖頭道：「不會，童少爺肩負家裡的生意，無意仕途。說到這點，他倒是和微臣的小妹性情相投，微臣的小妹喜愛金銀之物，兩個人正好合得來。」

想到自家皇兒也說房家那個小姑娘喜歡金子，寧文帝不禁搖搖頭。他只知道，世上的姑娘雖然喜愛錢財，但是更愛的是錢財能帶來的漂亮首飾與衣裳，並不像房言那樣單純愛好黃金白銀。

「是啊，志趣相同什麼的，最是難得。」寧文帝說道。

想到剛剛皇上問過的事，房伯玄索性繼續說道：「正好，前幾日聽說渡法大師在京城，所以微臣的父母想去算一算小妹與童少爺兩人的緣分，沒想到竟然有幸見到渡法大師。渡法大師說，微臣的小妹與童少爺已由月老親自繫好紅繩，兩人必定恩愛美滿。」

寧文帝無奈地輕嘆一聲道：「渡法大師是多麼厲害的人，你們家小妹竟然只問了這樣一個問題，真是太可惜了。」

房伯玄笑了笑，回道：「可不是嗎？微臣也覺得小妹浪費了大好機會。可是小妹卻說，如今對她來說，最重要的就是這件事，所以她一點都不認為可惜，只覺得解決了自己的一大難題。」

聽到房伯玄的話，寧文帝不知想到什麼，先是愣了一下，隨即又笑起來，說道：「你說得對，家裡已經有錢又有權，對一個小姑娘來說，還有什麼能讓她關心的，不就是一個有情郎嗎？」

兩個人又聊了幾句之後，房伯玄就退出了御書房。

走到外面，被冷風一吹，房伯玄只覺得整個人涼透了。他快步離開皇宮，回到家的時候，天色已經暗下來。

書房裡，房伯玄對房二河說道：「爹，若是童家來求親的話，您就答應下來吧。」

房二河之前剛被自己的兒子說動，不想太早讓小女兒訂親，這會兒聽到兒子的話，他有些不能理解地問道：「為什麼？前幾日你不還說二妮兒還小，她自己也不想太早成親嗎？」

回想起今日與皇上的談話，房伯玄嘆了口氣，道：「爹，皇上知道那日咱們去找渡法大師了，而且聽說皇上當天也去找他，誰知渡法大師在見過小妹之後就消失了，所以皇上無緣得見。小妹這般特殊，終歸不太好。」

一聽到這件事跟皇上有關，房二河開始緊張起來。

其實房伯玄本來不想讓他爹苦惱的，但是他覺得隱瞞下去不是辦法，所以才說出來。如今看到自己的爹心神不寧的模樣，他不禁有些後悔。

「爹，您不用擔心，皇上是個聖明的君主，不會做出不該做的事。此外，皇上今日問了小妹的親事，我回答說她馬上就要訂親了，對象就是魯東府的童少爺。」

房二河聽到這些話，一顆心才算放下來，說道：「那就好。」

不過話剛說完，房二河又有些憂愁地道：「可是，爹不知道童家有什麼打算，他們到底是想在京城就提親，還是打算等咱們回到魯東府再議？」

關於這件事，房伯玄皺了皺眉，說道：「此事兒子不清楚，不過我已經派人去打聽了。」

房二河疑惑地問。「打聽……要打聽什麼？」

喝了口茶之後，房伯玄回道：「既然前幾日童少爺已經問過二妮兒，看來他們家一定很著急。如今二妮兒已經答應他，說不定童老爺與童夫人近日就要趕來京城，所以我想了解一下狀況，好提前做準備。」

房二河聽了之後說道：「也是。」

他們兩人正說著話，高勝從外面回來了。

房伯玄看了他一眼，問道：「事情打聽得如何？」

高勝回道：「老爺、大少爺，童老爺與童夫人已抵達京城，據說是為了童少爺的親事而來，他們正在商議要來咱們家提親的事。」

房二河一聽這話，就說道：「太好了，這樣咱們就不用擔心了。」

一旁的房伯玄也算是鬆了口氣。

果然，幾天後，媒人上門來了。

當初童老夫人同意給童錦元幾天的時間思考，她看日子差不多了，就把童錦元叫過來。

「錦元，你考慮得如何了？」童老夫人笑著問道。

童錦元滿臉通紅，有些不好意思地應了一聲，給了肯定的答覆。得到他的答案，童老夫人終於能進行說親的計劃。

心急的童老夫人當天就寫信給在府城的兒子以及兒媳，要他們趕緊過來商量與房家訂親的事。

童寅正與江氏沒料到一切進展得這麼快速，他們本來打算等到房二河他們回到府城再去探探口風，不過看童老夫人信中的意思，房家似乎鬆口了？

說實話，他們有些懷疑童老夫人太過著急，一有消息就把他們叫過來。然而，不管這對夫妻心裡如何不踏實，既然母親有令，他們還是得立刻去京城。

一到了京城，他們聽到童老夫人說的話，再看看自家兒子的表情，就知道事情真的成了，於是他們馬上準備好一切，打算去房家提親。

第一〇四章　正式提親

這一天，王氏正在房間裡繡花，聽到僕人來報，說是有位夫人前來拜訪。王氏在京城幾乎沒認識什麼人，實在不曉得有誰會來找她？不過雖然感到疑惑，她還是請僕人讓對方進門。

來者不是別人，正是童未初的頂頭上司鴻臚寺卿席少庭的夫人焦氏。

王氏對焦氏有點印象，他們第一次去將軍府的時候，這位夫人就站在鄒氏身旁，後來他們還送了一些葡萄酒給她。

「席夫人。」王氏立刻上前想要行禮。不管怎麼說，焦氏身上都有誥命，而她卻是白身，自然不能失了禮數。

焦氏見狀，趕緊阻止王氏。她今日是上門來幫人家提親的，並不是來顯擺自己的身分。等丫鬟上了一壺茶之後，焦氏就笑道：「今日姊姊前來，是有件喜事想跟妳提一提。鴻臚寺少卿童大人家有個姪子，今年將及弱冠，長得一表人才，人品也非常端正，不知妹妹意下如何？」

王氏一聽，馬上就明白焦氏的來意。這幾日她就在期盼這件事發生，如今可算是等到了，於是她笑道：「是嗎？聽姊姊這麼一說，我覺得這門親事挺好的，不過我還要跟我們家老爺商量一下，才能作出決定。」

焦氏聽到王氏的回話，臉上的笑意加深了。

一出了房家的門，焦氏就前往童家回覆。在她看來，房家這邊應該沒問題了，從王氏的態度就能看出來，只不過，女方這邊多多少少會矜持個幾天，通常不會直接答應，這種情況再正常不過。

童家的人聽了焦氏的話，又是歡喜，又是憂愁。說實話，他們並不像焦氏那般樂觀，畢竟他們已經期盼太久，也失望好幾回了。雖然這件事雙方已經心照不宣，但是只要一天沒定下來，他們的心就還懸在那裡。

等待房家回覆這幾日，童府上下的氛圍都不太對勁，四處籠罩著低氣壓，畢竟主子們心情煩躁，僕人們也不敢大聲喧譁，就連已經得到房言準信的童錦元，都被眾人的行為弄得緊張起來。最後他也不出門了，天天窩在書房裡看帳本跟讀書，以緩解緊繃的情緒。

好在過了幾天，焦氏那邊傳來消息，房家答應了這門親事。

得知這件事的那一刻，整個童府都沸騰起來。

童錦元這個二十歲的「老男人」終於定下來了，這次的對象比以往那兩個姑娘都要好不說，還是他自己喜歡的人，大家都由衷地希望他們兩個能琴瑟和鳴、白頭偕老。

童錦元與房言兩個人的親事談妥之後，童未初也是腳下生風，心情愉悅得很。

這天下朝之後，童未初正好在路上與房伯玄相遇。雖然同朝為官，但是過去大家都不太熟悉，最多點頭示意一下就各自離去，結果這次房伯玄主動上前來對童未初行禮，躬身說道：「童大人好。」

童未初點點頭，笑著回道：「房大人好。」

兩人一邊走一邊閒聊，同行了一段路，等到交岔路口才分開。

在後方的人遠遠地看到他們倆走在一起，不禁心生好奇。到了辦公的地方，那人就問道：「童大人何時跟翰林院的房侍講關係這麼好了？」

童未初一聽到這番話，忍不住笑著說：「我與房侍講同樣出身自魯東府，自然認識彼此，只不過，近日我那不爭氣的姪子跟房侍講的妹妹訂親，所以我們就更熟了。」

有人一聽，好奇地問道：「你姪子跟房侍講的妹妹訂親了？」

也不怪大家想多問幾句，畢竟之前潘小姐的事他們多少知道一些，更知曉童少爺背負的「剋妻」名聲。再說了，京城誰家有大齡未婚的兒女並不是什麼秘密，真的談成了親也是好事一樁，說聲恭喜不為過。

童未初回道：「可不是嗎？不過這件事跟我沒什麼關係，是我弟弟與房侍講的父親相熟，兩個人把親事定下來的。」

一聽到這話，大夥兒紛紛恭賀道：「你那姪子有福分，這門親事再適合不過了。」

「童大人家真是好福氣！」

「恭喜童大人了，能跟房侍講他們家結親，這是多少人求都求不來的。」

童未初聽到同僚這些話，自然笑容滿面。

訂親之後，兩家人就要商量成親的日子了。

房二河與王氏希望能多留這個小女兒在身邊幾年，但是考慮到童錦元的年紀，也不好讓人家等太久。再來，他們怕時間拖太長，會生出什麼變故，萬一到時候男方變心，或是他們家想快點抱孫子，安排個通房或小妾什麼的，這樣對自家小女兒也不好。

雖然房言說童老夫人立下家規，童錦元絕不會有通房或小妾，但是站在父母親的立場，他們只想盡可能地保護自家孩子，因為人心會變，在一切塵埃落定之前，還是不要太過有自信比較好。

房二河提議，讓他們兩個在後年的十月分成親，但是童家卻覺得太晚了。對童家而言，儘管這兩個孩子已經訂親，代表人暫時跑不掉，但是他們想讓童錦元早些成親的想法不變。後年十月分才成親，到時童錦元就二十二歲了，他們實在等不了那麼久。

雙方來來回回商量了幾次，最終決定讓他們兩人在後年的三月分完婚。

等到房言再次見到童錦元的時候，已經是二月底。由於房言打算在每個月初一拿年分較久、濃度高的葡萄酒出來賣，所以她現在正忙得不可開交。

目前傳單已經印好，房言檢查過內容之後，就立刻要夥計們出去發放。再過兩天就是三月初一，再不發的話就來不及了。

當房言忙得暈頭轉向時，就看到童錦元走進水果齋來。這是他們訂親以來頭一回碰面，不知道是不是因為兩人的關係已經不同，所以彼此看對方的眼神都跟之前不太一樣。

招財看了看自家少爺，又看了看房言，隨即殷勤地道：「二小姐，您有什麼需要小的幫忙的，儘管說。小的其他的不行，幹點活兒、跑個腿還是不成問題。」

童錦元讚賞地看了公然抱房言大腿的自家小廝一眼。

房言先是看著童錦元，又看向招財，忽然間哈哈大笑起來，說道：「招財，你來得正巧，我這裡的確有件事需要你幫忙。煩勞你去江記看一看，我訂製的那些木盒做得怎麼樣了？」

原本房言要把這些更高等的葡萄酒放在跟之前同樣的木盒裡，但是後來她覺得年分與濃度不一樣，木盒也應該不同，所以她趕緊去京城的江記訂做品質更好的木盒。

招財聞言就瞥向自家少爺，見他點頭，就立刻對房言說道：「好，小的馬上就去。」

等招財出門後，房言笑著調侃道：「沒想到招財還挺識相的，這麼快就知道過來巴結我了。」

童錦元見四下無人，就淺笑著說：「是啊，那個奴才機靈得很，自然知道誰才是他的主人，討好誰最有用。」

此話一出，房言的臉蛋不禁紅起來，童錦元這話根本是在吃她豆腐。

她瞪了童錦元一眼，說道：「哦？照你這意思，是不是要把招財送給我了？要真是這樣的話，我可就不客氣了，反正我身邊正缺一個這麼懂得看臉色的小廝呢。」

童錦元毫不猶豫地回道：「好啊，就送給妳了。」

房言「噗哧」一聲笑出來，為招財抱不平道：「若是招財知道你這麼草率就把他送給我，不知道會有多傷心呢！」

童錦元聽了這話，只是笑了笑，沒有講話。他默默跟在房言身邊，在她有需要的時候立即提供幫助。

過了一個時辰之後，招財才從江記回來，跟在他身後的是江記的夥計們，他們身前的推車裝滿了剛做好的木盒。

京城江記的掌櫃很清楚房言如今的身分，她已經算是他們的主子了，所以底下的人做起東西來比從前更仔細，不敢馬虎。

招財到了江記，見師傅們快要做完木盒，索性在那邊等著。反正即使他回去水果齋，也不好打擾自家少爺跟未來的少夫人培養感情，不如離得遠遠的，乖乖窩在這裡。

看著做工精美的木盒，房言讚嘆道：「師傅們真是好手藝，不僅如此，做得也很快。我還以為要明、後天才能做出來，今日原本只是想讓招財過去看看而已呢。」

童錦元笑著回道：「他們知道這些木盒是妳要的東西，當然不敢怠慢啊。」

房言明白童錦元話裡的意思，忍不住偷偷用手肘撞了他的腰一下。

三月初一這天，房言要夥計們把兩年、三年分的葡萄酒放進不同的盒子裡，兩年分的照原價翻一倍，三年分的則是再往上翻一倍。

也就是說，本來外面葡萄釀的酒一瓶一兩銀子，兩年分的就賣二兩銀子，三年分的賣三兩銀子。至於自家種植的葡萄釀出來的酒，價格就更貴了。

因為年分高的葡萄酒庫存較少，能賣的不多，所以房言各拿出二十五瓶來販售，這樣的話，初一這天就有兩百瓶的額度了。

由於看到新的傳單，很多人慕名前來。他們還沒喝過水果齋出產的兩年分與三年分葡萄酒，因此非常好奇味道如何？尤其是知道這些酒只有每個月的初一會販售，所以客人們無不摩拳擦掌，準備動手搶酒。

這次宣傳相當到位，加上之前累積的口碑以及大家的好奇心，還不到吃午飯的時間，年分較久的葡萄酒就賣光了，只剩下平常就會賣的酒。

有些來晚的人不禁捶胸頓足，只好聽從夥計們的建議，等到下個月初一再來了。到了下午，其餘的酒也賣完了。

看到今日葡萄酒的銷售業績一樣亮眼，房言愉快地抱著算盤打起來。聽到撥算盤時那噼哩啪啦的聲音，房言覺得這就跟銀子落袋一樣，讓她特別開心。

等到房言下午回到家的時候，房伯玄把她叫進書房，問道：「小妹，聽說妳今日賣了一些年分比較高的葡萄酒？」

提起這件事，房言非常興奮地道：「是啊，全部賣光了，今日小小賺了一筆！」

房伯玄開門見山地問道：「那些年分高的葡萄酒可還有？」

點點頭，房言答道：「當然有啊，怎麼，大哥想喝？」

房伯玄搖搖頭，說道：「不是大哥想喝，是皇上想喝了。今日他似乎派人去了一趟水果齋，結果沒買到，既然家裡還有，妳就幫大哥準備一些。」

聽到房伯玄的話，房言有些激動地說：「大哥，你剛剛是說皇上也喜歡喝我釀造的葡萄酒？」

房伯玄先是微微頷首，接著就調侃道：「皇上不能喜歡嗎？小妹對自己的葡萄酒如此沒信心？」

此話一出，房言淺笑著說：「不是，我釀的葡萄酒這麼好喝，喜歡喝是應該的。只是，我在想，要是能把皇上喜歡喝我釀的葡萄酒這件事加到傳單上去就好了，只可惜不能這麼做。」

他們家的葡萄酒賣得夠好了，不過在現代，一些產品只要有名人「加持」過，身價就變得完全不同。要不是這個時代的人很害怕惹怒龍顏，不敢冒犯天子的威嚴，房言還真想拿他來打廣告。

房伯玄真心覺得自家小妹想賺錢想到瘋了，他毫不留情地道：「妳知道不能這麼做就好，這種事可不是開玩笑的。」

見到自家大哥嚴肅的樣子，房言回道：「大哥放心，小妹自有分寸。大哥東西要得這般急，我就先去酒窖幫你準備，馬上就好。」

房伯玄點頭道：「好。」

他們在京城買的這間宅院有地下室，直接被房言拿來當酒窖。她從裡面挑出一些年分不同，卻同樣是超過兩年的葡萄酒，分裝進瓷瓶之後，放進精美的木盒裡。

處理好這些事，房言就差人把東西送給她大哥。

等水果齋販賣葡萄酒的事情步入正軌，房言又開始思考他們家野味館的經營方針了。相較於葡萄酒業績爆發式的成長，野味館的生意一直處在平穩期，成長空間有限。雖然這樣賣下去，一個月也能賺很多錢，但是房言覺得這樣還不夠。

儘管不像高檔酒樓那樣日進斗金，但是他們家的店鋪要是做些改變的話，一定能賺得更多。房言第一個想著手改革的，就是店裡的菜單。

在進軍京城之前，房言就已經為菜單增添一點色彩，只是因為如今野味館地處京城最繁華的街道，來往的客人們很多都是富貴人家，所以很在意能不能吃得好，而不是能省多少錢。

有鑑於此，房言覺得只增加蛋餅還不夠，接下來要針對湯類做出改變。房言想利用雞骨與豬骨熬湯，讓湯品的等級上升。

只不過，雖然他們家的雞與豬比別人家的長得快、長得好，但是目前在京城養的那些雞跟豬還小，所以不能拿來用。

要解決這個問題不是難事，他們可以去外面買雞骨與豬骨來熬湯，雖然那些不是自家養殖的東西，味道可能稍差一點，但是暫時頂一陣子就行，反正那些雞跟豬很快就會長大。

就在房言思前想後，糾結著要不要用外面買來的雞骨與豬骨時，府城傳來一個好消息，房淑靜懷孕了！

這是天大的喜事，房言就先擱下改良野味館湯品的計劃。反正那裡的生意一直不錯，她不需要太鑽牛角尖。

王氏與房二河開始收拾東西，打算兩天之後趕回去。碰巧，在京城待了一陣子、大致上處理好訂親一事的童寅正一家，也要回魯東府，所以大夥兒正好能一道回去。

原本房言還想去通知童錦元說她要先回去了，結果一得知他們也要返鄉，她就省去這個工夫了。

兩天之後，兩家人在京城的城門口會合。

雖然前幾日才剛剛碰過面，但是江氏這會兒見到房言，一樣開心得不得了，又熱情地塞給她一只玉鐲子。

房言本來不想收的，無奈江氏實在太過堅持，連王氏都抵擋不住，更別說還有一個在旁邊笑著不講話的童錦元，他的行為無異於為江氏助攻。

看到童錦元那副「很滿意婆媳關係」的態度，房言不禁瞪了他一眼，結果他卻一點也不在意，嘴角的笑意更深了。

第一〇五章　豐富菜單

兩天後，一行人回到魯東府。在野味館暫時放下行李之後，王氏就帶著房言前往房淑靜跟袁大山的住處。

看到曹嬤嬤小心翼翼地照顧著房淑靜，王氏先是鬆了一口氣，緊接著就握著大女兒的手，問道：「這是幾個月了？會不會噁心想吐？有沒有哪裡不舒服？」

提起孩子，房淑靜露出幸福的笑容，摸著自己尚未顯懷的肚子，說道：「大夫說才兩個多月，沒什麼特別不適的地方，就是早上起來的時候偶爾會想吐。」

王氏仔細地瞧了瞧大女兒，見她膚色紅潤、精神很好，看起來過得不錯的模樣，就打從心底為她高興，不過該說的話還是免不了。「如今妳有了身孕，前三個月最重要，就讓曹嬤嬤幫妳收拾收拾東西，跟我們回家去住一個月，等胎象穩定之後再回來。」

成親這段時間以來，房淑靜幾乎沒回娘家住，就算有，也只是一、兩天而已。想到他們一家重新出發的地方，她動了回去住一陣子的念頭。

「嗯，等大山回來，我再跟他說一聲。」

交代了曹嬤嬤幾句，又叮嚀房淑靜要注意自己的身體後，王氏就帶著房言趕回府城的店鋪。房二河見她們回來，趕緊上前詢問房淑靜的情況，一聽沒什麼問題，他才放下心來。

晚上袁大山返家，房淑靜就把下午王氏提議的事情告訴他。袁大山一聽岳母想讓媳婦回娘家住一個月，雖然心裡不捨，但是見到媳婦眼神裡飽含著渴望，就不得不同意。

「嗯，我明日就送妳過去。不過妳想回來之前，一定要提前跟我說，我再去接妳。」袁大山把耳朵靠在房淑靜的肚子上喃喃說道。

房淑靜笑道：「怎麼，你是不是捨不得我回去啊？」

袁大山起身輕輕地抱了抱房淑靜，說道：「自然捨不得，可是家裡除了曹嬤嬤以外，沒個有經驗的長輩，咱們娘不放心也是應該的。我白天不在家，萬一妳出了什麼事，我也沒辦法及時幫上忙。去房家村住一陣子的話，身邊就多幾個人能照顧妳，我比較安心。」

房淑靜默默地點點頭，應了一聲。

第二日中午的時候，袁大山帶著房淑靜來到府城的野味館，他動作輕柔地把房淑靜從馬車下扶下來。王氏看到大女兒回來，高興地上前扶住她另一邊身子，曹嬤嬤則開始搬運行李。

房淑靜笑著對王氏說道：「娘，您不需要這麼小心，我身體很好，沒事。」

王氏不贊同地回道：「怎麼樣都得小心一點才是，這個階段正是最關鍵的時期呢。」

袁大山也在一旁幫腔道：「我覺得娘說得對。」

房淑靜一聽，不禁伸出手來，悄悄地掐了袁大山的腰一下。

房二河覺得，府城的店鋪能讓人住的地方實在太小，還是房家村的宅子空間大，王氏也覺得家裡的環境更好，沒這麼嘈雜。夫妻倆商量過後，決定不在府城待太久，明日就回村裡去。

隔天一早，房二河一家人就回到房家村。

許久沒回來，一進家門，房言就覺得這裡的氣氛再溫暖不過。不管離開多久、走了多遠，最親切的還是自己的家。看著熟悉的人、事、物，她的心頓時被填得滿滿的，有股想要落淚的衝動。

不過，房言很快就冷靜下來，跟著她娘，一起把她姊姊從馬車上扶下來。這可是他們家新一代頭一個孩子，不管怎樣都要慎重一點。

等房淑靜踏進廂房之後，王氏就趕緊差人準備材料，她要親自去廚房為房淑靜熬雞湯、大骨湯跟銀耳湯。

房淑靜聽到她娘一張嘴吩咐個沒完，不禁說道：「娘，您別熬那麼多湯，我今天沒什麼胃口，根本喝不了那麼多。」

王氏笑著回道：「沒事，就算妳這會兒不餓，等一下也會餓，到時候再準備就來不及了。」

房言也在一旁說道：「姊姊，妳就讓咱們娘放手去做吧。她啊，從在京城收到妳的信時就擔憂得不得了，現在她終於能做些什麼了，妳可不能阻止她。」

王氏點了點房言的眉心說道：「妳啊，都已經是跟人家訂親的大姑娘，還這樣損娘。好了，妳跟妳姊姊聊聊吧，別說太久，等會兒讓她好好休息。」

房言應道：「好，娘，我記住了，您放心就是啦。」

等王氏出去之後，房淑靜就說道：「小妹，姊姊還沒恭喜妳跟童少爺訂親了呢。」

房言一邊吃著放在桌上的水果，一邊說道：「沒事，妳現在說也來得及。」

「童少爺對妳好不好？」房淑靜問道。

想了想，房言點點頭道：「嗯，他對我非常好。」

房淑靜拍了拍房言的手背，說道：「他對妳好就成。不管一個男人是不是當官的、有沒有錢，只要能專心對一個女人好，那就成了。其他的咱們不需要跟別人比較，夫妻之間的事如人飲水，冷暖自知。」

聽到房淑靜這麼說，房言笑著回道：「我聽姊姊的，況且我不覺得他有什麼不好的地方。」

房淑靜頷首道：「妳能這麼想就好，姊姊希望你們兩個能和和氣氣、恩恩愛愛地過日子。」

姊妹倆又說了一會兒話，房言見房淑靜臉上有了倦意，趕緊叫丫鬟進來服侍她休息。

等房淑靜歇下，房言也回自己的房間去休息了。離開之前，她趁著房淑靜不注意，朝桌上的茶壺裡滴了一滴靈泉。

午睡醒過來之後，房言先去看房淑靜，見她還在休息，房言就跑去自家後大院。如今天氣正暖和，看到後大院各種植物生機盎然的樣子，房言的心情相當愉悅。

走著走著，房言到了養雞與養豬的地方。比起京城莊子上那些雞與豬，家裡這些牲畜的體積可是大上許多，不但早就能宰來吃，也能充分利用牠們的骨頭熬湯了。

光是想像骨頭熬出來的湯會有多美味，房言就覺得自己的口水要流出來。

吃晚飯時，大夥兒喝的湯，正好就是下午王氏熬給房淑靜的。因為湯熬得太多，房淑靜根本喝不完，但是這些湯又非常有營養，倒掉實在浪費，所以王氏又讓人端上來。

房言喝了一口雞湯，閉上眼感受一下這道湯的精髓。雖然裡面有些中藥的味道，但還是相當可口。

吃完飯，大家坐在一起喝喝茶、聊聊天，房言就趁這個時候提出自己的想法。

「爹，您覺得咱們家的野味館推出一些新的湯品如何？像是今日咱們家喝的雞湯以及大骨湯。」

房二河思考了一下，覺得小女兒的提議似乎不是不可行。

他還沒開口，王氏就說道：「二妮兒，妳可知道咱們家今日喝的湯費了多少功夫？這是專門給孕婦喝的補湯，不但放了很多貴重的藥材跟雞肉，還熬了很久，要是拿出去賣的話，可就不便宜了。」

房言解釋道：「娘，若是放在咱們家店鋪賣的話，就不用放這些藥材，只需要加一些調味料就成了。」

王氏點點頭，回道：「說得也是。如果不放藥材，那麼熬湯不過是消耗一些柴火罷了，費不了多少錢。」

房淑靜也發表自己的看法。「姊姊覺得這件事行得通，咱們家野味館的吃食簡單了些，藉機改善也好。」

此時房二河開口說道：「爹剛剛想了一下，這個主意的確不錯。目前咱們家養的雞跟豬不少，店鋪裡又用不了骨頭，若是能用這些材料熬湯，再放一些料進去的話，應該會很受歡迎。」

「爹，我覺得除了賣新湯品之外，還可以增加一些小菜。之前咱們家只有涼拌菜，全是素的，是時候推出葷菜了，例如涼拌雞絲跟豬耳朵之類的，爹可以考慮看看。」考量到整體的經營方針，房言覺得不如連其他方面也一併改善。

聽到小女兒說的話，房二河點點頭。「是該改進了，之前爹也想過，卻因為太忙而擱置在一旁。過去咱們家經營野味館的主要目的是讓人吃飽，但是府城跟京城很多人並不只是想填飽肚子，客人們進店鋪的原因是喜歡咱們家吃食的味道，所以也該讓他們有多一點選擇。」

王氏疑惑地問道：「吃飯竟然還有這些講究？去咱們家的店鋪，不就是為了吃包子跟饅頭，好解決掉一餐嗎？」

房言解釋道：「娘，咱們家的店鋪既然叫『野味館』，自然要多做一些肉食。那些雞與豬也是用咱們家的野菜餵養的，有獨特的味道，將牠們的效用發揮到最大，不僅能豐富菜單，還能給客人們更多享受，我覺得很好。」

小女兒這番話讓房二河有些熱血沸騰，他思索一會兒之後，說道：「二妮兒，明日咱們就在家裡試做雞湯與大骨湯吧，其他小菜另外找時間做。先看看熬湯會耗費多少成本，再看看怎麼定價。」

房言笑著回道：「好的，爹。」

第二日一早，房二河就差人去後大院抓了一隻雞過來。

房言看到之後，說道：「爹，不如讓人多抓幾隻雞回來，試試看一隻雞能熬多少雞湯？咱們家是做吃食生意的，雞湯的價格肯定不能太高，要是跟平常家裡熬雞湯的做法一樣，只怕一碗得要價十幾文錢，到時就很難賣出去了。」

房二河一下子就明白房言的意思。她當初釀造葡萄酒的時候也是這樣，先看看要放多少葡萄、密封多久跟要不要放糖，反覆試驗過才能抓到最好的製作方法。

「好，就聽妳的。」房二河說道。

僕人抓了三隻差不多大小的雞過來之後，就拿去廚房由廚娘涂嬸宰殺。涂嬸取下雞肉之後，剁好一些帶肉的雞骨，就將三隻雞的雞骨分別放進鍋裡熬製，用來熬湯的水量則有多、中、少三種。

因為這次裡面沒有放藥材，所以一個時辰之後雞湯就熬好了，最後涂嬸在湯裡加了點調味料，就大功告成。

房言要僕人每鍋湯各盛兩碗過來，她先從水放最多的那碗湯喝起，嚐了一口之後，她點點頭說道：「嗯，味道不錯。」

依序嚐過熬湯水量中等與最少的湯之後，房言覺得都很好喝，不過目前看來，水量中等的最好。

喝完湯，房言看著她爹，想知道他有什麼意見？

房二河想了想，說道：「味道是不錯，只是這樣一碗沒什麼東西的清湯，會不會有人買？」

聽到房二河的話，房言陷入沈思。的確，她沒見過有人這樣賣湯，一般來說，裡面不是放著幾塊雞肉，就是摻了麵條。

該怎麼辦才好呢？盯著碗裡近乎透明的雞湯，房言不斷思考解決的方法。

想著想著，房言站起身來走進廚房，四處張望這裡有的東西，忽然間，她眼前一亮。

房言拿一顆雞蛋放在碗裡打散，然後要涂嬸從鍋裡盛出一勺子滾燙的雞湯，直接往上面澆，變出一碗滿是蛋花的雞湯。

喝了一口湯之後，房言雖然覺得很美味，但味道還是跟她記憶中的有些出入。於是她放下碗，開始在廚房內尋找材料。

這番動靜房二河自然察覺到了，他雖然有些疑惑，但是並未打擾房言。他走進廚房，看到房言剩下的一、兩口蛋花湯，就拿起碗來試了一下味道。

房二河覺得雞湯加入打散的雞蛋之後，味道、口感與賣相都變得更好，他剛想跟房言說這樣就行了，卻發現她正讓涂嬸把麵粉與水混在一起。

見狀，房二河不禁疑惑地問道：「二妮兒，妳這是做什麼？」

只見房言神神秘秘地回道：「爹，您一會兒就知道了。」

點點頭，房二河說道：「爹覺得加了雞蛋之後，湯就更好喝了，妳怎麼會有這麼多鬼點子呢？」

房言一邊指揮涂嬸，一邊跟房二河說道：「我是覺得咱們家的雞蛋多了一些，若是能加進湯裡的話，不是很好嗎？」

聽到房言的解釋，房二河笑著回道：「嗯，這主意不錯。」

即使雞蛋供應給了童家，又加賣了蛋餅，但是隨著養的雞數量上升，房二河家的雞蛋又漸漸變多，需要找地方消耗。

涂嬸和好了麵粉跟水，將液體倒入鍋裡，稍微攪拌一下就蓋上鍋蓋，然後又照房言的吩咐，拿起一顆雞蛋放在碗裡打散。等到鍋裡的雞湯再次沸騰之後，涂嬸盛起一勺雞湯，高高地揚起來，迅速倒在放雞蛋的碗裡。

房言端起碗來喝兩口，閉上眼睛默默地回味一下。嗯，就是這個味道，要是加入玉米粒跟肉絲的話，可就是玉米濃湯了啊！不過這個時代不像現代社會，隨便找都有玉米粒罐頭或是新鮮的玉米粒可用，所以即使缺少這樣材料，房言也很滿意了。

「爹，成了，您嚐一嚐。」說著，房言就要把自己手裡的碗遞給房二河。

碗還沒遞到房二河手裡，房言突然覺得自己這樣做似乎不太妥當，趕緊縮回手，說道：「算了，爹，還是讓涂嬸再做一碗給您吧。」

房二河笑著回道：「沒事，爹喝這碗就行。」反正是自己的小女兒用的碗，沒什麼好嫌棄的。

喝了一口之後，房二河驚喜地讚道：「這味道真好！」

父女倆正喝著湯呢，王氏與房淑靜走過來了。

王氏看到他們正在喝湯，笑道：「我當你們是做什麼去了，沒想到竟然躲在廚房裡享受呢。」

房言回道：「娘、姊姊，妳們快來嚐一嚐，這湯可好喝了！」

王氏調侃道：「難不成妳這湯比娘昨日熬給妳姊姊的雞湯更好喝？」

「昨日您熬的湯也好喝，就是有些油膩，這個味道不太一樣。」

一旁的涂嬸見狀，手腳俐落地馬上做好兩碗湯。

王氏接過一碗，說道：「娘就來嚐嚐怎麼個不同法。」她端著碗喝起來。

這一喝，王氏不禁讚嘆道：「味道果然很好，二妮兒，妳這是從哪裡學來的法子？」

房淑靜喝了之後，也贊同。「小妹想出來的法子就是出色，我看啊，真比昨日娘熬的雞湯好喝。」

王氏聽了這話，假裝生氣地道：「妳們兩個啊，就是生來專門氣娘的！」

喝完湯之後，一行人就離開廚房，等到吃午飯時，大家又一人喝了一碗湯。徵詢過眾人的意見，房言決定把這湯取名為「雞骨蛋花湯」。

第一〇六章　蒸蒸日上

下午，房言又要涂嬸熬了大骨湯，做法雖然相同，味道卻不一樣，這道湯命名為「豚骨蛋花湯」。

接下來，房言開始跟房二河商量這兩道湯該怎麼定價。

經過試驗，他們決定選用中等水量熬湯，這樣一來，一隻雞的骨頭大概能熬製二十碗湯。水量相同的情況下，豬骨頭能熬的湯較濃，所以量多一些，大約二十五碗。

調味料、柴火、骨頭與雞蛋本身的價格，加起來大概是五十文錢左右，雖然雞骨、豬骨跟雞蛋都是自家的，但是店鋪裡的人卻是另外聘用，而且還要負擔店租，這樣算一算，一碗雞骨蛋花湯的成本大約三、四文錢，豚骨蛋花湯則是三文錢左右。

審慎思考過後，房二河說道：「要賺錢的話，雞骨蛋花湯一碗得賣六文錢，豚骨蛋花湯則是一碗五文錢。」

房言點點頭。這個價格跟她預設的差不多，於是她回道：「我覺得這樣可行。」

接下來，他們又針對放到湯裡的材料以及熬製的時間試驗幾天。

房言想到前世喝的玉米濃湯裡都會放肉絲，所以她提議道：「就加點肉絲吧，若是客人想在湯裡加入肉絲的話，就多收一文錢。」

經過嘗試之後，房二河同意了房言的建議，因為這樣湯的確變得更美味了。

過了幾天，府城的野味館率先推出雞骨蛋花湯與豚骨蛋花湯。這次他們沒進行什麼宣傳，直接向顧客們推薦這兩種湯。

「客官，您要不要試一試我們店裡的雞骨蛋花湯和豚骨蛋花湯，保證和您之前喝過的不一樣。這些湯熬製很久，裡面還放了不少調味料，再加上一個打散的雞蛋，以及本店的獨門秘方，真是美味極了！」

客人一聽到夥計這話，就說道：「那就來一碗雞骨蛋花湯吧，我倒是要試一試，這湯是否真的像你說的那麼好喝？」

夥計笑了笑，又道：「行，那客官要不要加肉絲，喝起來味道更好，只不過加了肉絲要多一文錢。」

客人點點頭，說道：「成。」

房言與房二河前一天晚上就先來到府城的店鋪，看到一早店裡就有不少客人點了雞骨蛋花湯與豚骨蛋花湯，而且對湯的味道讚不絕口，房言不禁感到非常開心。

這個情形讓房二河也很滿意，笑道：「這兩道湯果然很受歡迎。」

房言回道：「是啊，看來咱們家這個月的收益又要提升了。」

童錦元一得知房言來到府城，立刻趕過來。他走到野味館裡，先去跟房二河打了一聲招呼。「大叔。」

房二河見童錦元來了，笑道：「錦元來了啊。」

自從房言與童錦元訂親之後，他們兩人相處起來更沒有壓力，也更親近了。面對即將成為自己女婿的童錦元，房二河也改了稱呼。

房言笑著問道：「吃過早飯了沒？要不要嚐一嚐我們家的新產品？是我想出來的喔。」

童錦元回道：「我還沒吃早飯。」

「那你喜歡雞骨蛋花湯還是豚骨蛋花湯？」房言問道。

「都可以，妳更喜歡哪一種？」童錦元偏著頭問道。

房言回道：「那就雞骨蛋花湯吧，我覺得早上喝這個比較清爽，對胃的負擔不會太重。」

「好。」

等湯與包子上桌之後，房言就在童錦元的對面坐下來。看到他喝了一口湯，她一雙眼睛就眨也不眨地盯著他問道：「好不好喝？」

童錦元本來想逗一逗房言的，但是看到她一臉期待的樣子，很怕她失望，於是他就老實說道：「嗯，好喝，我非常喜歡這個味道。」

房言露出滿意的笑容。「嗯，你喜歡就好。」

「這裡面放了什麼東西嗎？喝起來有雞湯的感覺，但是又不太一樣，而且蛋花帶來了滑順的口感，整體非常有層次，不得不說妳的心思還真巧妙。」童錦元喝了幾口之後評價道。

房言止不住內心的得意，她微微抬起下巴道：「那當然了，裡面可是有我的獨門秘方，不過不能告訴你。」

童錦元聽了這話，頷首道：「那我不問了，只要好喝就成。」

房言「噗哧」一聲笑出來。「騙你的啦，哪裡有什麼秘方，就是放了一些麵粉勾芡罷了，會做菜的人都知道。真要說有什麼不同的地方，就是食材不一樣，畢竟這些東西都出自我們家，這種獨特的味道別人模仿不來。你看府城那麼多家跟風賣起野菜包子的，有幾家生意過得去？既然我們的野菜好，那家裡的雞跟豬也會受惠，自然每樣東西都好吃。」

看到房言講起這些事情時，神采奕奕的模樣，童錦元覺得自己的一顆心充滿了悸動。

吃完早飯，童錦元又待了一會兒，才準備去對面的米糧店。他依依不捨地看了房言一眼，然後慢慢轉身離開。

此時房言忽然在他背後喊道：「童大哥，你是不是忘了什麼啊？」

童錦元轉過頭問道：「忘了什麼？沒有啊？」說著，他低頭看了看自己身上，並未發現遺漏什麼東西。

只見房言一本正經地道：「你忘記給錢了。」

童錦元一聽到這話，失笑道：「嗯，我忘記了。」

說完，他摘下自己腰間的一個荷包，直接遞給房言。

房言打開荷包一看，裡面竟然全是金豆子，她的臉上立刻浮現笑容。

正當房言想說「謝謝」的時候，童錦元卻說道：「我想著，咱們已經是一家人了，所以吃完飯就忘了給錢。不過這不算是付飯錢，而是給妳把玩的。」

房言一聽，好想說一句「從未見過如此厚顏無恥之人」，但是想到荷包裡那些可愛的金豆子，這句話又嚥了回去。

「行啊，不給錢可以，每次送我幾顆金豆子就成。」房言說道。

見到房言可愛的模樣，童錦元忍不住摸了摸她的頭髮，回道：「好。」

房言在野味館裡忙了一會兒，又去水果齋視察，她很快就發現，府城果然還是比不上京城。原本跟縣城那邊相比，府城的營業額還不錯，但是跟京城相較就低得多了。

等到吃完午飯，休息一會兒之後，房言就去對面的米糧店找童錦元。反正現在她在店鋪裡沒什麼事做，還不如過去找他聊聊。

上了二樓，房言習慣性地要往童錦元對面坐，沒想到剛走到椅子邊，就發現上面放了幾本遊記雜談。

「童大哥，你怎麼知道我喜歡這類書籍？」房言驚喜地問道。

童錦元笑著回道：「嗯，我怕妳無聊，所以就準備了幾本書，心想裡面總會有一本是妳喜歡的。」

聽了童錦元的解釋，房言覺得自己備受呵護，她的嘴角揚起笑容，拿起一本書，翻了兩頁之後說道：「這本我沒看過，附近的書店我都逛過一遍了，你這是在哪裡買的啊？」

「喔，是別人送的。」童錦元說道。他撒了謊，其實這是他要米糧店城北分店的掌櫃在那個區域買的。

房言翻了幾頁，愛不釋手地道：「真希望哪天能四處看看，只可惜我是個女兒身，還不會武功，要不然我早就雲遊四海去了。如今天下太平，百姓們安居樂業，正是遊覽我們寧國大好河山的時候，不能出遠門實在可惜了。」

童錦元看到房言一臉覺得可惜的模樣，不假思索地道：「沒關係，以後成了親，我陪妳，妳想去哪裡，我就跟著妳去。」

聽到這句話，房言翻書的手一頓，有些懷疑地問道：「童大哥，你說的可是真的？」

童錦元點點頭道：「自然是真的。」

房言那顆嚮往自由的心被挑動了，但她還是有些壓抑地道：「可是你們家的生意還需要你管著啊。」

童錦元笑了笑，回道：「妳忘了嗎？我們家除了在府城與京城，據點可多了，像是江浙、雲貴一帶，甚至塞北也有。府城的生意可以交給我爹，京城的有我大伯家看著，咱們可以一邊照看生意，一邊遊玩。」

房言有些激動地道：「你可不能騙我，說要帶我出去，就一定要做到。你要是出爾反爾的話，我就……我就……」

原本房言想說「我就離婚」的，但是她又不捨得，最終只說了一句：「我就再也不理你了。」

童錦元握著房言放在桌上的手，說道：「妳可還記得初次見面時我的模樣？當時我就是剛去了一趟塞北，後來我還去過一趟，這幾年我也時常往江浙那邊跑。」

房言有些疑惑地道：「可是我怎麼覺得你一直在府城啊，幾乎每次我來的時候你都在。」

被這麼一說，童錦元的臉龐微微紅起來，他低聲道：「那是因為知道妳在這裡，所以我才過來的。我去外地的時候，妳恰好沒來。」

看到童錦元羞赧的模樣，房言忍不住笑出來，接著小聲地說了一句：「可別忘了你方才說過的話。」

童錦元學著房言的樣子，小小聲地說道：「嗯，我不會忘記的。」

晚上算帳的時候，房二河檢視今日一共賣出多少碗湯。成果還算不錯，雞骨蛋花湯賣了一百碗左右，豚骨蛋花湯一百五十碗左右。如果按照一碗湯能賺兩、三文錢來計算，這天賺了差不多五、六百文錢。這還只是第一天，房二河相信後面來買湯的人會越來越多，一個月賺個二、三十兩銀子沒問題。

過了幾天，房言又推出了涼拌雞絲、涼拌豬耳朵、滷蛋、滷豆乾等小菜。雖然單看一樣菜的話賺的錢不多，但是所有品項加起來就很可觀了。

房言也把反響比較好的幾種小菜記下來，打算去京城的店鋪推廣，連同兩樣新湯品一起上市。

麥收過後，房二河一家打算再去京城，這時候北方還不是那麼熱，長途跋涉比較沒那麼令人難受。

雖然京城的店鋪有掌櫃的在，房伯玄人也在那裡，應該不會出什麼問題，但是房二河總覺得不親眼去看看，終究無法讓人放心。

還有一點，就是房伯玄今年十月分即將成親，他們夫妻打算讓他直接在京城完婚。回房家村成親不僅疲累，而且麻煩，房二河已經詢問過村長，只要他們成親之後找時間回家祭祖就行。

所以房二河一家此次前往京城，除了自身的行李之外，還準備了各種婚禮需要用的東西，也打算跟將軍府的人再溝通一下儀式步驟、習俗等問題。

房淑靜已返回她與袁大山的家居住，此時她懷孕差不多四個多月，進入了穩定期。探望過她之後，房二河等人就出發前往京城。

抵達京城後，他們確認莊子上的雞與豬已經長成，因此在府城反應極好的湯品跟小菜都能開始販售了。

這次到京城之前，房言就寫信要求高勝幫她訂製一個爐子與鍋子，到了宅院沒多久，高勝就把東西拿過來。

見狀，房二河疑惑地問道：「二妮兒，妳這是要做什麼？」

房言笑著回道：「當然是要熬湯啊。」

看到房言準備的爐子與鍋子，王氏說道：「二妮兒，用這些東西熬出來的湯，不如用大鐵鍋熬出來的好喝，還是照原先的做法吧，這種爐子跟鍋子就是好看罷了，用處不大。」

房言賣了個關子，說道：「爹、娘，到時候你們就知道女兒的用意了。」

野味館開始賣新湯品與新小菜的那一天，房二河跟王氏都等著看房言要拿這些工具做什麼？

房言先去廚房看了看，見湯馬上就要熬好，就吩咐人把爐子放在野味館門口，用柴火燒起來。

接著，房言差人把湯盛在一個木桶裡，抬到店鋪門口，然後把湯舀出來倒進放在爐子上的鍋子裡。

因為這個鍋子沒蓋蓋子，所以香味很快就飄出來，就連早上已經吃過飯的王氏都吞了吞口水道：「二妮兒，這樣弄真的好香啊。」

此刻房二河終於明白小女兒的想法，他笑道：「二妮兒，妳這麼做，可是為了吸引人過來吃飯？」

房言笑著點點頭道：「正是如此。咱們家的湯又香又好喝，可是大街上的人卻聞不到，不如放在門口，這樣就不需要夥計們多費唇舌宣傳了。也不用擺太久，三、四天就行，到時候該知道的人就都知道了。」

王氏聽了之後，忍不住淺笑著說：「妳啊，就是鬼點子多！」

房言起了個頭之後，就交代夥計待在外面看著那鍋湯，又差人在旁邊擺了張小桌子，上面放了幾個裝著打散雞蛋的碗。

這個策略可說是立竿見影，湯才擺出來沒多久，就有人過來詢問了。

「夥計，你們熬的是什麼湯啊，怎麼這麼香？」說著，那個人的肚子咕嚕咕嚕叫起來。

夥計笑著解釋道：「這是雞湯，卻又不僅僅是雞湯，是咱們家用獨門配方熬出來的。」說著，夥計高高揚起手中的勺子，將雞湯倒入裝了打散雞蛋的碗中，很快地，一碗雞骨蛋花湯就做好了。

這個舉動迅速招來路人圍觀，那個夥計看著人群問道：「這就是我們特製的湯，有沒有客官要來一碗？」

有人還真被勾起興趣，說道：「看樣子還怪好喝的，給我來一碗。」說著，那人就走進了野味館。

看到門口的情形，王氏忍不住說道：「怪不得二妮兒總是喜歡找一些能言善道的人當夥計，懂得怎麼說話，來的客人才會多。」

房言笑道：「就是啊，娘，您沒見說書先生總是說得讓人身臨其境嗎？那才是真正的大師啊！」

聽到房言說的話，房二河笑了幾聲，回道：「難不成妳想找個說書先生在門口熬湯不成？」

「爹，我不過是說說罷了，咱們家的夥計還是很能幹的。看這個情形，今日湯品的收入肯定比府城第一天高很多。」

點點頭，房二河贊同地道：「的確，咱們魯東府雖然算是肥沃之地，但還是比不上京城的繁華與富庶。」

房言也道：「是啊，在鎮上，不少人想要免費的湯水，吃饅頭的人也比吃包子的多，畢竟大家賺錢不容易，自然要省著點花；縣城的店鋪跟府城一樣，包子賣得更好，而府城的客人加點菜跟湯的人更多；至於京城，重點在於好不好吃，當地的人對要花多少錢倒是無所謂。」

聽完小女兒的總結，房二河點點頭，說道：「有道理。」

觀察門口宣傳的情形一會兒之後，他們就專心顧起店鋪裡的生意。

過沒多久，房言就聽到有客人說道：「掌櫃的，你們以前的湯實在太難喝了，還是今天這種湯好喝，別家就喝不到這種東西，一會兒再給我盛一碗過來！」

聽到這種話，房言不禁失笑地搖搖頭。

第一〇七章　再見秦墨

這天結束的時候，雞骨蛋花湯與豚骨蛋花湯各賣了兩、三百碗，而且很多人都加了一文錢加入一些肉絲。

別說外面那些食客，就連房仲齊都非常喜歡喝這兩種湯，他說早上喝個一碗，渾身都有勁。

聽到房仲齊這麼說，又見他模樣消瘦，房言著實有些心疼，於是這個晚上她藉口有事要找房仲齊，去了書房。

「二哥，咱們兄妹倆好久都沒說說話了，最近你讀書讀得怎麼樣啊？」

房仲齊已經十七歲，不再是當初那個心性不定的青澀少年。提及這個問題，他平靜地道：「雖不知道今年能不能考中，但是至少感覺自己心裡不再那麼不踏實了。」

點點頭，房言欣慰地道：「那就好。」

回顧了一下自己的學習歷程，房仲齊又道：「說實話，剛開始接觸書本的時候，我極其厭惡，後來不知怎的，覺得自己像是突然開竅一般，書上的知識看過一遍就全記住，不過那些東西都不像是我自己的，有需要的時候才會拿出來應付。」

房言第一次聽房仲齊說這種話，表情頓時變得有些微妙。她心想，難道這跟靈泉有關嗎？

只聽房仲齊繼續說道：「那時候我見別人學習非常費勁，背個書也不如我快，內心還很得意來著。然而過沒多久，我卻漸漸害怕起來，深怕這些知識有一天會從我身邊溜走。果然，好運氣沒能持續多久，到了考秋闈的時候，我就力不從心了。那些知識雖然還在我腦袋裡，卻不能運用在考試上，因為有太多考題光是靠背誦也無法解答。」

想了一下，房言問道：「那現在呢？二哥，你覺得那些東西屬於你了嗎？」

房仲齊點點頭道：「嗯，自從上次考過秋闈之後，我就打算重新好好學習一遍，讓那些知識徹底變成我的東西，才能融會貫通。這麼做的效果很顯著，當我不再過度依賴背誦帶來的好處，就能從各個角度理解文章要傳達的內容。所以即使這次沒考中，我也沒什麼遺憾，最多就是下次再來，反正那些東西不會再丟掉，已經屬於我自己了。」

聽到房仲齊這麼說，房言感到非常驕傲。那個從小就非常寵她、調皮搗蛋的二哥，變成了一個能為自己負責、奮發向上的好青年。

「二哥，我相信你一定能達成目標。」說著，房言起身為房仲齊倒茶。

倒茶的時候，房言悄悄放了一滴靈泉進杯子裡，再把茶杯遞給房仲齊。雖然房仲齊不再那麼需要接受靈泉的幫助，但是如今的他想法改變，肯定比過去更容易發揮靈泉的作用。

這個世界階級森嚴，一個男子若能考中科舉、當上官，可說是一步登天。既然她擁有靈泉這麼好的工具，為何不用呢？反正這個世界本來就不公平，地位較高的人掌握更多資源再正常不過。

對房言來說，如何能讓自己家輝煌下去，才是她要考慮的問題。雖然她大哥已經考中狀元，但若是他們家能再出一個做官的人，整個家族想必會繁榮昌盛很長一段時間。

看房仲齊一滴不剩地把茶喝下去，房言說道：「二哥，再過一陣子就要考試了，我先回房去，你也早點休息。」

聽到這話，房仲齊起身對房言叮嚀道：「天色這麼晚了，走路的時候小心點。」

房言笑著回道：「好。」

送走房言之後，房仲齊本來打算今日早點休息，可是瞄了一眼書本之後，他就發現自己今日的狀態非常好，於是立刻拿出一篇文章仔細研讀。一個時辰過後，他才想起自家小妹的叮囑，趕緊洗漱歇息。

六月初一那天，房言去了水果齋，還不到下午，年分久的葡萄酒就已經賣完，只剩下幾個人來買其餘的葡萄酒。

雖然一樓的客人還很多，但是房言想看帳本，於是她上二樓找了個角落窩著。沒多久，她眼前籠罩了一片陰影，接著就有一個人往她對面坐下。

「房二小姐最近生意可好？」

開口說話的那個人有一張俊俏非凡的臉，但是想到當初他威脅自己，房言就覺得一肚子火氣無處發洩。不過，這個人身分畢竟非常尊貴，加上她又從他那邊拿了不少黃金，她的心情頓時恢復平靜。算了，為了日後的美好生活著想，不僅不能得罪他，還要好好巴結才是。

「許久不見，公子越發氣宇軒昂。您怎麼有空過來？」房言問道。

秦墨笑著回道：「今日無事，出來轉轉。」

房言心想，出來轉轉怎麼就轉到他們家水果齋來了？

「可是家中老爺想買咱們家的葡萄酒？若是有這個需要，您跟我家大哥說一聲就是，怎敢煩勞您親自走這一趟呢？」

秦墨聽了之後，搖著扇子道：「我今日是想到處逛逛，看看京城各個地方的狀況。」

房言趕緊拍馬屁道：「公子心繫天下百姓，著實是寧國之福，相信寧國會越來越好，國運昌盛。」

聽到這句話，秦墨聯想到一事，心頭一動。

確定此刻二樓沒其他客人，秦墨向自己的隨從使了個眼色，隨從就過去跟夥計說了幾句話。房言見秦墨是想讓自家夥計下樓去，只能點點頭。眼前這個人可是站在權力的頂峰，她得罪不起，只能順著他的意。

夥計離開之後，房言有些緊張地等待秦墨開口，沒想到他卻一點都不著急，緩緩喝著茶，一言不發。

房言心想，反正要問事情的是他，她著急什麼啊。想到這裡，房言整個人放鬆不少，淡定地喝起茶來。

過了一會兒，秦墨問道：「我聽聞妳曾見過渡法大師，可有此事？」

房言沒想到秦墨會問這個。繞了半天，原來他是假借探訪民情來打聽此事啊。

她不慌不忙地喝了一口茶，才緩緩說道：「確有此事。」

秦墨頓了一下，問道：「大師跟妳說了什麼？」

房言聽到這個問題，似是有些不解，她看了秦墨一眼，問道：「公子為何會好奇此事？」

秦墨搖著扇子說：「難道妳不知道嗎？渡法大師見了妳之後，就雲遊四海去了，不知道何時才能再回來？據悉，渡法大師離開最長的一次是六十年，也許妳我有生之年再也見不到他了，所以我才會好奇他到底跟妳說了什麼？」

房言一向不在意這種事，所以她到現在才知道，渡法大師那個活神仙真的像小沙彌說的那樣，「去了該去的地方」。

可是，渡法大師見了她之後就離開，這還真是給她找麻煩啊……

看到秦墨目光灼灼，房言想了想，說道：「也不是不能告訴您。當時我正要跟人訂親，因為我爹娘擔心我跟對方的姻緣，所以想去皇明寺算一卦。沒想到在機緣巧合之下，我竟得以見到傳說中的渡法大師，因此我就問了跟我未來夫婿有關的問題。」

房言原本以為，秦墨聽了她的話會覺得事情真相原來這麼無聊，不料他卻問道：「妳已經訂親了？」

秦墨這麼一問，房言不禁覺得他有些多管閒事，於是她不帶任何感情地回道：「我今年已經十五歲，決定成親的對象沒什麼不對。我與我未來的夫婿自小相識，訂親也是水到渠成，年紀到了卻完全沒動作才奇怪吧。」

秦墨被房言這麼一頂，頓了一下才又問道：「那妳喜歡他嗎？」

房言笑著回道：「自然喜歡。況且渡法大師說了，我跟他是月老牽的線，天造地設的一對。」

秦墨有些落寞地喃喃說道：「是嗎？原來如此。今日叨擾姑娘了，這個算是賠禮。」說著，他示意隨從拿來一個小箱子，然後站起身來。

看到秦墨就要離開，房言決定編個不算是騙人的謊言。「其實渡法大師還說了一些事。他說您是寧國的福音，本來國運只剩三十年，但是有了您，還能延續個幾百年。」

秦墨的表情又是欣喜，又是激動，他忍不住問道：「此事當真？」

房言堅定地點點頭道：「對，是真的。」

其實房言也希望這件事是真的，因為她救了秦墨跟當今聖上一命，所以他們的關係還算不錯，若他將來能登上皇位，對她家算是利多。

秦墨無法保持鎮定地走來走去，最後他停在房言身邊，問道：「大師可還曾說了別的？」

房言裝出仔細回想的樣子，然後搖搖頭道：「未曾提起別的，就連這幾句話，也是大師隨意說出來的。」

秦墨雖然有些失望，但是想到剛才房言說過的話，他的心情又變得很好，還對房言說道：「多謝。」

講完這句話，秦墨深深地看了房言一眼，就快步離去。

等秦墨跟隨從下樓之後，房言就把那個小箱子移到自己面前。打開之後，裡面的東西依然沒讓她失望。
把玩箱子裡的金子一會兒之後，房言就把東西放回去。現在她謹慎多了，這個箱子暫時不能收起來，要等到她回家之後才能收入空間。
身為六皇子的秦墨剛離開，說不定他的政敵還在附近暗中觀察，尚未離去，她可不能讓自己的秘密曝光。
守在一樓的夥計與二掌櫃的一見秦墨等人走遠，紛紛鬆了口氣。他們雖然不知道秦墨的身分，但是一看就知道此人非富即貴，至於他跟自己的主家有什麼關係，就不是他們這些人需要知道的事了。
房言又在水果齋坐了一會兒，就回京城的宅院去了。

童老夫人得知房言一家人來到京城，特地邀請王氏與房言去他們家作客。
關於這件事，房二河跟王氏覺得有些不好意思。童老夫人是長者，他們身為小輩，理應主動上門拜訪，不過他們這幾天才剛到京城，還沒抽出空來，這會兒既然收到請帖，就順便帶著家裡的葡萄酒去了。
抵達童府之後，房言受到來自童老夫人的親切問候。「看看，這小姑娘長得多好，真是讓我這老太婆越看越喜歡！」
常氏也在一旁說道：「是啊，我從未見過長得如此貌美的小姑娘，而且既聰明又懂事，教人怎麼不歡喜？」

饒是房言臉皮再厚，也忍不住害羞起來。

王氏趕緊謙虛地回道：「老夫人與大夫人快別誇她了，這樣下去她可要得意了呢。」

幾個大人接下來開始閒聊，話題不外乎是家裡大大小小的瑣事。雖然房言家如今算是富裕，他們卻很少參與這類聚會。

除了將軍府跟童府，房言並未去過達官顯貴之家，嫁給童錦元之後，不知道能不能減少這種應酬？說實在的，雖然房言很會跟顧客交流，但是這跟有身分地位的人交往差很多，她除了微笑、偶爾搭搭腔，也不知道該做什麼才好？

房言心想，嫁進一個有些底蘊的人家，這種事似乎難以避免。好在童家起步不算久，家裡人口也簡單，否則京城內有些人家可是從寧國建國起就存在了，嫁進那種地方她還能活嗎？別說肯定沒時間去做生意，只怕連做實驗跟喘口氣的空閒都沒有。

等到離開童府的時候，房言覺得自己的臉都笑僵了。上了馬車，她倒在王氏身上，有氣無力地道：「娘，好累啊……」

不光小女兒疲倦，就是王氏自己也覺得精力被抽乾了。不過即使再累她也要好好應付，因為這是小女兒未來的婆家，她可不希望在她還沒進門之前就讓人留下話柄。

想到這裡，王氏摸了摸女兒的頭髮，說道：「面對這種事，一開始可能不太自在，妳以後習慣了就好。」

王氏也是透過跟將軍府打交道，才漸漸懂得所謂「上流社會」那一套。她終究出身自小地方，不是很喜歡那種氛圍，所以比起京城，她更想待在魯東府。

反正小女兒將來會在魯東府生活，不會有太多這種應酬。大女兒就更好了，袁大山雖然身為百戶，但是從軍的人比較不會有這類聚會，她也能省心一些。

在京城待了一陣子之後，房二河看京城的生意已經很穩固，再加上王氏惦記懷有身孕的房淑靜，於是一行人便啟程回府城。

這次房仲齊選擇跟著他們回去，因為再一個多月他就要參加秋闈，考試地點正在魯東府。臨近考前，房仲齊打算在最熟悉的環境裡靜心準備，儘量隔絕所有外界的干擾，提前回鄉的話，他也能好好休息，調整身體的狀況。

不料，回到家之後，房言忽然吐得昏天暗地，這可把大家嚇壞了。房二河趕緊差人去找郎中過來，王氏也忍著微微有些想吐的感覺，去小女兒的廂房那邊探望她。

看到房言臉色蒼白，王氏心疼得不得了。

郎中過來為房言把脈之後，說道：「二小姐身體無礙，大概是有些中暑，又吃了太多涼品，再加上路上顛簸才會這樣。」

王氏一聽才放下心來，回道：「多謝郎中。」

誰知丫鬟剛把郎中送出門，王氏就扶著門乾嘔起來，房二河連忙走上前，擔憂地問道：「孩子他娘，妳怎麼了，可有什麼不適？」

王氏勉強地出笑容說道：「我沒有大礙，可能坐馬車坐太久，有些暈車。」

房二河皺著眉頭道：「要不然再讓人把郎中請回來吧，幫妳也看一看。」

王氏搖了頭，回道：「我沒事，不用麻煩了。」

房二河只好說道：「好，不過妳身體要是不舒服，一定要告訴我。」

王氏淡淡一笑，說道：「嗯。」

兩個人說完話之後，王氏覺得狀況好一些了，於是她回到房言的床邊，開始念叨起她來。

「二妮兒，娘前幾日就跟妳說了，不要貪涼，吃那麼多冰鎮的東西。妳看看，如今身體不舒服了吧？」

房言虛弱地躺在床上，小小聲地說道：「知道了，娘，我以後一定會少吃那些東西。」

待中藥熬好之後，王氏親眼看著房言喝下去，才回到自己的房間。也許是房言那邊藥味太重的緣故，王氏又開始有些不舒服，不過她忍了忍，那種感覺就被壓了下去。

反正這個下午沒事，王氏索性躺到床上休息，結果她一覺就睡到天快黑。

王氏醒過來的時候，房二河正好也在房間裡，她沙啞著聲音問道：「孩子他爹，這麼晚了，你怎麼沒叫醒我？二妮兒還難受嗎？」

說著，王氏就要下床穿鞋去看房言。

房二河有些擔憂地道：「二妮兒沒什麼大礙了，剛才還來過這裡一趟。倒是妳的身體如何，有沒有哪裡不舒服？」

王氏一聽小女兒沒事，就沒那麼著急，坐在床邊笑道：「我能有什麼事，就是有些累而已。睡了一覺，整個人就舒服多了。」

房二河聽了，點點頭說道：「那就好。」

第一〇八章　王氏有孕

到了第二天早上，王氏醒過來之後，又覺得有些噁心想吐了。不過她努力把這種感覺壓下去，因此一時之間沒人發現她的異狀。她也當自己是頭暈不舒服，或是天氣太熱、吃得太油膩，所以身體不適。

休息了幾天，房言還沒完全恢復，所以她沒往外面跑；王氏怕小女兒無聊，就拿著正在做的衣服過來陪她。

王氏本來就喜歡做些手工藝，如今上午在族學教完課，下午做繡活或衣裳就是她放鬆的一種方式。她教導的一些學生已經能擔起夫子的責任，所以她之前才能放心去京城，回來以後，教課的天數也漸漸減少。

「娘，您這是給誰做衣裳啊？好小件喔。」房言好奇地問道。

王氏拿高小衣裳看了一下，就淺笑著回道：「娘這是幫妳姊姊的孩子做的。」

「哇，真好看。」房言說著，突然想起自己在京城買的東西，於是她問道：「娘，姊姊什麼時候會再來啊？我之前在京城買了幾樣禮物要給未出世的小寶寶呢。要是她不能來，我過幾日再拿東西去府城探望她。」

王氏笑著回道：「她會來。聽妳爹說，妳姊夫有點事情要忙，之後他休沐的時候會把妳姊姊送過來住幾天。」

想到房淑靜要回來住，房言開心地道：「那太好了！」

過了幾日，袁大山依約把房淑靜送過來，曹嬤嬤也同行。放好行李、吃過午飯之後，他們夫妻兩人下午去袁大山以往的住處看了看，然後又回到房二河家。雖然袁大山現在幾乎都待在府城，但是他對那個家很有感情，並不想賣給別人。

袁大山對房二河還有王氏說道：「爹、娘，最近衛所要訓練新兵，我經常忙得連吃飯的時間都沒有，淑靜現在有身孕，我不是很放心，就送她過來住幾日，還要煩勞爹娘照顧了。」

房二河笑著回道：「這有什麼大不了的，儘管讓她住下來就是，你岳母可是天天念著大妮兒呢。好好練兵吧，等忙完這陣子再來接她就是了。」

袁大山趕緊又道了一番謝。

房淑靜住下來之後，一家人都圍著她轉，房言把自己在京城中選購的禮物交給她；王氏也每天要涂嬸換花樣，做些好吃的。

至於房仲齊，他在書房安安靜靜地讀書，不跟大家一起用餐，就連王氏與房二河也不敢隨意打擾這個兒子。僕人們服侍他的時候更是輕手輕腳，時間到了就送飯，等房仲齊吃完飯就立刻收拾乾淨，一句多餘的話都不敢說。

剩不到一個月的時間就是秋闈，現在是最關鍵的時候，看到大夥兒這麼貼心，房仲齊很感激，這對他集中精神準備考試非常有幫助。

不過，房仲齊也不是足不出戶，他下午偶爾會主動去山上走走，或是去族學裡找夫子們聊天、交換學習心得。

跟房仲齊聊了幾次之後，吳秀才忍不住對妻子狄氏說道：「房家村怕是又要出一位大人了。」

狄氏笑道：「老爺，您是說子山嗎？」

吳秀才點點頭道：「是啊，正是他。真沒想到，在京城讀了一段時間的書，他整個人都跟從前不一樣了，有如脫胎換骨一般。看來除了狀元郎的功勞，他個人的資質也很好，只是過去沒能充分發揮而已。」

房仲齊自然不知道吳秀才對他的評價，如今他正致力於寫好策論。房伯玄給過他建議，如何在表達自己意見的情況下博得主考官青睞，對現在的他來說很重要。房仲齊深知這方面的表現會大大影響考試的結果，所以更加用心鑽研。

休息幾天之後，房言又變得活蹦亂跳。釀製葡萄酒的工作雖然早已在謝氏帶領下開工，但她還是要親自巡視過才會放心。

釀造葡萄酒前期的工作相當關鍵，若是這個環節沒處理好的話，釀出來的酒品質會出問題。

出乎房言意料之外，她都快走到做工的地方了，卻沒聽到說話聲。她記得去年這個時候，大夥兒經常說說笑笑，挺熱鬧的啊？

心中存著疑惑，房言快步走近作坊，到了門口一看，只見眾人都認真地做著自己手邊的事，即使偶爾有些交流，聲音也壓得非常低。對於眼前這個情況，房言不是很理解。

只見謝氏說道：「不管做事還是說話，大家都要小聲一點，秀才老爺正在讀書呢，要是吵到他，妳們可就罪孽深重了。」

聽到這句話，房言瞬間明白作坊這麼安靜的原因。其實這裡離她二哥的書房挺遠的，即使大聲喧譁，他也未必會聽見。不過，雖然他聽不到，但是大家在工作場合說話小聲一點也有好處，所以她就不打算糾正這一點了。

房言走過去找謝氏聊了幾句，然後觀察一下眾人的工作情形。雖然有人做得不太好，但是房言並未當場指正，而是私底下把需要糾正的地方告訴謝氏，讓她去跟對方說。

這就像是管理一間公司一樣，該是誰的工作就讓誰去做，否則不但工作的人不信任上司，管理人員也會覺得自己沒發揮用處。

巡視完釀造葡萄酒這邊，房言又去瞧瞧做水果罐頭那邊。水果罐頭一年的工期較長，雖然夏、秋屬於旺季，但是其他兩季也有一些水果，所以她們一直都很忙。

走出作坊的時候，房言遙望著山頭上種的果樹，感到非常滿足，不過她內心忽然有個想法。

當初為了方便，把人集中在這裡做活，所以他們在後大院旁蓋了間作坊。思考了一下，房言覺得他們家這個作坊有些小，大家都擠在一起，也沒什麼地方放東西，如果能另外在房家村附近找個地方建一間較大的作坊，這樣就比較方便統一管理、存放產品了。

想到這裡，房言決定好好考慮這件事的可行性。要是能成功擴大生產規模，將來就有機會賺更多錢了。

就在房言悶頭思索未來的發財大計時，家裡發生了一件大事──王氏懷孕了！

聽到這個消息的時候，房言頓時傻住了，不知道該怎麼反應？

王氏與房二河一直很恩愛，房言對這點有非常深刻的認知，所以她有一陣子還一直在想，王氏什麼時候會再為她生個弟弟或妹妹？誰知等了幾年都沒動靜。就在房言終於死心的時候，王氏竟然有了身孕。

房言一邊往正屋走，一邊思考她娘年紀多大了？好像是……三十六歲？嗯，三十六歲對生過孩子的人來說不算大，而且有她的靈泉護體，肯定萬無一失。

進了正屋，房言就聽到郎中正笑著對房二河說道：「夫人上一次生產過後沒調理好，本來不太可能再懷有身孕，結果她的身體狀況竟奇蹟似地漸漸好轉，所以孩子就來了。」

房二河強忍著內心的興奮說道：「多謝您了。」

郎中笑著點點頭，說：「這沒什麼，不過要多注意一下夫人的情況，畢竟她年紀有些大了，不論是懷胎還是生產的過程，都怕有狀況。」

房二河一聽，斂了斂心神道：「謝謝您提醒。」

待房言走到跟前，房二河才笑著對她道：「二妮兒，妳娘要為妳生個弟弟或妹妹了，妳快進去房間看看她吧。」

「好的，爹。」房言點頭應道。

走進房間之後，房言發現她娘正半躺在床上，臉上的表情看不出來高不高興，而且似乎有些尷尬。

不過坐在床邊的房淑靜倒是一臉興奮地道：「娘，您說巧不巧，咱們母女都有孕在身，可是小的這個卻是長輩。」

聽到這番話，王氏頓時有些無地自容。「大妮兒，快別說了，說出去會讓人笑話，我都快四十歲了，竟然懷了身孕，丟不丟人啊……」

房淑靜還沒說什麼，房言就搶先回道：「娘，這有什麼好丟人的？跟自己的女兒一起懷孕，人家聽了只會羨慕，因為根本沒多少人有這種福分。況且，您今年才三十六歲，距離四十歲還差四年，哪裡老了？」

王氏看著一個已經出嫁、一個馬上就要成親的女兒，不禁覺得自己臉龐的熱度又往上升了。

聽到房言說的話，房淑靜拿起手帕摀著嘴，笑著對她說道：「二妮兒，妳快安撫一下咱們娘吧，姊姊是勸不動了。」

房言走到床邊，淺笑著說：「姊姊，有什麼好勸的，這可是大喜事，咱們家要添丁了，應該要高興才是。」

房二河進房的時候正好聽到房言這句話，他笑道：「二妮兒說得對，這是大喜事。」

王氏看到房二河進來，忍不住狠狠地瞪了他一眼。

被王氏這麼一瞪，房二河反而笑得更開心。他恨不得讓所有人都知道，他馬上又要有孩子了！

去年李氏幫房南生了個兒子，大家都欣羨得不得了，三十多歲還能再有兒子，怎麼看都是件喜事。他年紀比房南大一些，如今也要多一個孩子了，豈不是比房南更厲害？

房言瞄了她娘一下，說道：「娘，您快別不好意思了。大哥在京城做官，二哥要是考上舉人，也不知道會被派去哪裡；姊姊已經出嫁，我也要快要成親，到時候有個弟弟或妹妹在家裡陪您也好，省得妳跟爹太孤單了。」

王氏一時之間還沒想通，只道：「妳姊姊就要生孩子了，今年妳大哥成親之後，大概不到兩年也要有下一代，我們哪裡孤單了？」

得知王氏的想法，房淑靜說道：「娘，這怎麼會一樣？您的外孫與孫子不可能時時刻刻陪在你們身邊，要是您生個孩子，您跟爹不就有伴了嗎？」

房二河贊同道：「大妮兒跟二妮兒都說得對。」說著，他又看著王氏笑起來。

見狀，房淑靜與房言就不在這裡待著，趕快找個藉口出去了。

出了房門之後，房言道：「姊姊，多虧妳細心啊。」

說起來，王氏最近時常噁心嘔吐，房言就看到過幾次，但是每次王氏都說是身子不舒服或是吃得太油膩。房言沒經歷過懷孕這種事，也就沒往那方面想。

然而房淑靜過來住之後，越看越不對勁，趕緊要她爹請郎中過來。郎中過來一診脈，果然發現王氏懷了身孕，這可是大大的驚喜！

房淑靜淡笑道：「這是因為妳沒有經驗，再加上咱們爹娘沒想到會有這種情況罷了。我也是剛剛經歷這種情況，才往這方面想的。」

聽到她這麼說，房言就釋懷了。

等到兩個女兒都離開之後，房二河坐在床邊，緊緊握著王氏的手，彷彿要把激動的心情傳達給她。他說道：「孩子他娘，真好，咱們又要有一個孩子了。」

看到自己丈夫開心的模樣，王氏那種面對女兒們時的尷尬之情淡了一些。

「好什麼好啊，咱們都一大把年紀了……」王氏有些害羞地道，想把手從丈夫手裡抽出來。

房二河卻握得更緊了，他勸道：「年紀越大，咱們越是要珍惜。二妮兒今年都十五歲了，這個孩子才來，實在不容易啊。」

王氏小聲道：「也不知道孩子會怎麼想咱們？」

房二河不在意地笑著回道：「他們會怎麼想？多了個弟弟跟妹妹，是多麼讓人開心的事啊。還記得二妮兒出生的時候，大郎跟二郎天天吵著要看妹妹，大妮兒也天天陪著她。所以妳儘管放心，孩子們只會高興，不會多想什麼的。」

王氏覺得房二河根本沒明白自己不好意思的點，她壓低聲音道：「跟自己的女兒一起懷孕，我就怕……就怕孩子們覺得咱們……咱們老不羞。」

硬著頭皮說完最後三個字，王氏的臉頓時紅得像煮熟的蝦子。

房二河卻哈哈大笑起來，過了一陣子他才說道：「孩子他娘，原來妳在愁這件事啊。我們是他們爹娘，要是孩子們敢笑話咱們，妳就跟我說，看我怎麼修理他們！」

聽了這番話，王氏不僅沒得到安慰，反而更加鬱悶，她掙脫房二河的手，扭過頭不理他了。

見自己的媳婦真的不開心，房二河也不再開玩笑，而是認真地說道：「儘管放心吧，妳剛剛也看到了，大妮兒跟二妮兒得知妳懷孕之後，有多麼開心。她們說得沒錯，從大郎去京城當官開始，孩子們就一個個離開我們，等到後年二妮兒出嫁，就只剩我們兩個了，有了這個孩子，咱們也有伴。」

聽到房二河的話，王氏的眼淚悄悄流下來。

她轉過頭來說道：「孩子他爹，快別說了，他們遲早要離開咱們，這是沒辦法改變的事實。」

房二河摟住王氏，說道：「嗯，所以說這個孩子是上天的恩賜，咱們要好好珍惜。」

王氏趴在房二河懷裡，默默地應了一聲。

雖然沒刻意宣揚，但是王氏懷孕的消息還是傳遍了整個房家村。房二河見有人陸陸續續登門送禮，趕緊要他們最近不要來。一是王氏懷孕還不到三個月，二是房仲齊正在家準備考試，兩個人都需要安靜。

此話一出，頓時沒人敢上門打擾。不管是王氏中年懷孕，還是房仲齊考秋闈，萬一真的因為他們登門拜訪而出了什麼意外，可沒人擔待得起。

不過，房鐵柱與高氏卻像是刷存在感一樣上門了。房二河壓根兒就不打算讓他爹娘見到王氏，只讓他們停留在花廳。理由是，郎中說王氏年紀大了，胎象不穩，不好讓人打擾。

房鐵柱跟高氏雖然對此不太滿意，但是他們早已不敢在這個兒子面前多說什麼，只好跳過這個話題不提。不過他們更關心的，是另一件事。

只見房鐵柱皺著眉頭道：「二河，聽說玄哥兒到時候會直接在京城成親？怎麼不讓他們回老家來，他不是能休假嗎？」

「首先，將軍府那樣的人家，自然有他們的規矩；再來，咱們家離京城太遠，不管是大郎的上司跟同僚，或是將軍府的貴客，都不方便過來。說起來，孩子們在哪裡成親都一樣，總歸會找時間返鄉祭祖，爹跟娘就不用擔心了。」

如今房二河不僅有主見，更能充滿自信地說出自己的想法，找一些藉口對他而言也不是什麼難事。

房鐵柱雖然還是有些意見，但是房二河說的這些話沒什麼能反駁的地方，他只好作罷。

第一〇九章　交換禮物

在房鐵柱與高氏離開之前，房二河差人準備一大堆東西讓幾個小廝跟丫鬟捧著，跟在他們兩人身後回家。

雖然在房二河那裡算是碰了個釘子，甚至可以說是彼此鬧得有些不愉快，但是出門之後，房鐵柱與高氏非常有默契地換上笑臉，尤其是他們後面還跟著幾個捧著禮品的僕人，怎麼看，怎麼有排場。

走在路上，遇到村裡的人，大家都羨慕地看著他們，說出口的全是稱讚的話。

有人說道：「唉呀，叔叔和嬸嬸是去二河家了吧？您兩老的命真好，生了個這麼有出息的兒子，幫你們蓋了一間大房子不說，每回都還會送這麼多禮物。」

說起蓋房子這件事，是房伯玄考上狀元之後提議的。相較於自家的大宅院，房伯玄想到房鐵柱與高氏住的老宅不僅面積不大，整體來說也有些破舊，不禁陷入沈思。考慮了一下之後，他就告訴房二河自己的想法。

房二河聽了之後馬上就同意了。雖然他與他爹娘之間關係很不好，但是就像房伯玄說的，就算村裡的人能體諒他們的心情與做法，但是外人可不一樣，若是存心作梗，甚至會舉發他們「不孝」，這對房伯玄的仕途與他們家的生意都有不良影響。

所以房二河一回房家村之後，就大手筆地從府城請了幾十個匠人，花了不到兩個月的時間，就蓋出一座豪華的四進院子，絲毫不遜色於他們家的宅院。
不過蓋房的時候房二河留了個心眼——這間院子登記在他名下。他蓋房子只是為了「孝順」他爹娘，等他爹娘去世之後，那院子還是他們家的，他哥哥與弟弟一點好處都拿不到。
其實現在以他們家的地位，房大河與房三河也不敢跟房二河爭什麼，他不發話，他這兩個兄弟根本不能住進那間院子。然而，考慮到房鐵柱與高氏的年紀，房二河還是讓他們兩家在那邊生活，目的只有一個，就是照顧他爹娘。
除此之外，因為怕人說閒話，房二河還買了兩個丫鬟與兩個小廝伺候房鐵柱跟高氏，不過他們只負責照顧這兩個老人家，其他人使喚不了他們。這四個人每天還會去房二河家向房一彙報情況，有比較重要的事才會由房一告知房二河。
聽到村人說的話，高氏笑著回道：「二河跟玄哥兒都是孝順的孩子，對我們非常好。」
房鐵柱也道：「是啊，玄哥兒這次還特地差人從京城捎帶一些東西回來給我們。」
關於一家人的面子問題，房鐵柱和高氏的立場很一致，如今房伯玄就是他們家的門面，誰也不能抹黑他。不管怎麼說，房二河那邊總是讓他們走路有風、臉上有光，他們自然會逼自己說些與內心感覺不符的好話。
此時又有人問道：「嬸嬸，聽說二河嫂懷孕了，她的身體怎麼樣啊？」
雖然沒能見著自己的兒媳婦，高氏還是回道：「她身體很好，我就等著她幫我再添個孫子了。」

「唉唷，那真是太好了，沒想到二河嫂年紀這麼大了還能懷孕，真是恭喜嬸嬸了！」

他們跟村人聊完、回到家之後，才發現張氏早就在花廳等著了。

張氏一看房鐵柱和高氏回來，趕緊上前獻殷勤道：「唉呀，爹、娘，我幫你們拿吧，這些僕人們笨手笨腳的，怕東西給碰壞了。」

高氏看了不爭氣的兒媳婦一眼，回道：「那就不用了，要是到了妳手裡，還不知道能不能回到我這個老太婆身邊呢。」

張氏臉色一變，說道：「娘，您這說的是什麼話，我哪裡是那種人啊？」

高氏忍不住瞪了張氏一下，不過看到她接過僕人手中的東西，倒也沒再說什麼。

陳氏聽見外面這一陣動靜，就對坐在她旁邊的少婦說道：「懷真，過去瞧瞧。妳爺爺跟奶奶走了那麼多路，快去關心關心他們是不是累了？」

懷真是房峰的媳婦，目前正懷有身孕，聽到陳氏這麼說，她立刻笑道：「知道了，娘，我這就去，可不能累著爺爺跟奶奶了。」

每次房二河送東西，老宅幾乎都會上演這樣一齣大戲，配角有時候會多幾個人或換人演，熱鬧得很。

幸虧房言他們家幾個人看不到，不然肯定嗤之以鼻。

如今家裡有兩個孕婦，房言也要擔起管家的職責了。

王氏的年紀大了些，又是多年以後再度有身孕，所以大家對她格外留意；房淑靜的肚子也大了起來，走路要特別小心。

房言悄悄地讓她們倆各喝了一滴靈泉。看到王氏臉色更加紅潤，以及房淑靜散發著好氣色的臉龐，房言非常開心。

等王氏的身孕滿三個月之後，房二河終於去了府城一趟。不過房言這次沒跟著去，因為家裡有很多事要忙，加上要看著兩個孕婦，她的身心負荷都挺大的，甚至沒空寫信給童錦元。

人在府城的童錦元總算等到房二河前來，但是沒能搜尋到房言的身影，他微微有些失望。

看到童錦元失落的模樣，房二河馬上就聯想到原因，對他說道：「錦元，二妮兒在家裡照顧她娘，所以沒能跟著過來。」

童錦元一聽到這話，馬上關心地問道：「大嬸可是身體不適？」

想到自家媳婦有身孕的事，房二河笑著回道：「並非身體不適，而是二妮兒要當姊姊了。」

童錦元愣了一會兒才明白這句話的涵義，他趕緊說道：「真是恭喜大叔了。」

房二河頷首微笑道：「多謝。」

童家得知這件事之後，於情於理都要去房家探望一番。

抵達房言家之後，在丫鬟的引導下，江氏帶著自家兒子去了王氏的房間。因為房言與童錦元已經訂親，算是一家人，所以沒什麼男女大防的忌諱。

看到王氏即使懷孕皮膚也很好的樣子，江氏不禁有些欣羨。明明王氏比自己小不了幾歲，可是看起來卻像是年輕了十歲，教人不羨慕也難。

見王氏準備從椅子上起身迎接他們，江氏快步上前阻止她的行動，勸道：「妹妹快快坐下，使不得。」

王氏笑道：「不礙事，郎中說我現在狀況還不錯。」

「那就好。」

說著，江氏瞥見兒子跟房言眉來眼去的樣子，便輕咳一聲，說道：「錦元，你去看看僕人們把禮品搬進來了沒有？」

童錦元看了他娘一眼，回道：「是，母親。」

剛才他們到達這裡的時候，他娘就已經吩咐人把東西全拿進屋了，這會兒說這些話，不過是想支開他罷了。

房言反應很快地道：「娘，我去看看茶泡好了沒有？」

王氏笑著點頭道：「嗯，好。」

等房言與童錦元離開之後，江氏說道：「可真是沒想到，妹妹深得老天爺寵愛，又有了一個孩子。看到妳氣色這麼好，我就放心了，可見這個孩子沒怎麼折騰妳。」

王氏有些不好意思地道：「可不是嗎？這個孩子聽話得很，以前懷二妮兒的時候可不得了，折騰得很厲害呢。」

江氏笑了笑，說道：「可是她如今卻如此乖巧懂事，這苦也不算白受了。」

想到房言還病著時的樣子，再想想現在的狀況，王氏回道：「她小時候不愛講話，長大了話倒是很多。」

江氏回道：「甭管她話多還是話少，我就是喜歡她目前這個模樣。」

聽到這句話，王氏感到非常欣慰。「我也很喜歡錦元這孩子，不僅斯文俊秀，也很能幹。」

江氏聽了之後謙虛一番，兩人妳來我往地誇了彼此的孩子幾句之後，話題就回到懷孕這件事情上。

此刻，房言與童錦元正在後大院閒晃，因為剛才離開王氏的房間之後，房言就問了一句：「童大哥，你想看看我們家的葡萄酒作坊嗎？」

童錦元好奇地問道：「難道這不是秘密嗎？竟然能讓我觀看？」

房言點點頭，笑道：「這當然是秘密啊，但是可以讓你看。」

聽了房言這句話，童錦元覺得心裡暖暖的。她這是已經把他當作一家人看待了。

看到眾人安靜地運送葡萄、做工的模樣，童錦元非常佩服房言的管理之道。

房言失笑道：「哪裡是因為我管理得好，是因為我二哥馬上要考試了，不管是來我們家做工的人，還是家裡的僕人，沒幾個敢大聲喧譁的。再過不久，等他考完試，她們應該就會『恢復正常』了。」

因為天氣實在太熱，所以兩人在後大院沒待多久就沿著迴廊往屋裡走。

房言見有一處迴廊正好在通風口，能感受到清風吹拂，索性提議道：「童大哥，不如我們在這邊坐一會兒，屋裡也怪悶的。」

童錦元笑著回道：「好。」

房言家在農村，人口密度較低，況且現在是沒有被溫室效應荼毒的年代，不被太陽照射到的地方，只要有風，就能涼快不少。

由於每天都有僕人會擦拭迴廊，所以非常乾淨。不過童錦元還是貼心地拿出一條手帕墊在上面，然後才讓房言坐下。

雖然房言覺得沒這個必要，但是有人為自己做這種事，她還是挺窩心的。

童錦元坐下之後，見四下無人，就忍不住想拿出放在袖子中的東西。他準備了很久，想尋個最恰當的時機拿出來。

兩個人說了幾句話之後，房言發現童錦元有些心不在焉，於是好奇地問道：「童大哥，你在想什麼呢？」

聽到這句話，童錦元結結巴巴道：「沒想什麼……我……」

瞧他這個樣子，房言不禁疑惑地問道：「嗯？」

童錦元抿抿唇，乾脆不再拖下去，緩緩地從袖中拿出一支木簪，遞給房言。

「送給妳的，不知道妳喜不喜歡？」

房言低下頭，從童錦元的手中拿過那支木簪，仔細地瞧了瞧之後，她稱讚道：「上面的花紋好漂亮啊，是玉蘭花嗎？」
童錦元點點頭道：「對，是玉蘭花。」
房言又看了一會兒，接著就把木簪拿到鼻子前聞了聞，問道：「這是沉香木嗎？好香啊。童大哥，這是你親手做的？」
她之所以這麼猜測是有理由的，畢竟童錦元的表現跟平常不太一樣，加上這又是木製品，很輕易就能聯想到這個可能性。
見房言的眼神閃閃發亮，童錦元有些害羞地道：「嗯，是我親手雕刻的，不知道妳喜不喜歡？若是不喜歡的話，這裡還有一支我買來的步搖。」說完，他就從袖子裡拿出一個小盒子。
這支玉蘭花木簪是童錦元去江記拜託師傅教他刻的，他花了很多時間拿一般木材練習，最後才用上好的沉香木雕出來送給房言當禮物。
房言笑了笑，她接過小盒子打開來一看，不禁稱讚道：「好漂亮的步搖，我很喜歡。」
接下來，只見房言蓋上小盒子，把那支木簪遞給童錦元。
童錦元以為房言喜歡步搖，不喜歡他送的木簪，不禁有些失望，不料房言卻道：「幫我插上吧，童大哥。」
發現自己誤會了房言的意思，童錦元的心情可說是大起大落，他紅著臉，將木簪插進房言的髮間。
等童錦元插好木簪之後，房言就盯著他問道：「好不好看？」

童錦元笑著回道：「嗯，好看。」

房言看著童錦元，又看了看手中的小盒子，說道：「這兩個我都喜歡，全送我了。」瞧房言一臉調皮的樣子，童錦元寵溺地道：「好。」本來這兩樣東西就是準備送給她的，既然她都喜歡，再好不過。

說完，童錦元注意到房言腰間掛的東西，他低頭看了看自己腰間佩戴的玉珮，心頭微微一動。

「言姊兒，我的荷包舊了。」

房言正打開小盒子欣賞那支步搖，聽到這句話，她就抬起頭來瞥了童錦元一下。他的荷包舊了，然後呢？洗洗不就好了，或者找人做個新的啊。

待瞧見童錦元看向她腰間荷包的眼神，房言這才明白他的意思。「童大哥，你是看中我這個荷包了嗎？」

童錦元抿抿唇，心中有些糾結，沒敢直接說出口。

房言笑道：「好啦，童大哥，我改天做一個給你便是，你喜歡什麼花樣的？」

童錦元回道：「只要是妳做的，都好。」

這句話再度讓房言心花怒放。

再過幾天就是秋闈了，房二河一家人都有些緊張。這次除了房仲齊，房森也要上考場。房森已經考中秀才，這是他第一次參加秋闈。因為房北忙著做生意，他們夫妻又對房二河很放心，所以就直接把孩子送到他家。

房二河帶著房仲齊與房森兩人去了府城。考試前一日晚上，房二河要野味館的人做一些東西讓他們好好吃一頓，又差人準備能帶進考場的饅頭。

這些事情房二河已經做過一次，所以不是很煩惱，等把他們倆送進考場，他直接就回房家村了。反正那兩個孩子要在考場裡待好幾天，他在府城待著也無事可做，不如回家照顧懷著孩子的媳婦。

回到家之後，王氏就緊張地問房二河。「他們帶的食物夠不夠？二郎的心情怎麼樣？」

房二河回道：「我看他狀態挺好的，最近一年他都不怎麼說話，也不太玩鬧，倒是有大郎當初的風範了；森哥兒更是沈默寡言，看起來很平靜。」

聽到房二河說的話，王氏卻絲毫無法放鬆，她有些憂慮地道：「天氣這麼熱，也不知道他們會不會很難熬……」

房二河安慰道：「應該沒事，畢竟二郎已經參加過一次考試，怎麼說都比從前更有經驗。」

王氏頷首道：「嗯，希望如此。」

話雖如此，房二河也是有些坐不住。在家裡待了幾天之後，眼看還有三天房仲齊才能出考場，他就坐馬車去府城守著小兒子了。

這幾天房言沒閒著，她正在規劃如何擴大作坊的規模。對於房仲齊考秋闈這件事，她不像她爹娘那樣擔心。

不知道為什麼，房言隱約能感覺到她二哥這次會上榜，畢竟左看右看，他都比過去可靠了不知多少倍，頗有大將之風。不過房言可沒敢直接說出自己的看法，她怕有些事說出來就不靈了。

即便對房仲齊有信心，臨近考試之前，房言還是給他以及房森喝了加入一滴靈泉的茶。

雖然房森比房言年紀還大一些，但是房言卻覺得自己像是看著他長大的。房森的品行極好，若是真的能通過秋闈，也算是喜事一件。只有房家村越來越多人能在科舉上取得成就，他們整個家族才能發展壯大。

第一一〇章 皇帝作客

房二河去了府城之後，房言直接搬去跟王氏一起睡，因為王氏最近太擔心房仲齊，所以睡得不太好。

沒想到，原本房二河在家時，王氏的擔心都寫在臉上，天天跟他碎唸，可是自從房二河離家後，王氏反而變得很淡定。

對於這個情況，房言著實有些驚奇，她忍不住問道：「娘，您不擔心二哥了嗎？」

王氏一邊繡花，一邊道：「怎麼不擔心？不過妳爹不是去府城等妳二哥考完了嗎？有他在，娘很放心。」

房言終於明白問題出在哪裡了。搞了半天，她娘是覺得她爹在家，沒人能在府城守候跟照顧她二哥，所以才著急的，等她爹去了府城，她娘就安心了。怪不得她娘狀態有點差，她爹還是去了府城，想必是察覺到她的心情吧。

想到這裡，房言笑著提起其他事。「娘，您先別繡花了，對眼睛不好，休息一會兒，咱們來商量一件事。我想在咱們房家村附近建一間作坊，您覺得蓋在哪裡比較好？」

王氏驚奇地問道：「那些人不是在咱們家後大院做工嗎？娘覺得那地方還行，妳怎麼又想到在咱們村附近建個作坊了？」

房言答道：「自然是想擴大生產規模。有朝一日，會將這些產品銷往外地，所以要建個作坊。」

目前作坊落在他們家的後大院內，看起來不太正式，不如蓋間像樣一點的，這樣以後要是有外地過來的客商，才能讓他們留下好印象。

王氏花了好一會兒工夫才消化自家小女兒說出口的事。接下來，她就開始思考在哪裡建作坊比較好？因為小女兒想做的事沒有不成的，就算她反對也沒用，況且事實證明小女兒的決定一般不會錯，所以她不如幫忙出點意見。

「我覺得咱們家斜前方的山上挺好的啊，附近還種著我們家的果樹，很方便。」王氏說道。

房言贊同道：「嗯，我跟娘的想法一樣，也覺得那裡好。靠近袁家村那一側，有個地方也像咱們家一樣靠著山，就把那塊地買下來吧。」

王氏點頭道：「對，離得近一些，也好看著點。」

「那好，咱們就買那裡的地。」

此時王氏突然想到什麼，搖搖頭道：「其實妳早就想好要去那裡建作坊了吧？還說要問娘的意見，我看哪，妳就是跟娘說一聲罷了。」

房言全然沒有被人拆穿詭計的困窘，她反而淺笑著說：「怎麼會呢？要是娘說那裡不好的話，我肯定會另外選個地方。」

王氏點了點房言的眉心，說道：「妳啊，就是個鬼靈精，娘肚子裡這個娃兒能有妳一半機靈就好了。」

房言笑嘻嘻地回道：「要是他沒我機靈，我就天天教他讀書，讓他變得比我聰明。」

接下來，房言決定等她爹回來之後，兩個人好好商議一下，著手進行買地、種樹跟建作坊等事宜。

沒多久，房仲齊與房森考完試了。大概是跟上次一樣，他們在考場裡面待久，有些虛脫，當天沒能返村。

許氏著急地來房二河家看了兩次，都沒瞧見他們從府城回來，當天傍晚，府城那邊的夥計才來報信，說房仲齊與房森兩人都累得睡著了，明日才會回來。

得到消息之後，許氏才放下心來。

她與房北一樣，對兒子的要求不高，像房伯玄那樣的人畢竟是少數，他們不能有不切實際的期望。說實話，自家兒子能考上秀才已經很不錯了，以後就算不能再往上爬，找個地方去當夫子，日子也會比一般人好過許多，更不用提秀才有功名在身，能獲得國家各種優待。

說起來，他們不過是擔心兒子出門那麼久卻還沒回家罷了。

第二天中午，房二河帶著房仲齊與房森從府城回來。看到房仲齊的模樣，房言覺得她二哥整個人都瘦了一圈。

房言都看得出來，王氏這個親娘就別說了。自從懷了身孕，王氏的感情就變得更豐富，動不動就要掉淚。看到房仲齊這個樣子，王氏差點又要哭出來，好在房言與房仲齊及時勸阻，她才平復了情緒。

跟大家聊了一會兒之後，房仲齊又去睡了。這麼多天來，他的腦力高度集中在應付考試上，所以整個人還沒能緩過來。睡過午覺、吃完晚飯，跟家人閒扯幾句，房仲齊又有些睏了，王氏趕緊催促他去休息。

看到這個情形，房言想在隔天去看看房仲齊，讓他喝點靈泉之類的，沒想到第二天一早她去找他的時候，他院子裡的僕人卻說他已經去書房讀書了。

房言心想，不是才剛考完試嗎，怎麼又去讀書了？她有些好奇地去書房偷偷瞧了幾眼，見房仲齊真的在讀書，就沒去打擾他，靜靜地離開了。

過了幾天，房仲齊都是這種狀態，房言不禁有些擔心，也沒立刻去找房二河討論擴大作坊規模的事。

這天，房言終於去找房二河商討買地這件事，房二河一聽就答應了。

「爹也覺得在咱們家後大院做工不太好，不如換個地方。畢竟咱們家那塊地就在那裡，來來往往的人太多，爹不是很放心。」

在房二河看來，最初發現的那塊「風水寶地」是他們家最珍貴的寶藏，無論如何一定要保護好。

新的作坊若是建在斜對面的山上，能脫離他們家的範圍不說，也跟山上的果園離得算近，可謂一舉數得。

談完這件事情後，房言提起房仲齊的狀況，並表達她的憂心。

房二河卻一點都不擔心，反而笑道：「妳二哥是要發憤讀書，好為明年的春闈做準備呢。」

聽到房二河這麼說，房言驚訝地睜大眼睛，問道：「這是真的嗎？」

房二河笑呵呵地回道：「自然是真的。」

想不到她二哥現在這麼積極……房言真的很以這個哥哥為傲。他走出了低潮，竭力發揮自己的潛能。

接下來，房二河就去找里正商議買地與建作坊的事。這跟當初買下山頭那塊地的情形一樣，那裡不屬於房家村或袁家村管轄，必須去找里正，里正早已換人，而且風評還不錯，所以房二河不像當初那麼頭痛跟抗拒。

巧的是，房二河家要建作坊的地方有一塊地屬於里正家，另外幾畝地則是里正弟弟家的地，所以直接找里正就能解決這件事。

建作坊是一件有利鄉里發展的事，里正立刻應允下來。

辦好所有的手續之後，就要準備興建作坊了。不過他們現在只能做一些前期的準備工作，因為房伯玄再過不久就要成親，家裡現在忙得很，沒辦法顧及這件事。

既然要興建大型作坊，自然要把葡萄酒的釀造工作一併挪過去。但是那裡還是以製作水果罐頭為主，畢竟每年只有一段時間能釀造葡萄酒，而水果卻是四季都有。

房言與房二河先是忙著討論作坊的整體結構，接著又找專門的匠人過來商議。幾天之後，作坊的架構已經確定，只等著找時間開工。

過了一陣子，報喜的人來了。

夢中千百次的等待，這一次，終於成真了。看到喜報的那一刻，房仲齊相當冷靜，因為他知道他還沒完成最後的目標。

房二河激動得不得了。大兒子十月分即將成親，小女兒已經訂親，大女兒跟媳婦都懷孕了，二兒子還中了舉。

美中不足的是，房森沒能考上。不過沒關係，他今年才第一次參加秋闈，往後的日子很長，未來還有很多種可能。

給報喜的人賞錢、待客、祭祖、舉辦三天的流水席。雖然有一陣子沒做這些事了，但是房二河對整個流程仍舊非常熟悉。

辦完流水席，房二河跟房仲齊就要準備進京，因為房伯玄再一個月就要成親了。

王氏原本應該出席這個場合，結果卻意外懷孕，考量到她的情況，大家都不敢讓她來回跑這麼一趟。

若是去京城住一陣子也就算了，但是嫁娶儀式完成之後，過不了多久，眾人就要回家祭祖，短時間內這樣奔波，對一個高齡孕婦來說實在折騰。

還有一點，房淑靜的預產期就在十月分。袁大山的族親叔叔與嬸嬸自顧不暇，房二河與王氏可不能都不在家。

王氏想守著大女兒生產，房言也想待在自己姊姊身邊，因此房二河到了京城之後，就親自去將軍府告罪。

對於這個情況，將軍府完全能理解，尤其是房家還就他們在京城舉辦儀式，而不是回魯東府，所以他們不僅接受王氏缺席，還補了一份厚禮，祝賀她懷孕。

不過，為了確保他們成親當天各個環節能順暢進行，房伯玄找了翰林院大學士辜大人的妻子幫忙操辦婚禮。

蕭如玉回門的隔天，一行人就往魯東府出發，就在這天晚上，房淑靜感受到了陣痛。

接近預產期時，房言與王氏就住到袁大山與房淑靜在府城的家了。當房淑靜剛有陣痛的跡象，房言就偷偷餵她一滴靈泉，結果一個時辰左右，房淑靜就生下一個白胖胖的男孩。

「恭喜大人，夫人生下一個男孩，小少爺非常健康。」穩婆說道。

王氏伸手抱過孩子，說道：「皮膚真白，跟大妮兒小時候一個樣子，男孩像娘很好，有福氣。」

如今王氏已經有了差不多四個多月的身孕，大夥兒不敢讓她太勞累，讓她抱了孩子一會兒之後，穩婆就接手了。

袁大山緊張到手腳不知道該往哪裡放？他想上前抱抱兒子，又怕自己粗手粗腳地把他弄疼，因為新生兒的皮膚實在嬌嫩。

看到袁大山不知所措的模樣，王氏笑道：「大山，你抱抱他吧。只要托著孩子的脖子，讓他的頭穩住就行，一回生，二回熟，遲早會習慣。」

王氏剛說完，穩婆就很識相地把孩子遞給袁大山。

袁大山小心翼翼地接過自己的兒子，按照王氏的說法抱小孩。一看到兒子要哭了，袁大山趕緊學起穩婆，抱著孩子左右晃了晃，沒想到這一晃，他立刻安靜下來，袁大山頓時覺得非常神奇。

房言雖然沒能立刻抱到小寶寶，但是看到他可愛的模樣，也覺得非常高興。

洗三那天，房二河一行人正好從京城回來。

趕路雖然辛苦，房二河卻一點都不覺得累，只覺得渾身上下充滿力量。看到下一代出生，他很欣慰，新生命的誕生，總是讓人充滿希望。

探視過房淑靜之後，就要回房家村祭祖。這是蕭如玉嫁進房家後最重要的一件事。如果不在祠堂的族譜上謄上蕭如玉的名字，她不會被房家承認，因此她格外緊張。

祭祖過後，蕭如玉終於鬆了一口氣，也能好好跟房言說說話了。

「這裡跟我想像的不太一樣，你們過得甚至比許多在京城中生活的人更好。不僅豐衣足食，還自由自在，要用一句話來形容的話……」蕭如玉思考了一下，說道：「就像是世外桃源一般。」

房言「噗哧」一聲笑出來，說道：「大嫂，妳這話說得不太對，不是『你們』，而是『我們』。這都祭了祖，妳怎麼還把自己當成外人啊？」

被房言這麼一說，蕭如玉也意識到自己說錯話，她馬上摀著嘴道：「唉呀，我錯了，是我們。」

兩個人接著聊起來，房伯玄從外面回來時，聽到房間裡的笑聲，嘴角勾起一抹笑容。看來她跟家裡的人相處得不錯，他不需要擔心了。想到這裡，房伯玄轉身去了書房。

雖然在這裡過得很悠閒，但是房伯玄夫妻沒能在房家村待太久，很快地，他們就要回去京城了。臨行前，蕭如玉依依不捨地跟房言道別，還要房言沒事的時候去京城玩，房言自然滿口答應。

房伯玄成親前，房仲齊就跟著房二河前往京城，但是因為要準備春闈，所以以這次祭祖他沒回來。

等房伯玄夫妻一離開，家裡就安靜下來。雖然很長一段時間只有房言一個孩子在身邊，但是王氏這次的感覺很不一樣，大家相聚之後又各奔東西，讓她頓時寂寞不已。這個時候她終於明白，為什麼當初女兒會說肚子裡的孩子能陪伴他們夫妻倆了。

再過不久就要進入十一月，天氣已經變冷，所以作坊暫時不方便動工，只能等到明年天氣變暖的時候再說。不過買來的那塊地卻能先整理好，等著種上果樹。

皇宮內，寧文帝對秦墨說道：「葡萄酒好像沒了，又得去房侍講家買幾瓶了。」

秦墨笑著回道：「無妨，一會兒兒臣就差人去買。」

看著外面的大雪，寧文帝卻是心中一動，說道：「今日休沐，皇兒跟父皇出去轉轉如何？父皇好久沒出去逛逛了，正好今日下雪，也是別有一番情調。」

秦墨拱手道：「是。」

寧文帝和秦墨輕車簡裝，直接去了房伯玄家。此時房伯玄正在書房，他聽到門房來報的時候不禁有些訝異。

六皇子來過幾次，門房認識他，可是寧文帝這是第一次上門，門房說不出個所以然，只知道六皇子站在一個很有威嚴的人身後。

這個敘述讓房伯玄很快就知道來者何人。能讓六皇子站在他身後陪著的人，還能是誰?!稍微整理一下自己的儀容之後，房伯玄趕緊出去接駕。

「皇上萬歲萬萬歲，六皇子殿下千歲千歲千千歲。」

房伯玄立刻往地上一跪，周遭的僕人一見是皇上，嚇得跟著跪下。

寧文帝笑道：「行了，都平身。修竹，今日朕與皇兒微服私訪，不必講究這些，快去把你們家的好酒都拿上來。」

房伯玄站起身來，頷首道：「好，微臣這就讓人去拿。」

吩咐僕人去拿葡萄酒之後，房伯玄就領著寧文帝與秦墨在府裡轉了轉，不過最後寧文帝卻開口說要去他的書房。

雖然房伯玄是個有心機的人，但是能讓他凡事都滴水不漏的原因，在於他的謹慎，即使在自己家裡，他也不會留下任何蛛絲馬跡。在他看來，記在紙上的東西都不是自己的，只有印在腦子中的東西才是，所以他習慣在離開書房前銷毀一些東西，不怕有人進來時看見不該看的。好在他的記憶力非常好，所以這麼做的時候沒什麼心理負擔。

進了書房，寧文帝與秦墨都覺得迎面撲來一股熱浪，跟外面的冰天雪地帶來的寒冷相差甚遠。

寧文帝笑道：「修竹這房間甚是暖和。」

說完之後，寧文帝忽然覺得有些怪異，卻說不上來是哪裡不對？

過了一會兒，只聽秦墨說道：「怎麼沒看到取暖的火爐？這熱氣又是從哪裡來的？」

此時寧文帝終於反應過來。對，就是這種感覺。明明比放了火爐還要暖和，卻沒看到熱源。

房伯玄笑著解釋道：「稟告皇上、六皇子殿下，微臣這個房間裡的確沒有火爐，熱氣的來源是我們腳下。」

聞言，寧文帝低頭往下看，疑惑地問道：「腳下？」

房伯玄點點頭。「對，就是腳下。皇上與六皇子殿下請坐，容微臣慢慢道來。」

待寧文帝與秦墨坐好之後，房伯玄說道：「微臣房家村的宅院在地底裝了一種管道，熱氣就是通過管道傳過來的。這個地方原本沒這東西，但是微臣去年翻修過屋子，這管道就是那時候裝上的。說起這件事，全要歸功於微臣的小妹，之前微臣家決定興建宅院時……」

等房伯玄說完，寧文帝更好奇這裝置到底是什麼模樣，而秦墨則是更在意房言這個人。

「修竹的妹妹當屬曠世奇女子，竟然能想到這種取暖的方法。」

聽到這句話，寧文帝忍不住看了自己的兒子一眼。

第一一一章 喜事連連

聽到秦墨這麼說，房伯玄卻像是毫無所覺似的，只道：「六皇子謬讚，微臣的小妹不過是怕冷，又嫌棄火爐使用不便罷了，實在嬌氣得很。在發現家裡的煙囪是燙的之後，她就萌生出這種想法，加上微臣的父親寵愛她，不管她說什麼，微臣的父親都照做，才有今日這番成果。」

寧文帝點頭讚道：「修竹之父確實疼愛子女，是一位好父親。」

房伯玄話家常似地說道：「後來父親跟微臣提起這件事的時候，微臣才知道，原本父親也不相信小妹，只覺得不成功的話大不了不用就是，若是直接拒絕，只怕傷了小妹的心，所以才同意的。」

此話一出，寧文帝與秦墨都笑出來。

寧文帝如今年紀大，身體也不如年輕的時候，更怕冷了，所以對房伯玄家裡的地暖很感興趣。

於是房伯玄領著寧文帝與秦墨去其他房間察看，然後又去專門燒地暖的房間介紹整個系統運作的情形。因為這間宅院比較大，怕房間太多導致暖氣供應不足，所以光是前院就有兩個房間擺了鍋爐。

進了鍋爐房之後，房伯玄說道：「這裡燒鍋爐，然後上面燒水。冬天天冷，家裡的僕人們洗衣服時都用這裡的熱水。」

這種體恤僕人的行為，讓寧文帝在心中增加了許多對房家的好感。

寧文帝與秦墨離開之後，第二天一大早，宮裡就有幾個工匠前往房伯玄所在的翰林院。

這是皇上吩咐下來的事，所有人都不敢怠慢，於是房伯玄就請假帶著這些工匠回家。因為當初做地暖的是家裡的僕人，讓他們在現場對著地暖的架構直接溝通比較好。

工匠們研究得差不多之後就回宮裡去了，過了幾天，寧文帝又把房伯玄家裡一個管事召進宮。

原來寧文帝打算先在一間偏殿進行改造，若是舒適的話，他打算等明年開春對皇宮進行大改造，所以想先請教這個管事的意見。

皇宮的工匠工作效率非常高，不出十天，偏殿的地暖就做好了。在裡面待了一天之後，寧文帝就再也不想住只有火爐而沒有地暖的房間了。

緊接著，賞賜就下來了，表面上說是給房伯玄，其實想也知道是給房言的，因為裡面全是黃金。

房伯玄差人將這些黃金送去給房言，當房言看到房伯玄寫的信時，才明白這些黃金的來歷。

數了數黃金的數量，房言覺得，即使她以後不把地暖發揚光大用來賺錢，這些黃金也夠了。至於沖水馬桶，就再看看日後有沒有機緣能推廣了。

隨著一場場大雪降臨，新的一年又將到來。今年過年的時候，身為房二河準女婿的童錦元也來拜年了。

童錦元照例給了房言一盒子金豆子，房言先是瞄了童錦元的配件一眼，接著就對他說道：「你跟我來。」

雖然他們兩人已經訂親，但多多少少還是要避嫌，所以童錦元站在庭院裡的一棵樹下等房言。房言把裝金豆子的小盒子藏進空間，然後從自己的抽屜裡拿出兩個做好的荷包。

童錦元等了一會兒，房言就從房間裡出來了。

只見她盯著童錦元腰間的荷包，有些嫌棄地道：「都舊了，也不知道換個新的。」

聽到她這麼說，童錦元笑著回道：「因為是妳繡的，我不捨得扔。」

去年童錦元開口向房言要荷包時，房言隨即繡了一個給他，結果他成天佩戴著，根本不想換，很快就舊了。

房言將手中的兩個荷包遞過去，碎唸道：「舊了就跟我說，我再另外幫你做。」

童錦元微笑著接過，說道：「好，下次我一定會說。」

看著童錦元的笑容，房言的嘴角不自覺地往上揚。接著她像是想到什麼似的，指著自己的頭髮說道：「好看嗎？」

童錦元看向房言指的方向，才發現她戴著他之前送的那支步搖。意識到這點之後，他馬上稱讚道：「好看。」

「你親手做的那支木簪我平時也會用，但是我娘說，過年的時候不能戴太素的首飾，要我選鮮亮一點的，所以我就挑了這支步搖。」

聽房言絮絮叨叨地說著話，童錦元四下看了看，見庭院裡的僕人們都在做自己的事，沒注意到他們這邊，他突然低下頭吻了房言。

房言正說著過年發生的事，眼前忽然有一道陰影逼近，在她還沒反應過來的時候，嘴唇就感受到了冰涼又柔軟的觸感。

這個突如其來的事件讓房言呆愣片刻，隨著一片雪花鑽進她的衣領，那冰冷的感覺終於讓她回過神來。她的初吻，兩輩子唯一的一個初吻，就這樣沒了。

房言反應過來之後，就想說些什麼，結果她還沒開口，小嘴又被封住了。

這次的感覺比上次來得更清晰，酥麻感透過嘴唇傳遞到她的心臟、四肢，甚至連大腦都有些發麻。

隨著這個吻結束，房言的思緒也慢慢恢復正常。

「你為什麼……親……親我？」房言一張嘴就是這麼一句殺風景的話。

她沒生氣對童錦元而言就是最好的回應，他笑道：「因為忽然想親，所以就這麼做了。」

若說童錦元第一次親房言是因為情不自禁，第二次就是純粹覺得她呆住的樣子非常可愛。說實話，嘗試過接吻的感覺，他就有些上癮了。

在感情這方面，房言平時說話總是很大膽，但那不過是紙上談兵，說到付諸實行，她就占不到什麼便宜了。況且她的臉皮沒想像中那麼厚，這會兒她的臉蛋可說是紅得不得了。

看到房言一張小臉紅撲撲的樣子，童錦元很想伸手摸一摸，但是怕她發怒，所以極力忍住。

就在他們兩人默默不語的時候，丫鬟過來說開飯了，也打破像是被施了魔咒一般凍結的時間。

由於郎中說王氏大概三月分會生產，所以即將參加春闈的房仲齊，就被房二河拋在腦後了。總歸京城還有房伯玄在，他很放心。

進入三月，房淑靜就回到娘家居住，因為她想陪在自己的娘親身邊。

如今眾人很擔心王氏的狀況，即使她看起來像二十多歲的姑娘，但是實際年齡已經三十七歲。雖然年紀這麼大還生孩子的人不是沒有，但不是太多，所以他們緊張是有道理的。

房二河特地去府城請來幾個穩婆以及一個郎中在家裡待命，沒多久，在眾人的殷殷期盼中，一個男孩迎著朝陽誕生了。

對房二河來說，這孩子是老天爺賜給他們的禮物，所以為他取名為房叔賜。

房二河都快四十歲了，又得了一個兒子，心情自然非常愉悅，不過他拚命壓抑自己的心情，沒有大肆慶祝，只按照一般習俗完成洗三禮。畢竟去年二兒子考上舉人時才剛宴過客，今年說不定他能考中進士，到時候再一併慶賀更好。

另一邊，自從親吻過房言之後，童錦元身上某種開關彷彿被打開一樣。以前他都是默默守在府城，暗自神傷地等待房言出現在對面的野味館中，如今當房言超過五天都沒出現在府城的時候，他就會找各種理由來到房家村。像是這次，他來訪的藉口就是他娘要他送一些補品過來給正在坐月子的王氏。

童錦元既然來了，房二河他們當然會留他下來吃飯。一般童錦元都是早上抵達房家村，到了傍晚時再返回府城。

這些日子下來，房言算是比較了解童錦元的作息，他每日不是看帳本，就是聽掌櫃們彙報生意。就在她以為他會一直待在府城的時候，今日他卻突然告訴她，他要去江浙那邊視察生意。

看到童錦元一副捨不得跟她分開的表情，房言卻有些羨慕嫉妒恨。她也好想出去走走，不論是在二十一世紀還是這個時代，她都沒去過南方。聽說江南的風景非常美麗，冬天也沒這麼冷，不知道是不是真的？

想著想著，房言的心聲不自覺地脫口而出。「我也好想去看看喔。」

聽到房言撒嬌，童錦元摸了摸她的頭髮，安撫道：「乖，等我們成親，我就帶妳去。」

房言喪氣地說道：「距離我們成親還有差不多一年的時間呢。」

聽了這話，童錦元心中一動，問道：「要不然咱們早一些成親？」

房言看了童錦元一眼，回道：「還是算了吧。」

雖然早已料到房言會這麼說，但是得到答案的那一刻，童錦元還是有些失望。不過，這麼多年他都等了，剩下的時間不到一年，也沒什麼不能忍的。

王氏快出月子的時候，房言的作坊開始興建。由於「融合土壤」的工作去年就完成，所以他們一邊蓋作坊，一邊往山上種植果苗跟樹苗，並移植較大的果樹。

一個月之後，新的作坊完工，一些做水果罐頭以及釀造葡萄酒的工具，全都從房言家搬了過去。如今已是四月底，選了一個好日子之後，作坊正式開張。

說是開張，其實跟過去做的事情一樣，只不過是換了個地方，而且做的東西也更多罷了。如今水果的收穫量還不夠多，等到果樹開始能穩定地結果子，才是大規模接收訂單的時候。

很快地，京城傳來了好消息。

房仲齊不負眾望地考上進士，雖然是進士中的最後一名，差一點變成同進士，但是這兩者卻是天壤之別。

按照房仲齊的成績，沒機會去翰林院任職，對他來說，最好的安排就是去地方當官熬資歷。

如今房伯玄是寧文帝身邊的紅人，他又極富人格魅力，跟各方人士都有些來往，沾著這點好處，房仲齊不愁沒官可做。

房仲齊候缺上任的這些日子，終於可以好好放鬆一下。他簡單地收拾行李，前往京郊的莊子暫住，餵餵魚、種種菜，偶爾去附近的山上打打獵，享受著這麼多年來難得的悠閒自在。

這一天，莊子突然有客人來訪。

聽門房說來人姓杜，房仲齊不禁皺了皺眉。他沒聽說家裡認識什麼姓杜的人家啊？

等房仲齊到了門口，就看到一位頭髮微微發白，但是精神矍鑠的老人，他身邊還站著一個女扮男裝的小姑娘。不用問房仲齊是怎麼看出來的，因為房言在外工作時總是男扮女裝，所以他一眼就瞧出來了。

「老人家，請問您是……」房仲齊問道。

「路過此地，來討一碗水喝。」老人面不改色地說道。

看到此人衣著華貴，一點都不像是需要討水喝的人，房仲齊掩飾不住心中的疑惑，而且他身邊那個小姑娘更扯著老人的衣袖，似乎在制止他。

想了想，房仲齊覺得他們不像是什麼壞人，於是他說道：「兩位請隨我來。」

那老人一聽，毫不客氣地走進去，一副熟門熟路的樣子，不知道的人還以為他才是這個莊子的主人。

他身邊那個小姑娘羞得滿臉通紅，趕緊說道：「真的很抱歉，我爺爺脾氣有些古怪。」

房仲齊笑了笑，回道：「無妨。」

小姑娘一看到房仲齊笑，臉蛋更紅了，立刻轉頭跟上她爺爺的腳步。

那位老人沒有要水喝，反而逛起了院子，逛完前面逛後面，越逛越是難過。當他看到後面的牆還開了一扇門的時候，就問道：「後面的地方是擴建的嗎？是用來做什麼的？」

不是說來討碗水喝的嗎，怎麼逛起他們家來了？房仲齊強壓下心頭怪異的感覺，笑著解釋道：「裡面是我們家養的雞跟豬。」

那位老人聽到這句話之後，馬上大發雷霆道：「什麼？你們家竟然用我的院子來養雞跟豬?!」

房仲齊被老人嚇了一跳，努力消化著自己剛剛聽到的話——「我的院子」？

「真是沒眼光啊，沒想到堂堂狀元郎家，竟然在那麼美的院子裡養雞跟豬！」老人一副痛心疾首的模樣，絲毫不想聽房仲齊解釋。

又罵了房家人幾句之後，老人就大步離開了，那位陪在他身邊的小姑娘只能紅著臉，不斷向房仲齊道歉。

在莊子住了幾天，回到京城的宅院之後，房仲齊好奇地問道：「大哥，咱們家京郊那個莊子的前任主人是誰？」

房伯玄看了自家弟弟一眼，說道：「那莊子的主人很有意思，官位總是升升降降，後來他因為不滿朝中一些人，就主動辭去京官，前往南方當縣令。不過近日這位大人回來了，如今他在翰林院擔任侍讀學士，是我的同僚。二郎為何好奇此事？」

房仲齊頓時恍然大悟，他解釋道：「因為前幾日，有個約莫五十多歲的老人去咱們家莊子逛了一圈，結果他非常生氣地離開了。」

聽到這件事，房伯玄失笑地搖搖頭。他總算明白這位脾氣甚為古怪，卻極得皇上寵信的大人為何處處看他不順眼了，原來問題的根源就在莊子。

「此事二郎不用費心，你的職缺馬上就要下來了，是魯東府的一個縣令。那個縣離咱們家遠了一些，要搭乘半日的馬車才能到，當地的財政也不是很富裕。不過只要你好好做，等到有了政績，三年後就能挪位置了。」

房仲齊知道魯東府這樣的地方，若不是有他大哥，他根本得不到那裡的職缺，因此他立刻站起身來謝謝自家大哥。

沒多久，房仲齊要來魯東府當縣令的事情傳回了房家村。房伯玄雖是狀元郎，又在京城做官，但是因為離得遠，所以村民無法直接感受到他的威望。儘管房仲齊不是擔任他們任興縣的縣令，但是同在魯東府，很輕易就能明白他的官位有多大，因此大家對房二河家的敬畏程度又加深了。

到了五月，童錦元終於從江浙一帶回來，此時房言正好在府城。不知道是不是錯覺，從野味館的一樓往童記米糧店的二樓看過去，房言覺得童錦元似乎曬黑了，就連笑起來的時候，牙齒也顯得白了一些。

房言走上童記米糧店二樓的過程中，童錦元悄悄地把窗戶關上。畢竟對面二樓還有人在用餐，他的準岳父也在一樓看著，還是別閃瞎別人的眼睛比較好。

一上了二樓，房言就疑惑地問道：「咦？窗戶怎麼關上了？」

童錦元沒回答房言這個問題，而是伸手把她摟過來，直到聞到房言身上那獨特的味道，他才舒服地輕嘆一聲。
面對童錦元這突如其來的舉動，房言有些手足無措，一顆心怦怦怦地跳個不停。她推了推童錦元的胸膛，他卻紋風不動。
「言姊兒，我想妳了，妳有沒有想我？」
過了一會兒，童錦元終於鬆開房言，卻問出讓人肉麻不已的問題。
看著那張近在咫尺的俊顏，房言忍不住向後退了幾步，輕斥道：「說話就說話，靠這麼近做什麼？」
童錦元笑著欣賞房言害羞的窘狀，說道：「靠這麼近當然是為了……」
話還沒說完，他就用實際行動表示自己的意圖。
房言本來以為眼前的人會淺嘗輒止的，結果這次他卻吻了許久都沒放開她。
聽到外面傳來陣陣吵雜聲，房言一方面擔心掌櫃的或夥計隨時會上樓來，一方面也覺得童錦元太過奔放，讓她有些害怕。
正當房言這麼想的時候，她的嘴唇忽然感受到痛楚——童錦元咬了她一下！
「你……你……你幹麼呀?!」房言不禁瞪了童錦元一眼。
童錦元雙眼發亮，直勾勾地看著房言，沒有講話。
說了一會兒話、盡情享受兩人獨處的時間後，房言離開了米糧店，回到對面的野味館。
看到小女兒一臉嬌羞跑回店裡的模樣，房二河重重地嘆了一口氣。這算是印證了一句話——女大不中留，留來留去留成愁啊！

第一一二章　締結良緣

秋天到來的時候，房伯玄家的門檻都快被人踏破，原因無他，就是要建地暖。

皇宮在開春之後進行大規模修繕，一開始眾人還不知道是什麼緣故，等到夏天改造完成、皇上與皇子以及一眾妃子在秋天時，返回原本的住處，大家才知道，原來是宮殿裡安裝了地暖。

雖然這些達官貴人不明白「地暖」到底是什麼裝置，但是皇上都稱讚，也愛用的東西，大夥兒都非常想嘗試。經過多方打探，他們全都得知「地暖」的概念出自房伯玄這裡。

面對各方源源不絕的請求，房伯玄在仔細思考後，修了一封書信給房言。房言收到他的信之後，立刻就安排家裡一些僕人前往京城。

雖然目前做過地暖的房家僕人有幾個人在房伯玄身邊，但是京城想要安裝地暖的可不止一家，若是他們都出去幫忙裝設地暖，府裡的事情就沒人做了，所以房言還是從老家那邊派人過去。

這些僕人多半是分散到各家指揮一下工匠，並未親自動手，房言也說這個工作不收錢，就當是造福北方同胞。

結果，因為皇上當初給了酬勞，所以大家不好意思平白得到好處，最後或多或少都繳了一些費用，房言也欣然接受。

時間過得很快，這一年的冬天悄悄地降臨，房言即將在隔年的三月出嫁。

這是房二河第二次嫁女兒，不出意外也是最後一次，不過此刻他的心情跟當初房淑靜出嫁時不太一樣。說實話，不是房二河偏心，而是這幾個孩子中，平時最常跟他接觸的就是房言。想到自己最親近的孩子馬上就要離開家裡，房二河就翻來覆去睡不著覺。

察覺到房二河的狀態，王氏不禁嘆了口氣，說道：「二妮兒也要出嫁了，日子過得可真快啊。」

房二河低聲回道：「是啊。」

王氏沒想到這次輪到自己來勸丈夫了。之前大女兒成親的時候，還是丈夫安慰自己的，沒想到輪到小女兒要出嫁，角色就顛倒了。

「孩子他爹，一個人長大成人之後，成家立業是再正常不過的事，孩子們遲早都會離開我們。」

房二河側躺著，睜大眼睛看著窗外，悶悶地說：「我知道，可是我就是捨不得。」

感覺到丈夫的情緒很低落，也不太想說話的樣子，王氏就不再勸他了。小女兒即將出嫁，還有很多事要忙，加上她還要照顧小兒子，已經累得無暇顧及另一半的狀況。

等王氏睡著之後，房二河輕輕地抽了抽鼻子，似是在低泣一般。

第二日早上醒過來，房二河一副沒睡好的樣子。

房言走到餐桌旁，笑著幫房二河捏了捏肩膀，問道：「爹，您昨晚沒睡好啊？怎麼了，是不是最近太辛苦啦？」

王氏看了小女兒一眼，又瞥了丈夫一下，調侃地說道：「可不是嗎？二妮兒，妳就好好安慰安慰妳爹吧。」

女兒出嫁的確很讓人傷心，但是丈夫都這麼失落了，她總不能也跟著難過，不然日子要怎麼過下去啊。

房二河看著小女兒，剛想說幾句話，就想到她即將出嫁，忍不住有些哽咽。他努力平復情緒，裝出沒什麼事的樣子說道：「爹沒事，妳去幫妳娘看看還有什麼沒準備好的？」

看到房二河有些不對勁，房言悄悄地在他的杯子裡加了一滴靈泉，親眼看到他喝下去之後，她才轉身離開。

房言不知道靈泉對人的心理狀態有沒有幫助，她只曉得若是心情一直不好，會影響身體狀況，所以她才讓房二河喝下靈泉，希望能讓他好過一些。

三月十六，是個黃道吉日，宜嫁娶。

之前房淑靜成親的時候，袁大山毫無根基，所以聘禮不多，舉行嫁娶儀式當天擺出來的東西，大多是房二河夫妻準備給她的嫁妝。

房言要嫁的童家可就不一樣了，他們比房家更有錢，而且童錦元是未來的當家，他要成親是一件大事，所以童家給了非常多聘禮，加上房家陪送的嫁妝，算一算竟然整整有一百二十八抬。

關於這個情況，王氏事先跟房淑靜說過，因為童家給的聘禮實在太多，他們一定要用相當程度的嫁妝還回去，甚至要給得更多、更貴重才行，並不是他們做父母的有意對兩個女兒大小眼。

房淑靜一向成熟懂事，就算王氏沒特別解釋，她也明白個中原因，所以她不但不介意，還反過來要王氏別擔心她會胡思亂想。

當房言的聘禮跟嫁妝一抬出來，可說是震驚了整個魯東府的人，不過更震撼人心的，是一位父親的眼淚。

房二河忍耐了許久，終究沒能忍住，哭得泣不成聲。

聽到他的哭聲，房言也跟著哭起來，甚至很想大喊「我一輩子都不出嫁了」，但是她又不能這麼做。

看到這個情形，房伯玄心裡也不痛快，這種情緒就表現在叫門上了。

才拋出兩個問題，童錦元就被房伯玄給問倒，導致場面一度有些尷尬。好在房伯玄是個有分寸的人，過了一會兒，他的氣消了，就開始放水。

瞧見眼前的大門終於敞開，童錦元總算鬆了一口氣。在見到被紅蓋頭遮住容顏的房言那一刻，童錦元不禁笑得合不攏嘴。

不管有多少人感到不捨跟難過，房言終究還是風風光光地出嫁了。

至於童家這邊，又是另外一番景象。

自古以來，娶媳婦與嫁女兒給人的感受完全不同。嫁女兒者傷心居多，娶媳婦者大多歡喜。

娶媳婦這邊熱鬧的情景，一下子就讓人從剛剛的悲傷氛圍中抽離，不管是當事人或是觀禮者，都憧憬著全新的未來。

拜過堂之後，房言被人引著走進一個房間，等童錦元挑了她的蓋頭，她就能看看這個現在對她來說非常陌生，將來卻要久住的地方。

不過在那之前，房言先看到的是那個已經成為她丈夫的人。

童錦元無法掩飾眸中的驚豔之色，他的眼睛眨也不眨地看著房言，讚嘆道：「言兒，妳好美。」

他們已經成親，稱呼自然該改了。

此時，房間裡那些被房言的容貌震懾住的人終於反應過來。

有些人見過房言幾次，對她的美已經心裡有數，但是當新娘的她可是經過精心打扮，美麗的程度當然不是平時能比擬的；那些從來沒見過她的人，更是一眼就將她的美貌銘記在心，驚嘆聲此起彼落。

房言不知道大家心裡在想什麼，她整個人都專注在接下來要進行的儀式上。當送入洞房後一系列的程序走完，她只覺得自己的脖子快要被沈重的頭冠給壓斷了。

察覺到房言的反應，童錦元立刻貼心地差丫鬟幫她取下頭冠。

本來童錦元想在房間裡多待一會兒，結果外面不停有人喊他出去，他的臉色頓時有些不悅。

在房言的勸說下，童錦元還是出去了。臨走之前，他說道：「我去去就來，妳要是餓了，就吩咐丫鬟去拿一些吃的。」

房言笑著點點頭。

童錦元這一出門就是好久，就在房言糾結著要吃桌上冷硬的糕點，還是在成親第一天就麻煩廚房那邊的時候，有人送吃的過來了。

「少夫人，少爺要奴婢送一些吃食過來給您。少爺原本想親自來，但是老爺拉著他去前院敬酒，一時半刻回不來。少爺說，您若是睏了就先睡，不用等他了。」

房言點點頭，笑著讓身旁的丫鬟賞了這個送飯的小丫鬟一些錢。

看到眼前一碗熱騰騰的麵跟幾碟小菜，房言的肚子叫了起來。她心想，童錦元果然知道她喜歡吃什麼。

沒多久，這些東西全都進了房言的肚子。在屋裡走了幾圈消食之後，房言終究抵擋不住睡意，想要歇息了。

去淨房洗漱一番，房言就躺在床上準備入睡，只是處在完全陌生的環境中，讓她一時之間有些睡不著。

當房言終於快要睡著的時候，她聽到門外傳來腳步聲。

房言迷迷糊糊地睜開眼睛，看到那個熟悉的人後，她半坐起身來說道：「童大哥，你終於回來了啊。」她一時改不了稱呼，還是這麼叫童錦元。

童錦元本來就喝了不少酒，再看到房言胸前不小心露出來的春光，他不禁目光灼灼，湊上前吻住了房言。

一股酒味竄進房言的鼻中，加上童錦元霸道的親吻，她開始有些害怕，瞌睡蟲什麼的也早就跑光了。

狠狠地吻過房言之後，童錦元說道：「我先去洗漱。」

等童錦元離開，房言輕撫著胸口，一顆心怦怦亂跳。

聽到淨房裡面的動靜，房言緊張到不行，對於即將發生的事，她有些不知所措。想了想，房言索性假裝自己已經睡著，相信童錦元絕對不會吵醒她的。

童錦元從淨房裡出來，就發現房言似乎已經睡著了。他吹熄了其他蠟燭，只留下桌上的大紅喜燭。

掀開被子的一角，童錦元小心翼翼地爬上床，結果才剛躺下，他就察覺到身邊的人似乎微微動了一下，這時他就明白其實房言還醒著。

童錦元伸出手，一把將房言撈過來。撫摸了她的頭髮一會兒，他就在她耳邊說道：「睡著了，嗯？」

聽到這句話，房言渾身起了雞皮疙瘩，她趕緊裝作不清醒的樣子，呢喃道：「睏。」

房言這軟軟柔柔的聲音，讓童錦元體內的血液流動得更快了。他一邊親吻她，一邊笑道：「我也睏了，咱們一起睡吧。」

雖然童錦元在這方面沒有實戰經驗，但是身為一個男人，最原始的衝動正指引著他行動。

房言雖然有些害怕，但也明白這是為人妻必經的過程，所以即便有點緊張，又有些恐懼，她還是欣然面對。因為她能感受到身邊這個男人對她的愛與重視，得夫如此，又有何求？

當一切結束的時候，童錦元輕聲對房言說：「房言，我心悅於妳。」

房言說道：「童錦元，我也心悅於你。」

自從靈魂回到這個世界，她就擁有疼愛她的家人；出嫁以後，又有童錦元會寵愛她一輩子，現在的她，真的再滿足不過。

成親之後，房言知道她要向過去那些自由自在的日子揮手告別了。身為童家長媳，她得認識各家親朋好友，被江氏帶出去幾次之後，房言實在覺得有點累，這比她親力親為做生意還耗費精神。

見到房言滿臉疲憊的模樣，童錦元抱著她低聲道：「妳若是不喜歡這些事，我去跟娘說，咱們搬出去住。」

房言搖搖頭，說道：「不用了，打從知道要嫁給你的那一刻起，我就很清楚自己會過這種生活。你是家裡的長子，可不能搬出去，即使外人不說，爹跟娘也會傷心。這些事是我應該做的，你不用替我擔心。」

看到房言這麼懂事，童錦元忍不住有些心疼。

認真說起來，房言並不是真的那麼忙。等認完童家這邊的親朋好友，房言就清閒下來，她偶爾會陪江氏說說話，或是跟著童錦元去米糧店視察，再不然就去房淑靜家探望小外甥。

江氏是個非常好的婆婆，既沒有把管家的重擔硬塞給她，也不限制她外出，這已經很讓房言感激了。在這個年代，若是婆婆有意綁住她，基本上她無計可施。

雖然嫁作人婦以後，房言的日子過得有些無趣，但是大戶人家的媳婦大都是這樣一路走過來的，她根本無從抱怨起。

反正生意上的事情差不多就是這樣，即便建了新作坊，在正式擴大規模之前，沒多大的挑戰性；錢賺得已經夠多，娘家不需要她補貼，婆家更是富有，她唯一需要發愁的，大概就是該怎麼適當運用這些錢？

啊，真是奢侈的煩惱啊！

成親三個月後某一天晚上，童錦元一返家，就興奮地對房言說：「言兒，明天妳收拾一下東西吧，咱們三日後出發前往塞北。」

房言不太相信自己的耳朵，她驚喜又疑惑地問道：「你說的是真的嗎？我們三日後真的可以去塞北？不是你一個人，可以帶我一起去？」

雖然童錦元之前說過要帶房言出去玩，但是當時她覺得他在開玩笑。童家事情那麼多，忙都忙不過來，他們家族也比房家的背景雄厚得多，童寅正與江氏未必會同意童錦元這麼做。

房言原本覺得可能要再過個兩、三年才有可能遠行，沒想到現在就可以了，怎能不讓她激動呢？

童錦元笑道：「對，不是我一個人，我要帶妳一塊兒去。」

房言興奮得快要跳起來了，不過她有些猶豫地問道：「那……爹跟娘同意了嗎？」

童錦元有些心疼自己媳婦問這種問題，他說道：「只要妳想去就行，不用問爹娘的意思。難道他們不同意，妳就不去了嗎？」

雖然童錦元這麼說讓房言非常開心，但是古代的女人難免會受到一些束縛，她也不想讓童錦元為難。

「爹娘要是不同意的話……嗯……我……」想了一會兒，房言還是說不出「我就不去」這種話。

看到房言糾結的樣子，童錦元笑道：「我跟爹娘說了，是我想帶著妳一道去。從前我還沒成親，一個人出去也就算了，現在有了媳婦，再一個人離開那麼久，實在不太適合。」

聽到童寅正與江氏同意之後，房言更開心了。雖然她剛剛已經決定，即使他們不同意，她也要跟著童錦元出去，最多就是再找個藉口，像是去外地推銷水果罐頭跟葡萄酒之類的，沒想到公婆居然沒意見。

其實在房言嫁過來當天，童家就知道水果齋是她的私產了，府城的人也不例外。稍微知道內情的人，無不訝異於房言的商業頭腦；完全不清楚狀況的人，則是對房二河寵愛女兒的程度感到震驚。

或許是因為這點，童家的人對她都另眼相看。

想到這裡，房言抱著童錦元狠狠地親了一口，說道：「謝謝你，錦元。」

這天晚上，房言比之前更熱情，童錦元也樂在其中。

三日後，在童、房兩家的依依惜別中，房言與童錦元坐上了往塞北前進的馬車。出了門，房言覺得這個時候的空氣格外舒暢，她一顆心總算能快意地呼吸。

看著窗外的景色逐漸變化，房言的心情也慢慢放鬆。當眼前出現一片寬闊的草原與放牧的人時，房言不禁依偎著深愛的男人，在腦海中描繪著精采的人生。

未來的日子還很長，他們會共同創造許多回憶，享受這個世界帶來的所有美好。

幸福，就在身邊。

番外篇　伯玄筆記

我在平康鎮出生，父母恩愛、衣食無憂。雖然生活中偶爾也會有些小煩惱，但是那些烏雲都很快就離我遠去。

等到小妹出生，家裡的氛圍變得更加明朗。

小妹生下來的時候，就像個軟軟的肉團，皮膚非常白，眼睛大大的，煞是可愛。雖然我已經各有一個弟弟跟妹妹了，然而不知道為什麼，我更加喜愛小妹。她的眸光純淨得彷彿春天裡解凍的湖水，波光粼粼，清澈透明。

原本一切都很美好，直到大家發現，小妹兩歲了還不會講話，看起來似有些癡傻。爹娘帶著小妹去了醫館，郎中說，小妹大概是還小，不會說話也正常，是大器晚成的類型。

不過，那天我跟著爹娘一道過去，所以我知道他們撒謊，因為爹娘告訴郎中，小妹只有一歲。那時候的我，還不太明白爹娘為何要撒謊？直到有一天，隔壁的小胖子朝坐在門口曬太陽的小妹扔了一顆石子，還說她是「啞巴」。

當時我非常憤怒，完全把爹娘「別跟人家打架」這個教誨拋在腦後，上前就揍了那個小胖子一頓。爹晚上打我的時候，我也硬著頭皮不說理由，因為我知道，我家小妹遲早會說話，我不允許別人說她是啞巴，也不想從自己口中說出這兩個字。

爹娘後來得知我跟人家打架的原因，回到家之後，默默地坐在屋裡嘆氣。

過沒多久，家裡的氣氛變得很不一樣。爹娘不再那麼愛笑，大妹更加沈默，就連二郎都不再跟其他小孩玩鬧了。小妹的狀況就像是一塊石頭一樣，沈沈地壓在大家的心頭。

到了我十一歲那年，事情突然有了轉變。記得那日，我發了高燒，怎麼樣都退不了，人也燒得糊里糊塗的。恍惚間，我看到一個人餵了一顆藥給我，然後我就醒過來了。

我不知道這期間發生了什麼事，總之，自那天起，爹娘就不再時不時地嘆氣，看見小妹時，也不再有那種複雜的眼神。雖然不明白原因為何，但我樂於見到這種改變。

日子就這樣一直過下去，我心中對未來也沒什麼規劃，每天就是去學堂上課，不過書卻讀得不太積極。反正再怎麼努力也考不中秀才，認真又有何用？沒見著我們家那個頤指氣使的舅舅考了那麼多年，還只是個小小的童生嗎？

然而，扭轉我這種想法的事情在三年後發生了。

家裡的生意每況愈下，還有人來店鋪鬧事，我實在忍不住想上前阻止，可是爹卻死命地拉住我。等到那些人離開之後，我問爹，沒辦法治一治這些人嗎？爹臉上那種無奈又痛苦的表情，我至今還記得清清楚楚。

「能有什麼辦法，他們在縣城認識一個大戶人家，聽說還是做官的，咱們家什麼都不是，更是一無所有，拿什麼跟人家拚命？」

那時候，我特別想告訴爹，說我以後也會考上舉人。可是這種話我說不出口，因為我連即將到來的縣試都沒有把握。

果然，我落第了，而我們家的生意，也終於做不下去。爹娘幾乎把所有積蓄都賠了進去，我們一家人也在周家的冷嘲熱諷中，灰溜溜地回到村裡。

鎮上那些人的作為、爹娘絕望的眼神、小妹懵懂害怕的樣子，永遠刻在我的心上。回到村裡以後，我每日都在家裡刻苦學習，爹要下地，我就跟著去地裡幹活，返家後再繼續讀書。不光我要沒日沒夜地唸書，二郎也要如此。

好在老天有眼，某天，小妹竟開口說話了！那一刻，我真的想跪著感謝神明保佑。

小妹天生就跟別人不同，她十歲才開了心智，可是一開口就比別人說話更有條理，而且非常聰慧。

自從小妹會講話之後，我覺得自己變聰明許多；不只是我，就連二郎看起書來也比從前更快，連爹娘做活完也似乎沒那麼疲累了。

漸漸地，家裡的人好像越來越年輕，相貌也越來越好看，就連家中的雞跟豬也比別家的長得更好。雖然爹說是那塊神奇菜地的緣故，可我卻覺得這事跟小妹有關。

後來發生了更多事，我終於可以確定，我們家所有的好運，都來自於我的小妹。不過，我卻從來沒問過小妹這些事。

這一輩子，我為了往上爬，用盡了心機，也幾乎不相信任何人，但是我卻打從心底相信我的小妹。

謝謝妳，小妹。

——全書完

降妖除魔收服夫君　神棍也能變王妃／白糖

為流浪貓狗加油 和貓寶貝 狗寶貝

廝守終生(一定要終生喔！)的幸福機會

對人來說，貓寶貝狗寶貝只是生活的一部分，
但妳(你)對牠們來說，卻是生活的全部，領養前請一定要考慮清楚——

▲ 我也想有家！ 親和力十足的Luck

性　　別：男生
品　　種：米克斯
年　　紀：3個月大
個　　性：親人、愛撒嬌
健康狀況：已施打第一劑五合一、已結紮
目前住所：台中市太平區

第296期推薦寵物情人

『Luck』的故事：

幾個月前，Luck誤闖入台中工業區裡的一家機械工廠，工廠的員工花了三天時間，耗費了不少心力，才終於抓到這個機靈的小傢伙。原本他們決定要將Luck原放，然而在當時那段期間，每天都大雨連連；此外，Luck在那個地方也沒有其他貓咪的陪伴。於是，工廠的某位員工便將Luck交給一位貓咪中途，讓Luck從此能得到較安穩的生活。

Luck目前在中途的家中住了一段時間，已經十分習慣與人互動，而且與其他成貓也都相處得極為融洽，到了晚上的就寢時間，甚至還會跑到中途的身邊一起睡，十分可愛！中途表示，Luck是個適應力很好的孩子呢！

想要有隻親和力十足，又容易打成一片的貓咪的作伴嗎？歡迎來信leader1998@gmail.com（陳小姐），或傳Line：leader1998，或是私訊臉書專頁：狗狗山-Gougoushan。

認養資格：

1. 認養者須年滿20歲，有穩定經濟能力，並獲得全家人的同意。
2. 須同意簽認養寵物切結書，並讓中途瞭解Luck以後的生活環境。
3. 同意送養人日後之追蹤探訪，對待Luck不離不棄。
4. 同意讓Luck絕育，且不可長期關、綁著Luck，亦不可隨意放養。
5. 為讓中途對您有更深入的瞭解，中途會先有份線上問卷請您填寫。

來信請說明：

a. 個人基本資料：姓名、性別、年齡、家庭狀況、職業與經濟來源等。
b. 想認養Luck的理由。
c. 過去養寵物的經驗，及簡介一下您的飼養環境。
d. 若未來有結婚、懷孕、出國或搬家等計劃，將如何安置Luck？

文創風
676

靈泉巧手妙當家 4 完

國家圖書館出版品預行編目資料

靈泉巧手妙當家 / 夏言著. --
初版. -- 臺北市 : 狗屋, 2018.09-
冊 ; 公分. --（文創風）
ISBN 978-986-328-913-5（第4冊：平裝）. --

857.7　　107011710

著作者	夏言
編輯	連宓均
校對	黃薇霓　簡郁珊
發行所	狗屋出版社有限公司
地址	台北市104中山區龍江路71巷15號1樓
電話	02-2776-5889～0
發行字號	局版台業字845號
法律顧問	蕭雄淋律師
總經銷	知遠文化事業有限公司
電話	02-2664-8800
初版	2018年10月
國際書碼	ISBN-13　978-986-328-913-5

本著作物由北京晉江原創網絡科技有限公司授權出版

定價250元

狗屋劃撥帳號：19001626

網址：love.doghouse.com.tw　E-mail：love@doghouse.com.tw